アミダの住む町

中原文夫
Nakahara Fumio

作品社

目次

アミダの住む町

アミダの住む町

大学の正門を出て、広い駅前大通りの歩道を足早に進む。東京西郊の中央線沿線の町。車の往来の少ない道路に沿って、緑の木立が武蔵野の面影をあちこちに残し、都から文教地区に指定された町並みは、夕暮れの薄闇の中にひっそりと佇んでいる。人文学部に入学して二ヶ月足らずの杉本洋平は、ＪＲの駅のはす向かいにある桜通り商店街に入り、ハンバーガーショップで夕食を済ませて、雑居ビルの二階のネットカフェに着いた。受付近くのジュース類のカウンターでジンジャーエールを紙コップについで飲む。

パソコンの置かれた席で二時間以上漫画雑誌に読みふけって、洋平はゆっくりと立ち上がった。そろそろ八時だ、もうみんな家に帰ってるだろう。両頰を軽く叩いて活を入れ、バッグから携帯電話を取り出すと、近くに間借りしている友人たちに片っ端から電話を掛けた。今夜泊めてほしいと頼み込むつもりだったが、電源が入っていなかったり応答がなかったり……、やっと摑まった同じクラスの石田には、露骨に迷惑そうな声を出されてしまう。

「ネットカフェにいるんなら、そこに泊まりゃいいだろうが」

ふだんは口数の少ない洋平が、この時ばかりは必死で言い返した。

「それが出来ないから頼んでるんじゃないか」

「おまえ、家は品川だったよな。まだ電車で帰れる時間なのに、なんでまたそんなことを」

「だから、うちに帰りたくないっていつも言ってるだろ」

「そうだったな、まあ気持ちは分かるけどね。おやじがどこやらの教育委員で、おふくろが美術評論のお偉いさんだったよな。一人っ子でしつけが厳しくて大変だったろうなあ」

厳しいというよりは異常に近いしつけだったと洋平は思う。夜、受験勉強の合間に漫画を読んでいるのを見つかり、包丁を持った母に追っかけ回されたこともあれば、成績が少し落ちただけで父に反省文を書かされて壁に貼り、その前に三時間正座させられたこともある。家出や家庭内暴力に走らなかったのはあまりに精神が弱すぎたからだという自己嫌悪は、大学進学後、とにかく家を出たいという妄執に変わり、入学金三十万円と年間授業料の百万円は親に頼ったものの、何とか生活費を得て早く自立したいと思い詰めるようになった。

だが、大学の奨学金制度は連帯保証人に親がなることが要件なので、最近ほとんど家で口をきいたことのない洋平はとてもその気になれずにあきらめ、三人の中学生を相手に家庭教師を始めてから一ヶ月。この調子ならひとり暮らしも夢ではなくなったが、大学の学生寮は都内から通学できる洋平に入寮資格はなく、下宿を借りるとなれば朝夕二食込みで六万から七万円の家賃、更に一ヶ月分の敷金や机、タンスなどの家具も入り用だから、アルバイトでもっと資金を蓄えねばならない。

　というわけでなかなか家を出られず、苛立ちを募らせるばかりだったが、何とかあともう少しというところに来て、はやる心を抑えきれなくなり、今日だけはどうあっても外泊すると覚悟を決めたのだ。両親には携帯電話のメールで知らせとけばいいだろう。ただ、このネットカフェは宿泊可能なビジネス・ブースが八時間で二千円。貯金のことを考えたら、何とか他の場所でもっと安く上げたいところだ。

「しょうがないな、公園のベンチにでも行くか。もう六月だから寒くないし」

　受付の前ですてばちにぼやいたら、カウンターの後ろの厨房から「そりゃ、お困りだよなあ」と声がして、猫背の老人がオムライスをトレイに載せて出て来た。老人はパソコンのコーナーに料理を運び、洋平のそばに寄って「あんた、うちに来いや」と声をかけたが、すぐ中年の女性店長にたしなめられる。

「アミダさん、やめときなさいよ。また悪い癖を出してぇ。ひとがいいにもほどがあるわ」

　アミダと呼ばれたその男は、紺色のトレーナーと黒のズボンを着けた中肉中背で、七十代半ばといったところか。眉毛が濃くて唇のぶ厚い鼻ぺちゃの丸顔だが、肌に艶があって、くりくりとした丸い目には愛嬌のある笑みが溢れている。

「ハッハ、大きな声で電話するから、みんな聞こえて来ましたよ。俺んちはここからすぐのところなんだ。泊めてあげるから付いておいで。これから帰るところだった」

　店長がとめるのも聞かず、人なつっこく手招きしてアミダは店を出た。見知らぬ若者に馴れ馴れしく声をかけ、自分の家に案内しようというのだから何だか尋常ではない。その気味の悪さには戸惑うけれど、底抜けに世話好きで親切そうな心根が老人の全身から滲み出ているようにも思え、他に当てがないことから洋平は腹をくくるのだった。

　暮夜、桜通り商店街をとぼとぼ歩くアミダに、やや上背のある痩せた洋平が、長い髪を風になびかせて付いて行く。文教地区の町だからパチンコ店は見当たらず、薬局や化粧品店、雑貨店、電器店などが連なる中で、コンビニやファーストフードの店が明るく浮き上がっている。郵便局の角を曲がり、寿司や立ち食いそばの店が並ぶ路地を黙って進む。民家の続く静かな住宅地に入り、五、六分歩いて地蔵の祠の前を過ぎると粗末な平屋の家があった。あたりは商店街の賑わいから離れたもの寂しいところで、裏手には雑木林が夜の闇に潜んでいるかもしれない。

　アミダがガラスの引き戸を開けて中に入り、灯りをつけて「さあ、遠慮せずにお入りなさい」と細い声を響かせるので、ためらいがちに従うと、狭い室内は裸電球に照らされ、シャボン玉や水鉄砲、おはじき、ラムネ、小さなチョコレートやキャラメルなどが木の平台に並んでいる。Jリーガーのポスターやくじ引きの箱もあり、可愛い女の子の首振り人形と紙のプロペラ飛行機、棒状に固めたゼリーも置いてあるから、どうやら駄菓子屋のようだ。店の奥の六畳くらいの居間に靴を脱いで上がり、折りたたみ式のちゃぶ台の前に坐らされて見回すと、流し台の横に小型の冷蔵庫が置かれ、他にはテレビと和箪笥しかない。

「ざぶとんもなくてすまないねえ。こっそり持ってった人がいるもんで」

「えっ、ざぶとんを？」

「ドライヤーも電気のひげそりも、みんな持って行かれた」

アミダによれば、道端に寝そべる酔っ払いや、わけありで警察に追われていた少年など、ねぐらを提供した相手は何人かいるが、中には日用品を失敬する者もいたようだ。

「あのう、ここはあなたの店なんですか」

「ああ、ずっと昔からやってるよ」

「じゃあ、さっきのネットカフェは」

「ちょっとお手伝いをしてたのさ」

「お年寄りのアルバイトですか……いくらもらえるんです？」

「お金などもらっちゃいないよ。今日だけ頼まれたんだ」

居間の隣りに六畳の和室があるだけの間取りのようだが、アミダは家具のまったくないその部屋に案内して押入れから布団を取り出した。「パジャマはないけど、勘弁してくれや」と言って、更に冬用の毛布を奥から引っ張り出して居間に持って行ったのは、自分がそれにくるまって寝るためのようで、そこまで厚意に甘えていいものかと、洋平が顔をこわばらせて居間に戻ろうとしたら、薄汚れた襖を向こうから閉められてしまった。しかたなく灯りを消し、服のまま横になったが、まだ九時前なのに眠れるわけがない。あのじいさん、ただ働きで仕事を手伝うほど裕福とは思えないけど、何かわけがあるんだろうか。ま、どうでもいいさ。とにかく今夜は助かったんだからな。洋平は何度も寝返りを打ちながら、明日からのことを考えていた。

翌朝、目覚めて昨夜の成り行きを思い起こし、あらためて礼を言おうと居間に入ったら、アミダの姿がない。店を覗くと裸電球は灯っておらず、ガラス戸の内側のカーテンが開いており、六月の早朝の日差しが僅かな明るさをもたらしている。居間の箪笥の上にある置時計は七時半を指していた。こんな時間に、もうどこかへ出かけたのだろうか。洋平は店の土間に降りて靴をはき、鍵の開いたガラス戸から外に出た。この店、シャッターもないようだけど防犯は大丈夫なのかなあ。ぼんやり歩いて路地を進み、地蔵の前でパジャマ姿のアミダを見つけて、洋平は思わず息を飲んだ。木組みで囲った祠の前には細長い木机が置いてあるのだが、その上に上半身を伏せたアミダが、地べたに尻をついて坐ったまま眠りこけている。慌てて抱き起こしたら、眠そうな目を開け、洋平に笑いかけてゆっくり立ち上がった。

「ハッハ、あんたのいびき、もの凄くにぎやかだったな」

洋平のいびきに閉口して家の外へ逃げ出したということか。洋平が恐縮して頭を軽く下げると、アミダは急にくずおれてへたり込んだ。安眠できなかったのが、老体にはこたえたのかもしれない。肩に手を回してアミダを支え、駄菓子屋の自宅に連れ帰ってから、洋平は商店街のコンビニに走った。買って来たサンドイッチと牛乳でアミダはすぐに元気を取り戻し、居間に坐って「ハッハッハ」と愉快そうに大笑いをする。

「何か面白いことでも?」

「ハッハ、朝だ、朝だぞ、また楽しい一日が始まったんだ。これが面白くなくて何が面白い?」

部屋の隅の電話が鳴り、受話器を取ったアミダはしばらく黙って聞いていたが、「はいはい、分かったよ。今すぐだね」と神妙な面持ちで答えるや、「あんた、うちに帰りたくないんだろ。好きなだけここにいていいぞ」と言い置いて、さっさと家の外に出て行った。

今の電話、何だか不自然で妙な感じだったな。ひょっとして振り込め詐欺にでも引っかかったとか？　メモも取ってなかったし、手ぶらで出て行ったから、まさかそんなことは……。でも、ひとの良さそうな年寄りだから、どうもちょっと気がかりだ。洋平はバッグを肩にかけ、急ぎ足で店を出て後を付けた。桜通りに出て、空き店舗や駐車場も並んでいる商店街を元気そうに歩いて、アミダが八百屋の横の細い道に入る。近づいてこっそり覗いたら小型トラックが停まっており、大きな木の箱をアミダと中年の店主らしき男が両端を持ち合って中から運び出そうとしていた。「これ、キュウリだあ」と声を弾ませるアミダを見ると、どうやら野菜の荷降ろしを手伝っているようだ。様々な野菜の入った箱を幾つか取り出し、二人は店の横の戸口を出たり入ったりしていたが、「アミダさん、助かったよ、ほんとに有難う」という店主の声が中から聞こえた時、アミダはもう店の外にいた。

慌てて洋品店の大きな看板の蔭に隠れ、通り過ぎるのを待って再び後を追うと、アミダは桜通りを家とは反対の方に向かってゆく。まだシャッターの開いていない店がほとんどで人影もまばらだが、アミダは何度か挨拶を受けていた。「この間はどうもすみません、アミダさん。お蔭で植え替えが無事に済んで、商店会長さん、とても喜んでました」と話すのは、たまたますれ違ったジーンズ姿の三十歳前後の女。桜通りの歩道にある鉢植えのことらしい。今度は家具屋の店先に初老の男が顔を見せ、威勢のいい声を響かせる。「よお、アミダさん、またペンキ塗りやるからよろしく頼むぜ」。いけない、もう九時前だ。一限目の「社会科学概論」の授業に間に合わないかも。洋平は気づかれないように素早い動きでアミダから離れ、新緑の木々がちらつく駅前大通りに駆けて出た。

雑木林に囲まれた三階建ての校舎に着くと、二階の教室で講義はすでに始まっていた。受講生はわずか八人なので、こそこそ入って最後部の席に坐った洋平の姿が目立たないわけはないが、非常勤講師はちらっと見やっただけで何も言わず、出席表の洋平の欄にチェックを入れたようだ。洋平の前の席では、昨夜ネットカフェから電話をした石田が机に顔を伏せて寝ていたが、講師からは何の注意もなく、その隣りの女子学生も眠そうに上体を傾けている。石田は授業が終わっても寝息を立てていたが、他の学生たちは気にかけもせず教室を出て行った。洋平が体を揺すっても起きないので、頭を薄いテキストで軽く叩いたらやっと目覚め、周囲を見回してから洋平に迷惑そうな顔を向けたが、急に思い直したように立ち上がって昨夜の詫びを口にした。弁解がましい話しぶりだが、耳寄りなことも聞かせてくれた。敷金なしで月四万円の賄い付きの下宿があるというのだ。

「学生課の掲示板でさっき見たんだ。たぶん今朝載ったばかりじゃないか」

「そうか、有難うな」

洋平は早速、本部棟の学生課に行って必要事項をメモに取り、講堂に近いカフェテラスでジンジャーエールを飲みながら下宿の家主に電話をかけて、夜の七時に訪れる約束を取り付けた。その時、気づいたのだが、母からメールが入っている。昨夜アミダの家に行く途中で打った「思うことがあって今日は帰りません」というメールへの返信らしく、「御健勝をお祈りします」とだけ書かれていた。三限目のフランス語の授業が終わり、家庭教師先に向かおうと正門を出たところで、挨拶もなく別れたアミダの顔が不意に脳裏に浮かんで来る。どうせ礼を言いに行くんだったら、今夜もあのじいさんの家でお世話になろうかな。

ＪＲの駅前には、桜通りとは違ったはす向かいの方向に、中町通りという商店街が伸びている。その中町通りを十分歩いて静かな住宅地に抜けたところに、三階建てのマンションがあり、洋平は一階の全フロアを占める山川の家に着いた。山川は地元の大きなスーパーを経営する親の代からの資産家で、このマンションの大家だが、中町通り商店会の会長も務めている。いつものように洋平は、狭い坪庭に面した長女の部屋に通された。地元の私立中学に通う十四歳の亜紀子。英語と国語を洋平は教えている。不登校を断続的に繰り返し、家出や引きこもりの絶えない娘にすっかり手を焼いた父親から、勉強を教えるよりもむしろ話し相手になってほしいと洋平は頼まれたが、卒業後の進路として教職を志す彼はもっぱら学科の指導に努め、無駄な話は避けて来た。だが、この日はどういうわけか教科書を開かせる気になれず、机に向かう亜紀子の横で丸椅子に坐り、「最近何か面白いことあったかい」と、やや気抜けした顔で聞いた。

「先生、けやき台の駅前のゲーセン、行ったことある?」

「いや知らないな、そんなとこ」

ＪＲ沿線の隣り町にあるゲームセンターのことだった。

「あそこで毎日レーシングゲームばかりやってるんだけどさ、今度、友だちのアニキに借りて、本物の車を運転することにしたの」

「そんなの出来るわけないだろ。免許もないし」

「だってハンドルもアクセルも、使い方はよく分かってるじゃない」

「あのな、ゲームと本物は違うと思うよ」

「そんなのまあいいからさ、先生ならどんな車に乗ってみたい？」

「いや、その、俺は大学に入ったばかりだから、まだ免許は持ってないんだ」

「女の子にもてたかったら、早く免許取ったほうがいいよ」

この後、好きなプリクラのことで亜紀子がしゃべりまくり、ミュージシャンの話題に移って、洋平がお気に入りの女性ユニットの名を口にしたら、「ふっる〜」とすっかり興ざめした顔付きになる。

「でも、近頃、何だか先生みたいなのがふえたよね。ネットカフェなんかに行っても、ダサイおっさんがうろついてるしさ」

そのネットカフェで知り合ったアミダのことを洋平がつい洩らしたのは、小生意気な女子中学生とのやりとりにうんざりして、その舌鋒を逸らそうとしただけだったから、「えっ、アミダさんに会ったの？」と面白そうに聞く亜紀子の反応は意外だった。

「君は知ってんの？　あのじいさんを」

「このあたりの人なら、誰だって知ってるよ」

「一人で住んでるみたいだけど、奥さん、いないのかなあ」

「とっくに死んじゃってるみたい」

「いつ頃のことだろう」

「さあ、あたしが生まれるよりずっと前なのは確かだけど、よく知らない。先生、アミダさんに興味があるの？」

「ゆうべ、あの人のうちに泊めてもらったんだけど、何だか妙な感じでどうも気になってたんだ」

「じゃ、パパにそのへん聞いてみたら？　今、呼んで来るからさ」

言い捨てて部屋を飛び出した亜紀子にあんぐりとしていたら、しばらくして父親がのぼせた顔で入って来た。

「杉本先生、アミダさんのうちに住んでるんですって？」

「いえ、違います、そんなんじゃなくて」

「あの方はこの町の宝物ですよ。もう誰からも尊敬されてるんだ。悪く言う者は一人もいません」

紅潮した顔で口早にしゃべり、洋平と突っ立ったまま向き合う山川は、四十五歳にしては老けた顔立ちだった。アミダにかなり心酔しているようで、そのひととなりを興奮して話し始めた山川は、娘が家庭教師を置いて部屋から逃げ出したのも忘れているようだ。穏やかで優しく寛容でおおらかで、愛嬌があって親切で、純情で明朗で欲がなくて正直で、慎ましくて控え目で、きさくで謙虚で爽やかで、愚直なまでに誠実で、責任感が強くて義理がたく、何をやるのにも誠心誠意で私心がない……。山川が何の脈絡もなく称讃の言葉をまくしたてるので、洋平は鼻白んだ顔付きでさえぎった。

「つまり、とってもいい人だと、こういうことですね」

「それがね、度を超えてるんですよ、アミダさんって人は」

頼まれたらどんなことでも断らず、報酬も謝礼も受け取ってくれない善意の塊りのような人。他人の店の窓を拭いたり、チラシを作ったり配ったり、引っ越しや家の中の掃除も手伝えば、電球の取り換えもするし、病人の介護や病院への付き添い、留守番から防犯の点検、多忙な商店の下働きなど、みな嬉しそうに引き受けて何でもせっせとこなすけれど、恩着せがましい態度は一切とらないという。美談を聞かされ続けた洋平は、苛立ちを隠さなかった。山川に冷めた目を向け、ついぶっきらぼうな口付きになってしまう。

「要するに、便利屋さんみたいなことを、ボランティアでやってらっしゃるわけですか」

「杉本先生、これだけ話してもアミダさんって人を分かってもらえないみたいだね」

ひどく機嫌を損ねた山川から追い払われるようにして、洋平はそそくさと玄関を出た。


中町通りをのろのろ歩いていると、携帯電話にメールが入ったようなので確かめたら再び母からだった。「きのうのあなたのメールには表現の問題があったのでお知らせします。『思うことがあって』というのは『思うところがあって』と書くべきです」。苦り切った顔で舌打ちしていると後ろから呼ぶ声がして、ふり向くと山川が走って来る。息を切らせて追いつき、「杉本さん、さっきは悪かったね、謝ります。このまま帰すわけには行かないからもう一度、来てくれませんか」と頭を下げた。亜紀子の指導をやっぱり時間いっぱいやらせようという魂胆かと思ったら、アミダの出たテレビ番組があるのでそのビデオを見せると言う。家庭教師の仕事を失いたくないので素直に従い、戻って行く道すがらアミダの本名を尋ねると、会田浩二だと漢字も含めて教えてくれた。あいだ、アミダ……なるほど近いな。

町の住人たちを無償で助けるだけでなく、町内会や商店会にも絶大な貢献をしていると山川がほめちぎるのは、商店会長としての立場からだろう。春と秋の交通安全運動や防火訓練の実施、街灯の保守点検や殺虫剤の散布、神社の祭礼での交通整理、新入学児童への図書券の配布、歳末の警戒など、頼まれればどんなことでも厭わず率先して動くので、彼の善行は駅前の二つの商店街で知らない者はいないと言うのだ。

アミダの善良な人柄をたっぷり聞かされて思い起こすのは父のことだった。特に信仰など持ってはいないが、いつも宗教家の説法のような口ぶりで息子を諭す人で、高校三年の夏、珍しく連れ立って自宅近くを歩いた時のことはよく覚えている。交差点の近くに来て親子が立ち止まったのは、横断歩道に慌しい動きがあったからで、重い荷物を持ってよろめいた老女を十歳くらいの少女が二人で懸命に助けていた。一人がカバンをかわりに持ち、もう一人の子が老女を支えて信号が黄色に変わった横断歩道を必死で渡り切ろうとしていたのだ。「ほら、あの子たちを見てみろよ」と父は指差して言った。

「そりゃたしかにお前のほうがお勉強は出来るだろうけど、あの子たちは人さまに役立つようなことをして、分別のついたお前なんかよりずっと清らかな心を持ってるんだぞ」

学校で成績の良かった息子に何の根拠もなくありふれた道徳を説いただけの父に、洋平は反論を口にする気にもなれず、心中で蔑んだ。「良心」だの「人倫」だの「信義」「道理」だのと、洋平は子供の頃からしきりと言い聞かされて来た。そのくせ、学校の成績が少しでも下がれば息子を厳しく叱りつける。受験勉強で他人との競争に打ち克つのを強いるくせに、ご立派な徳を言い聞かせるなんて矛盾してるんじゃないのか。こうした反発から「善」などという言葉にどこかいかがわしさや厭わしさを感じる習性が、身に付いたのかもしれない。

山川の家に着いた洋平は二十畳くらいの応接間に通され、ソファーに坐って大型テレビでビデオを一緒に見るはめになる。週一回の番組で、正味は二十分。都内の商店街を訪ねて町の人気者に会ってみるという内容で、ユニークなキャラクターを持った変わり種が、その推薦人と一緒に登場するらしい。録画してあるのは十日前に放映されたもので、町のアイドルはアミダこと会田浩二、推薦人は町内にある正覚寺の住職だった。桜通りのはずれにある正覚寺は六百年の歴史を誇る室町時代からの寺だそうで、六十歳の住職は院主と呼ばれており、画面で見ると上品で穏やかな顔立ちの人だ。商店街の風景や地蔵の祠など、この町のたたずまいがしばらく画面に流れた後、正覚寺の境内で院主とアミダが登場し、院主が推薦人として話を切り出した。

「私どもの宗派には昔から具徳人《ぐとくにん》と呼ばれる方々がおられました。ごくありふれた市井の人たちですが、日々の暮らしの中で純粋な信仰に生きた念仏者のことでして、決して学問があるわけではなく、中には満足に字を書けない人もおりました。でも、悟りの境地を得たようなふるまいで、周囲から慕われ称えられていたのでございます」

　そう言って院主は、岡山にいた幕末の具徳人の例を取り上げた。それはいつももの静かで、人に怒ったことのない独り身の男だった。野良仕事を終えて男が家に帰ると、盗っ人が薪を持って逃げ出すところだったが、咎めもせず見逃してやった。ある朝、起きたら今度は別の泥棒が米を持ち出そうとしていたが、相手の貧しい暮らしを思い見て、目が合っても男は黙って頷くばかり。その後、家が火事で全焼しても、隣家に燃え移らなかったことに感謝して両手を合わせて拝んでいる。「おまえ、どうして平気なんだ、つらくないのか」と近所の男が尋ねたら、「これで前世の罪をつぐなえる。有難いことよ」と答えたという。

　院主は話を現代に引き戻し、「会田さんはまさにこうした具徳人のようなおひとです」と紹介して、アミダの並はずれた善良さを称えるのだった。院主が幾つかその善行を挙げ、続いてアミダが登場したが、レポーターに「ご家族は」「お仕事は」などと聞かれても、合掌してただ楽しそうに笑っているだけ。合掌するのは院主から教わった習いのようで、アミダという愛称も院主がつけたものだった。アミダは尊い経典の一節や難しい道理を知るわけではないが、それでも生来の念仏者として立派に生きていると院主は言う。

「確かに仏さまを敬うとか寺参りをなさるわけではありませんし、信心深いことは一切何にもおっしゃいません」

　だが、それでいて心根には阿弥陀仏への深い敬慕がひそんでおり、これは天性のものだと、院主は隣りに立つ笑顔のアミダを見て話すのだった。ビデオの再生を止めた山川に、アミダはこの土地で生まれた人かと尋ねたら、「わたしは子供の頃からあのひとを見てるけど、さあ、よく分からないなあ」と首をかしげ、「そんなことはどうでもいいでしょ、何でそんなことを聞くんですか」と切り返されてしまう。度の過ぎた人助けで駄菓子屋の本業がおろそかにならないのか、洋平には気になるところだが、山川によれば町内の者たちが時折、朝夕の食事にアミダを招いているそうだから、生計に影響は出ないのかもしれない。それにしても、他人のためにそこまでやるかよ……。合掌して悟りを得たようにふるまうのも、院主の教えに子供のように従っているだけだろうし、どうも芝居がかっているように思えてならない。洋平はこの老人の胸の内を覗いてみたくなり、しばらくあの駄菓子屋に寝泊まりさせてもらおうと思い立った。

桜通りに入ってアミダの家に向かいながら、携帯電話のメールで当分は家に帰らないというメッセージを両親に送っておく。昨夜の外泊については、今のところ何も咎めるようなメールは入っていない。ラーメン屋で少し早い夕食を済ませ、書店で文庫本を買って通りを歩いていたら、角の雑貨店からアミダが笑いながら外に出て来た。店の女が丁寧な礼の言葉で送り出したのを見ると、また何か手伝いでもしたのではないか。アミダは洋平に気づいても、微笑みの表情は変えなかった。昨晩の礼を述べ、食費は払うのでしばらく置いてほしいと頼んだら、アミダが穏やかに頷いて、二人は並んで歩く成り行きになる。コーヒー豆を売る店から顔を覗かせた若い女や、婦人服店の前に立った若い店員が、手を振ってアミダに挨拶をし、小さな不動産屋の前を通りかかった時は、背広姿の中年の男が出て来て粗末な紙袋を強引に握らせた。

「あの時の御礼だ、取っといてくれ。好物のスルメが入ってるよ。あんたがぶん殴られてくれたおかげで、話が何とかまとまったんだからね。あのうるさい客とまた揉めたら、どうかよろしく頼みますよ。いや、ほんとにあんたはえらい、たいしたもんだ」

「ハッハ、礼なんかいらない、いらない。こっちも楽しかったし、面白かったから」

二人がアミダの家に戻ったのは六時前のことで、洋平は訪問を約束していた下宿の家主に慌てて電話でキャンセルを申し出たが、父からの「今後の外泊について希望する理由を五十字以内で説明せよ」というメールにも気づくことになる。「自立のための欠くべからざるステップと考えます」。土間に突っ立ったまま、じっくり考えたあげくそう返信し終えた時には、店内の菓子やおもちゃに小学生や中学生の客が数人群がっていて、商売は意外と盛況のようだった。子供たちが帰ったのと前後して店に入って来たのは、ジーンズをはいた中年の男。

「アミダさん、おとといは有難う。お陰でうちの悪ガキが女房を殴らなくなったよ。別に説教してもらったわけじゃないのに、あの野郎、黙って坐ってるあんたに散々悪態をついて唾を吹っかけたら、やっと気持ちが落ち着いたみたいでね。中学の担任の先生に話したらびっくりして、今度ぜひアミダさんの話を聞きたいってさ」

「ハッハッハ、また声をかけてもらいたいな。ああいうの、とっても気分がよくて幸せだ。実にいい」

嬉しそうにはしゃぐアミダに深々と頭を下げて男は店を出たが、洋平は釈然としなかった。ぶん殴られて楽しかったとか、悪ガキに唾を吹っかけられて気分がいいとか……しんどいのを我慢してでも善人をやってるのが楽しいんじゃないのか。長い間いいひとを続けるうちにそれが快楽になって、もうやめられなくなったのさ、きっと。

洋平はアミダの姿と自分が教師を志すようになった動機とをふと思い合わせるのだった。高校二年の頃、中学生のいとこたちに洋平は英語を教えたことがある。叔父に頼まれ、夏休みに男女五人を集めて面白半分に始めたことだが、思ったより効果があって「生徒」たちの受けもよく、いつしか本腰で取り組むようになった。週三日の指導を自宅で続け、「塾」の様相を帯びて来るにつれ、年少のいとこたちに教えている自分が頼もしく思え、洋平はこの「仕事」に喜びを覚えてゆく。普段はふざけ合って一緒に遊ぶいとこたちが「授業」の間は自分を「先生」として敬い、熱心に話を聞いてくれるということには、ある種の快感のようなものがあった。教えることで他人のために尽くすのが快楽になるのなら、教師という仕事は自分の天職ではないか、と洋平はその時思ったのだが、アミダの他人への無償の奉仕にもどこか似寄りのものを感じるのだ。でも、そういうのって偽善ってわけじゃないし……と言っても、うちの親たちのほうがまだツッコミを入れる余地があるだけあのじいさんより可愛げがあるようにも見えたりして、何だか複雑でよく分からない。

店の奥から呼ばれて土間から居間に上がると、部屋の隅に小さな開き戸があって、アミダが懐中電灯を片手にくぐってゆく。こんなところに裏口があるなんて、知らなかった。後に続いて家の裏に出ると、新緑の木立が茂って夕闇の中に武蔵野の野趣を漂わせている。ほんのりとした涼しさの中、アミダが雑木の群れに入って懐中電灯の光を当てた先には、地面に数十本はえた黄色い傘のキノコがあった。「きれいだなあ」。洋平が思わず声を上げたら、アミダが「うまいんだ、ものすごくおいしいぞ。涙が出るほどうまい、うまい」と言って嬉しそうに笑う。二本引き抜いて開き戸から家の中に戻ると、アミダはフライパンで炒め、ちゃぶ台に置いて洋平に勧めながら美味しそうに食べ始めた。気おくれはしたが、しばらく世話になる以上、拒むわけには行かないだろう。恐る恐る口に入れてみたら、わずかな臭みは気になるものの、甘みも酸味もほどよくて意外と悪くない味だった。

「よく食べるんですか、これ」

「ああ、稼ぎが少なくて何も買えない時はいつも食ってるさ、ハッハ」

町の住人たちは時折、朝夕の食事に招いて生計を支えているつもりのようだが、実はアミダがこれほど無理をしていたとは……。今日の夕食には他に食べるものがないと聞いて、洋平は桜通りのスーパーへ急いだが、惣菜・弁当コーナーで麻婆豆腐とカレーライスを買って帰りながら、あの老人が本当のところ何を考えているのか、悩ましく心を揺らせるのだった。アミダは合掌して洋平に礼を言い、がっついて貪り食うと、「ああ、腹がいっぱいだあ。今日は風呂はやめにするか」と言ってテレビのバラエティ番組を見始めたが、お笑い芸人のごくありふれたギャグに大声で笑うので、一緒に見ていてすっかりしらけてしまう。

「そんなに面白いですか、こんなのが」

「せっかく笑わせてくれてるのに、あんた何で笑わないんだあ?」

お気に入りの曲を歌手が歌い始めたら、また大笑いをして手を叩き、「いやあ、今日も一日楽しかったぞ」とわめいて十時過ぎにアミダが居間の寝床に入った時、マナーモードを解除していた携帯電話にメールが入った。「諸般の事情を斟酌してこのたびの希望を許可する」とだけ書かれた父からの返信で、「あなたの自立を支援します」という母のメールも続いてすぐに届く。近くの銭湯を教えてもらった後、自分が居間に寝るからと遠慮がちに申し出ても、アミダは笑うばかりで取り合わず、洋平は今後も隣りの和室に寝泊まりすることになった。

その後、アミダをいびきで困らせることもなく日が過ぎて、夏の気配が少しずつ濃くなって行った。よく晴れたある週末の昼下がり、大学の正門近くの店で下着や靴下を買い、駅前大通りの歩道を歩いていてかち合ったのは山川亜紀子だった。

「先生、アミダさんのうちにずっと居すわってるんだって？　パパが怒ってたよ。あんないい人をたぶらかして、とんでもないやつだ……とか言って。町中の評判になってるみたい。あたしの家庭教師、クビになってもしらないし」

洋平を憐れむように見て、亜紀子はさっさと離れて行った。アミダの家に着くと、駄菓子屋の幼い客たちが数人、店先をうろついていた。結局、何も買わずに店を出る子供たちをアミダが「ハッハッハ、またおいで」と笑顔で見送り、洋平に「やあ、おかえり」と声をかける。洋平が会釈をして一緒に居間に入った時、背広を着た二人の男が店頭に現れた。長身の男が「あのう、アミダさんのお宅はこちらでしょうか」と丁寧に挨拶した後、やや小太りの男が先日のテレビ番組を見てとても感動したのでアミダさんの教えを請いに来た、と口早に言う。「目からうろこが落ちました。自己チューばかりの現代ではあまりに貴重な生きかただと思います」「あなた様のような本当の幸せ者に、わたしどもでもなれるんでしょうか」などとかわるがわる話してアミダに頭を下げる。「まあ、お上がりなさい」と優しく迎えられた二人は、居間でアミダと向かい合って坐り、洋平は隣りの和室に移って襖を開けたまま様子を眺めていた。

長身の男がノートを見ながら前もって用意した質問をぶつけ、もう一人がその回答を必死で書き取るさまには、真剣に学ぼうという姿勢が表れてはいるが、聞き込んだ内容は起床と就寝の時刻から始まって食欲や体調など日常生活のことに徹していた。「いつも気分は高揚していますか」「具体的な理由がなくても幸福感を味わえるんでしょうか」「急に落ち込んだりするようなことはありませんか」といった心理状態もしつこく尋ね、さすがにアミダが面倒くさがる場面もあって、「そんなこと、聞いたってしょうがないでしょ」と洋平がつい口をはさんだら、もの凄い剣幕でやりこめられてしまう。

「こういう基本的なことが大事なんです。生活の細部をきちんと掴まなければ、このかたの真似はとてもできませんからね」

二人の信奉者は洋平を蔑むように見て、更に質問を続けるのだった。

「どういう時に幸せを感じますか」

「そうだなあ、起きた時、寝る時、ご飯をいただく時、ウンコする時、どんな時でも」

よくまあ、そこまで猿芝居ができるもんだ、このじいさん、やっぱり眉つばだな……。男たちがすべて聞き尽くしたという満足げな顔付きで名前も告げず帰った後、洋平はアミダに近寄って声を荒げた。

「あんた、いい加減にしろよな。偽善が見え透いてるんだよ」

「ギゼンって、何ですか、それ」

「善人のふりをしてるってことですよ。いい人ぶってるんだ」

「ハッハ、そりゃ面白そうだな、今度やってみよう」

コケにされているようで馬鹿らしくなり、洋平は何も言わずに隣りの部屋に戻ってゆく。今日から炊事を引き受けようと思っているが、まだ夕食の準備には早いだろう。買ってきた下着を押入れに収め、洋平は横になって仏頂面で居間のアミダを見た。若者たちがワーキングプアの苦しみに喘いでいることを思えば、他人のために無償で働くなんて何だかとても身勝手なふるまいに見えてしまう。年収二百万円以下の貧乏人は全国に一千万もいるんだ。自分だって貧しいくせに、一人だけ恰好つけやがっていい気なもんだぜ。商店街のみんなから愛されるようにふるまって、結局、町の連中にいいように利用されてるだけじゃないのか。彼らがアミダの常識を超えた善行を当たり前のこととして受け入れ、心の奥を少しも訝らないのは、自分たちに都合がよくて何かと重宝だからだ。


それからの十数日もアミダの無償の人助けに変わりはなく、ある時、洋平は喧嘩の仲裁を目撃することになった。夕刻、ファーストフード店にアミダと一緒に入ろうとしたら、入口の前で二人の中年男が口論をしている。洋平も顔見知りになっている文具店と雑貨店の店主たちだ。

「あんたが町内会の交通部長だなんて、まったく聞いてあきれるよ。交通安全週間の時は子供らの登下校の面倒をろくに見なかったし、去年の秋祭りでも道路が混雑してる時、交通整理に立たなかったよな。お陰で署長からお叱りを受けて、町内会の面目は丸つぶれだっての」

「そっちこそ、今年も商店会の花見で会費を払わなかったじゃないか。いつも遅れて来てはこっそり帰って、タダ食いタダ飲み。会長が毎年あんたの分をかぶってるんだぞ」

　取っ組み合い寸前のところにアミダが合掌したまま割って入ると、二人とも表情を和らげ、「これはこれはアミダさん」と声を合わせて腰を折る。「あんたらの話はどうも難しくていかん。さあ、俺に一発おやりなさい」と言うアミダに、雑貨店の店主が「では、いただきます」と呟いて頬を平手でしたたかに打った。アミダは悲鳴を上げてよろめいたが、雑貨店の店主は目を伏せてしおらしい顔付きになっている。続いて文具店の店主が「いただきます」と一礼してアミダに張り手を食らわせ、アミダが呻きながら倒れると、二人の男は礼の言葉を慇懃に述べ、肩を並べて立ち去った。痛そうに頬を撫でながら洋平に手を取られて立ち上がったアミダを、母親と道を歩いていた男の子が指差して言う。

「あ、きのう、うちで夕御飯を食べたひとだ。ねえママ、このおじさん、町のひとたちが犬みたいに飼ってるんでしょ？」

　慌てた母親は何度も頭を下げて詫びながら、息子の頬をつねってみせたが、「ハッハッハ、子供は正直だあ」というアミダを見る彼女の目には、曖昧で複雑な微笑みが浮かんでいた。

　その夜の十一時頃、アミダの家の和室で、洋平が雑誌を手にしたまま うとうとしていると、隣りの居間から襖越しにゴソゴソと妙な物音が聞こえて来る。アミダはとうに眠っているはずの時間帯なので不審に思って襖を少し開けたら、サイケな柄のTシャツを着た身長一九〇センチはありそうなスキンヘッドの大男が、アミダのそばをうろついていた。顔や寝姿に右や左、上や下から舐めまわすようにビデオカメラを向けて撮りながら、この場の状況を説明するような口付きで何やら呟き、ゆっくりアミダのまわりを動いているが、無我夢中の有り様で洋平に気づかれたのも分かっていないようだ。やがて男が感極まった面持ちでアミダの上体を起こし、肩に載せて全身を担ぎ上げようとしたので、「何をするんだ、あんた」と情けない悲鳴まじりの声で叫ぶと、男も慌てふためき、アミダを布団の上にそっと戻して横たえた。大切な人物を慎み深く丁寧にもてなすようなしぐさだったが、てっきりひとり住まいと思い込んでいたらしく、男は洋平を見て居間から店の土間に下りるや、アミダに振り返って軽く一礼し、意味不明の言葉を口にしながら素早く逃げ去った。アミダは起き上がり、何があったのか知りもせずぽかんとしている。

洋平は男の出て行ったガラス戸に近づいてみたが、壊された形跡はなかったから、粗末な鍵を外からこじ開けて忍び込んだのだろう。体を揺すって真剣な眼差しでいきさつを話しても、アミダは「家を間違えたんだろうよ」と寝ぼけまなこで笑い飛ばすだけだった。

「いやいや違いますよ。見たところ何も盗まれたものはないみたいだし、物取りのしわざじゃない。あなたが狙われたんですよ、アミダさん。どうもそんな感じだった」

それでも取り合おうとしないので、洋平が110番に通報して来てもらったが、アミダの周辺が騒がしくなったのは、翌朝、事情を警察から聞いた中町通りの山川と桜通りの商店会長が二人して駆けつけてからのことだった。

「このたびは物騒なことで」

「それにしても、アミダさんみたいな人をさらおうなんて、一体どういう人間なんだ」

「ここにいては危険です。とにかく早く出ましょう」

二人の商店会長が顔を紅潮させて交互に口走る。拉致されようとした事情はまったく不明で気がかりだが、そちらは警察の捜査に任せよう、春、秋の交通安全運動や歳末警戒などへの協力でアミダさんは警察にも好感を持たれているからこういう時は心強い、今は身の安全をはかるのが何よりだ、などと言って、彼らは正覚寺にしばらく寄留するよう強引に説き伏せた。すでに院主の了承は得てあるそうで、洋平が夜間の護衛役として同居するのも勝手に決めたようだが、賄い付きで家賃無料と聞いては、とても拒む気にはなれなかった。


昼過ぎに正覚寺で院主の出迎えを受けたアミダと洋平は、院主夫人の案内で離れ屋に入ったが、襖で仕切られた六畳と八畳の二部屋を自由に使っていいとのこと。アミダが六畳の和室でへたり込み、ふっと大息をついた。ひと前で初めて見せるどこか翳りのある表情だ。この男にも心の闇はあるに違いない……。洋平が八畳の和室に入り、仕切りの襖を開けたまま腰を下ろす。幼い子供にまで冷やかされるような飼い犬の生活はやめて、もっと前を向いたらどうなんだろう。アミダの丸まった背を見て、洋平は思わず声をかけた。

「アミダさん、あんた、いつも何を考えてるんですか。どこまで本気なんだ」

返事がないので繰り返したら、「ハッハ、幸せな今の俺が、俺は本気で大好きだあ」と呟いて、ようやく普段の微笑みを取り戻す。洋平は黙り込んで布団にくるまったが、たぶらかされたようでも諭されたようでもあって妙な気分だった。嫌なやつじゃないけど、やっぱり気に食わないし、見習おうとは思えない。

翌朝、洋平が改めて院主に会って挨拶をすると、ビデオで見たとおりの温厚な人柄で、六十歳にしては若やかな顔立ちだった。時折、清掃などの雑用に協力してほしい、などと事務的な話を済ませた後、「せっかく寺で過ごされるんだから、朝と夜、念仏や和讃のお勤めはいかがかな」と院主は勧めたが、洋平が返事を渋ったらそれ以上は口にせず、時間があるからと言って境内を案内してくれた。二人で歩くと木立に包まれた静かな佇まいで、鳥のさえずりが耳に心地よく、商店街の近くにいるのを忘れそうなくらいだ。小さな山門の内側には左手に地蔵堂があって六体の地蔵尊が並び、その脇の御水屋の前を過ぎて正面に進むと本堂に行き着く。裏には墓所があり、右手の二階建ての建物は寺務所を兼ねた庫裏だそうで、本堂の左手には鐘楼が、更にその奥には洋平たちのいる離れ屋があった。

「この寺を建てたのは室町時代の武士でしてね。わが宗派の中興の祖・天賢上人が領内に見えた時、その教えを聞いて信仰に目覚め、弟子になったそうです」

離れ屋の裏手の木立に入ると、朝日をさえぎる雑木の群れがほんのりと涼しさをかもし、傘の黄色いキノコが地面に生えているのが目に触れた。アミダの家の裏で見たのと全く同じものだ。洋平がしゃがんで眺めると、院主が笑いかけて言う。

郵便はがき

料金受取人払郵便

麹町支店承認

9189

差出有効期間
平成27年1月
30日まで

切手を貼らずに
お出しください

102-8790

102

[受取人]
東京都千代田区
飯田橋2—7—4

株式会社 作品社
営業部読者係 行

【書籍ご購入お申し込み欄】

お問い合わせ 作品社営業部
TEL 03(3262)9753/FAX 03(3262)9757

小社へ直接ご注文の場合は、このはがきでお申し込み下さい。宅急便でご自宅までお届けいたします。送料は冊数に関係なく300円(ただしご購入の金額が1500円以上の場合は無料)、手数料は一律200円です。お申し込みから一週間前後で宅配いたします。書籍代金(税込)、送料、手数料は、お届け時にお支払い下さい。

書名		定価 円	冊
書名		定価 円	冊
書名		定価 円	冊
お名前	TEL ( )		
ご住所 〒			

フリガナ
お名前
男・女　　　　歳

ご住所
〒

Eメール
アドレス

ご職業

ご購入図書名

●本書をお求めになった書店名

●ご購読の新聞・雑誌名

●本書を何でお知りになりましたか。

イ　店頭で

ロ　友人・知人の推薦

ハ　広告をみて（　　　　　　　　）

ニ　書評・紹介記事をみて（　　　　　）

ホ　その他（　　　　　　　　　　）

●本書についてのご感想をお聞かせください。

ご購入ありがとうございました。このカードによる皆様のご意見は、今後の出版の貴重な資料として生かしていきたいと存じます。また、ご記入いただいたご住所、Eメールアドレスに、小社の出版物のご案内をさしあげることがあります。上記以外の目的で、お客様の個人情報を使用することはありません。

「そりゃ毒キノコですよ。毒と言っても食べて死ぬほどのものじゃないようだけど、誰も口に入れたりはしません」

いつもこのキノコを食べているアミダは今頃、庫裏で朝風呂に入っているはずだ。

「ところで、アミダさんはこの町で生まれたひとなんですか」

ごく自然に口をついて出た問いだが、院主も淡々と応じてくれた。

「いや、奥さんと二人でよそから来て住み着かれたようだね」

時期は昭和三十年代の半ば頃と先代住職の父から聞かされたそうで、どこから来たのか本人が喋ろうとしないのでまったく分からないが、住み始めた頃はごく普通のひとだったようだと院主は言う。

「この土地で一緒に駄菓子屋を始めた奥さんが二年後に亡くなった時、会田さんは一晩中大泣きして過ごしたそうです」

会田が他人を慈しむような思い遣りのある人物になって行くのはその後のことで、これには先代住職の薫陶が大きく与《あずか》っていると院主は誇らしげに話した。


七月に入って夏休みが近づいた頃、大学からの帰りに桜通りへ入ろうとしてＪＲの駅前に差しかかった時、騒がしく人が動いているので、顔見知りの古書店主に事情を尋ねたら、駅前の通路の一角に設けた弁当売り場でアミダが急死したという。

弁当屋の手伝いを頼まれたアミダが、大きな台の上に置いた幕の内弁当やトンカツ弁当を売りさばき、そばで店主夫人が代金を受け取って売り場は繁盛したらしく、夫人が商品を売り尽くして引き揚げようとした頃、チンドン屋の楽器の音が鳴り響いて来たので、見向くとスーパーのPRに雇われた二人の男女が、少し離れたところで賑やかに鉦や太鼓を叩き、クラリネットを吹いていた。アミダは何もなくなった売り場の台に乗ってあぐらをかき、耳を傾けている。心地よさそうに目をつぶって腕を組む姿に、夫人は後片付けをしながら横目を走らせて苦笑していたが、チンドン屋の男女が立ち去ってからも、アミダは瞑目したまま動こうとしない。「今日はほんとに有難う、アミダさん。もうそろそろ帰りましょ」と夫人が声をかけても返事がないので、「さあ、行くわよ」と言って肩に手をかけたら、アミダは前のめりになって上体をうつぶせ、慌てて抱き起こしたが、すでに息は止まっていたという。正覚寺の離れ屋で寝起きを共にし、今朝も言葉をかわしたばかりのアミダが、忽然とこの世から消えたのだ。

葬儀は二日後に町内会の集会所で行われることになった。拉致されかけたという経緯に警察は一応留意したが、死亡の現場近くに居合わせた者たちの証言から事件性は窺えず、アミダの死因は医師の検案で虚血性心疾患とされた。時々、息切れや動悸を訴えていたことから、商店街の住人たちは無理がたたった過労死だと嘆き合っていたが、洋平にはアミダの死があの黄色い傘のキノコによるものだと分かっている。正覚寺の院主が「食べて死ぬほどのものじゃない」と言った毒キノコを、この町に住み着いた頃から、アミダはひそかに食べ続けて来たのだろう。その毒が蓄積して、今頃になって体調の異状を招いたのではないか。

桜通り商店会の会長を葬儀委員長にした町葬は、斎場が狭くて供花や花輪の乏しいささやかなものだった。雑用を手伝っていて気づいたことだが、小さな祭壇はボール紙を使った粗末な造りで、費用をかなり節約したようだ。読経を終えた正覚寺の院主が故人の人柄を偲んで語り、参列者の涙を誘う中、洋平が焼香の列に加わろうとしたら、会場の隅で中町通りの山川商店会長と見覚えのある二人の男が何やら話している。いつかアミダを訪ねて来た熱心な信奉者たちだ。二人が斎場を出た後、山川に近づき、「今の人たち、アミダさんのうちに来たのを見たことありますけど、誰です、いったい」と尋ねたら、「ああ、どこかのお医者さんと出版社の人だとか言ってたなあ」などとまったく気のない返事をする。

「医者って言うと……アミダさんの死因のこととか？」

「いや、そうじゃないみたいだね。アミダさんの並はずれて高潔な人柄に関心があるとか言って、何か変わった物を食べてなかったかとか、おかしなことを色々聞くから、今は忙しくてそれどころじゃないいって突っぱねてやりましたよ」

棺と二人の商店会長を乗せて火葬場へ向かう霊柩車を茫然と見送りながら佇む洋平に「あなた、アミダさんのうちに転がり込んでたひとね」と声をかけて来たのは、ヘアーサロン経営者の老妻だ。「あんないいひとがいなくなると、みんな、ほんとに困っちゃうわ」と言って、女は大きく溜息をついた。

「うちのひとが車を盗まれたことがあってね、商店会のひとに勧められてアミダさんのとこに行ったのよ。そしたら粗末な家で身寄りもなくて貧しく生きてるのに、満ち足りた顔で幸せを噛みしめてるじゃない。その姿を見て、うちのひと、自分よりもっと惨めなひとがこうなんだからって、すっかり気を取り直したそうよ。いつか株で損してへこんじゃった時も、すぐアミダさんを見に行って、こころを落ち着けたみたい」

ろくに返事もせず、洋平の足は自然とアミダの家に向かっていた。商店街を歩くと斎場から店に帰る住人たちでざわめいていたが、誰もが商売に励む普段の表情に戻っている。郵便局の角を曲がった時、携帯電話に母からのメールが送られて来て、「あなたの将来について親子三人で真剣に討議することになりました。本日は帰るように」と書かれていた。アミダの駄菓子屋が近づき、地蔵の祠の前まで来て洋平がぼんやりと立ち止まる。あのじいさんとはもっと話すべきだった。本当の姿を見たのか見なかったのか、それすら分からないまま終わってしまったが、今となっては、もし彼が偽善者であったのなら、それが一番よかったような気もする。洋平はアミダの家へと再びゆっくり歩き始めた。

電線と老人

杖をついて平屋の自宅を出た正造は、門の前で頭上を見ながらしばらく佇み、夏の青空の下に浮く何本かの電線に目をやった。外出や散歩の時の癖だから、つき従う家政婦の岡島はいつものように黙ってそばに立っている。やがて岡島が何やらぶつぶつ言い始めたので正造が見向くと、バッグから取り出したハンカチで、「大石正造」と書かれた木の表札の白い汚れを拭き取るところだった。

「また、カラスの糞《ふん》か。このあいだは、もう少しでここをやられるところだったなあ」

すっかり薄くなった白髪頭を撫でながら正造が歩き、穏やかな早朝の日差しの中、岡島が正造の小さなカバンを手にして付いてゆく。閑静な住宅地の通りを少し進み、最初の角を左に曲がろうとして、正造は紺色のジャケットを着た若い男とぶつかりそうになった。

「なんだ、おまえか、ああ、びっくりした。角を曲がる時は、走ったりするんじゃない」

男は妹の孫の岩田昭夫。中堅の都市銀行に勤め、ここから近い中目黒の支店が職場だった。住み込みの初老の家政婦と二人で暮らす正造が付き合いを保っているただ一人の縁者だ。

「おじさん、これから病院ですか。今日は土曜日だから、渋谷の医療センターでしたよね」

三十一歳の青年が九十歳の大伯父をおじさんと呼ぶのはどうかと思うが、二週間に一度は顔を見せる昭夫への近しさから、正造は何となく納得している。もっとも正造が彼を家に呼んだことは一度もなく、昭夫はいつも勝手に押しかけて来るのだが、緊急時のためにとしつこくせがまれ、門と玄関の合鍵は渡してあった。

リビングルームのカーテンを取り換えたいと正造から聞いているので下見に来たと岡島に告げ、昭夫は二人から離れて行ったが、彼が頼まれたのは実は寝室の隣の納戸にある金庫の扉の不具合のことだった。扉のダイヤル番号とその複雑な操作方法を書いたメモが、書斎の本棚の最上段に並ぶ本の奥に金庫の鍵と一緒に隠してあった。一昨日の夜、岡島が寝ついた頃に正造はふと金庫を開けたくなって、メモを見ながらダイヤルを操作したが、いつもと違って扉が開かない。翌朝、岡島が買い物に出た後、どうしたものかと思案しているところへ昭夫から電話がかかって来た。新種の金融商品を熱っぽく勧めるのを遮って事情を話したら、なぜか昭夫は金庫の置かれた場所を知っていたが、詮索するのも面倒くさくて、正造は初めて彼を呼びつけてしまった。

通院で家が留守になるのを昭夫は心得ている。会社が休みの今日は、これから合鍵で中に入り、仏壇と後ろの壁の隙間に移しておいた鍵とメモを使って、金庫の前で奮闘してくれるはずだ。当座の生活費のための預金通帳は別として、高額の口座については通帳類をすべて銀行の貸金庫に入れており、自宅の金庫には三年前に亡くなった妻の腕時計とメガネ、はるか以前に勤めていた会社のバッジがあるだけだから、わざわざ自宅へ来させるには気の毒な頼みごとだったかもしれない。だが、子供もおらず、親戚とことごとく不和になっている正造からすれば、何かとすり寄って来る昭夫はこんな時には頼りになる男ではあった。

タクシーの中では黙りこくっていた正造だが、病院に着いたらすぐ目が輝いて溌剌とした顔つきになった。このところ物忘れが多いので脳のＭＲＩ検査を受けたいと、神経内科の診察で言い張り、「一ヶ月前に済ませて異状はなかったんだから、気にすることはありませんよ」という医師の説得も正造は突っぱねた。

「まあ、いつものことだから、しかたがありませんね」

古馴染みの医師が苦笑しながら検査日の予約をしてくれたので、正造は穏やかな笑みを浮かべて岡島と診察室を出た。会計を済ませるために待合室の長椅子に二人で坐っている時、岡島が司法書士の息子の近況を誇らしげに話し始めたので、突然、正造が顔を曇らせた。彼の前では誰もが子供や孫の話は避けている。岡島はうろたえて口ごもり、会計カウンターに呼ばれて支払いを終えるや正造のところに急ぎ足で戻ったが、その不機嫌な面持ちにまごついて、手にした財布からうっかり一万円札と二枚の千円札、二個の百円玉を落としてしまう。すぐにフロアから拾い上げ、財布に入れようとした岡島は、たちまち正造の尖り声を浴びた。

「おい、ここは病院だよ。床に落ちたらバイ菌がつくじゃないか。そんな汚いものを俺の財布に入れるなんてとんでもない。あんたにあげるから、さっさとしまってくれ」

岡島はばつの悪い顔で、自分のバッグに素早く紙幣と硬貨を放り込んだ。

「さて、この後は整形外科だったよな。岡島さん」

彼の病院通いのおびただしさは凄まじいほどで、九十歳という高齢とは思えぬほど健康で持病のない正造は、人間ドックの検診はもとより、月曜日から金曜日までの毎日と隔週の土曜日に通院を欠かさない。呼吸器・循環器・消化器内科や整形外科、総合診療科と神経内科、泌尿器科から眼科、耳鼻科、歯科に至るまで、都内の五つの総合病院と二つの診療所で診察を受けるのは、どんな些細な病気の兆候も見逃すまいとしてのこと。顔馴染みになった医師を頼り、必要がなくても出勤のごとくせっせと通うのだ。どの主治医も一流とされる名医ばかりで、たびたび惜しげもなく渡す謝礼や盆暮の付け届けは総額でかなりのものだが、長寿のためのコストと正造は得心しており、入院の際、最も高い特別室に入るのは、そうすれば医師や看護師が過分に扱ってくれるだろうという思い込みによっている。

二時過ぎに岡島と自宅に帰ったら、門の脇のメールボックスに旧制高校の同窓会の案内状が届いていた。東京在住の全同窓生が年齢を問わず年に一回つどう会合で、妻の和子が生きていた頃は時々出席していたが、最近はまったく顔を出していない。同級生でまだ死んでないのは、ひょっとして俺だけだったりして……。少し誇らしげな心地で玄関を入ると、昭夫はすでに帰った後だった。リビングルームのテーブルに小さな紙切れが置いてあり、「金庫は開きました。大事な鍵とメモは元のところに戻してあります」と書かれている。早速、納戸の金庫を見に行くと扉は開いたままになっており、妻の腕時計を取り出すと、針は九時二十分を指して止まっていた。和子の時間はもう絶えてしまったが、自分は平均寿命をとうに過ぎても、命の分秒を砂時計の砂のように今も休みなく積もらせている。

寝室のベッドでぼんやり過ごして五時過ぎに起き上がり、正造は和子の腕時計を手に取った。こいつを着けてちょっぴり外をぶらついてみるか。「一人でちょっと散歩して来るよ」と岡島に告げ、「今日はお疲れだから、体にさわりますよ」と強く引き留めるのも聞かず、午後の明るさが残る家の前の通りに、正造は妻の時計を携えて出た。車がすれ違って通れるほどの広さはあるのに、近所の子供がキャッチボールをするくらい静かでのどかな道だった。

正造はいつものように空を見上げ、電線に目を遣りながらゆっくりと歩き始めた。道の両側に太いのや細いのと様々な電線が何本も走っている。電気の流れる線だけではなく、電話やCATV、光ファイバーのケーブルもあるのだろう。高いところに見えるのが高圧電線で、その下の少し低いあたりにあるのが低圧電線ではないか。信号を越えて伸びる線もあれば、道を横断するものもあって小鳥が危なげなく止まっていた。電線を目でたどると十メートルくらいの間隔でコンクリートの電柱が立ち、灰色の筒のような変圧器がその上部に付いている。道が交差する角では、電柱に四方から絡むように電線がまとわりついていた。空に向けた視線を時々おろし、前方に注意しながら進んで再び見上げる正造は、いくら眺めても飽きることがない。町中の電柱が目ざわりだとか、電線を地下に埋設する街が増えているとか色々聞こえて来るが、正造には電線と電柱のかもす光景が煩わしいとはとても思えなかった。

こんな癖がついたのは、大手の商社を定年でやめ、更に関連会社も退職した一九八五年の頃ではなかったか。当時、テレビで黒澤明監督の映画特集が組まれ、連日のように作品が放映される中、正造は初めて『野良犬』を見てごく短いシーンに感銘を受けたことがあった。刑事が犯人を追って動きまわる東京の町。どんよりと曇る空の下に張られた電線が、ほんの僅かの間だが白黒の画面に大きく映し出された時、わけもなく哀しさが込み上げ、やるせない雰囲気を味わったものだ。封切られた頃なぜ映画館に行かなかったのかと悔やみ、すぐ買い求めたビデオで以後はその場面を中心によく見るようになったが、いつも昭和二十年代前半の世相と当時の自分が甦るのだった。今でも時折、ビデオで見返しているが、映画の中の情景と同じように、あの頃は何だか本当に世の中のすべてがモノトーンだったような気がしてしまう。

また、そのビデオを買った頃、正造はくだんの電線のシーンから、ふと芥川龍之介の「或阿呆の一生」の一節を思い起こしたことがある。生来あまり読書好きではない正造も、学生時代に読んだこの小説のある描写だけはなぜか印象に残っていた。それは、作品中の「彼」、すなわち芥川が雨の中を歩いていて架空線つまり電線を見上げる光景だった。目の前の電線が紫色の火花を発しているのを見て、芥川は妙な感動を覚えたというのだ。爾来、その部分をたまに読み返すようになったが、外出の際、視線が電線に向くようになったことのきっかけには、こうしたいきさつもあったと思う。

晩酌の酒を少し嗜むくらいしか楽しみはなく、通院と昼寝の他は近所の散歩だけが日課という暮らしを続けて来たから、住宅街の通りに沿った家々やアパートの佇まいなどはすっかり見慣れている。だからこそ、門の造りや塀越しに見える庭木や植栽、外階段やガレージなど、ほぼ同じ眺めに飽き飽きしている目には、道の真上で雑然と伸びて絡み合う電線の武骨さがかえって新鮮に感じられた。あまりにありふれていて誰も気づかないが、改めて見つめれば非日常的な光景としての興趣があると思う。他人の知らない自分だけの楽しみを持つのも悪くない……。ひたすら病院通いに明け暮れるせわしない毎日だが、こうしてそぞろ歩きのまま電線をぼうっと見やっていると、なぜかこの時だけは病気と余命への不安が鎮まって行くような気がするのだ。今さら生死についてはまましく考えず、もっと気を抜いて漫然と生きてもいい年なんだと、そっとささやく自分が心のどこかに潜んでいるのかもしれない。

電信柱ばかり見てどうしたんですか。退職後、一緒に家の近くを歩いていて、仔細を知らない和子からそう聞かれたことがある。さっさと先に行ってしまった。毎日ひまを持てあましてるのね、きっと。和子はからかうように微笑み、さっさと先に行ってしまった。その和子の腕時計にそっと右手を当ててみる。これを散歩に持ち出したのをすっかり忘れていた……というより、持ち出そうと思い立った時の和子への気持ちが、今は何だかよく分からない。ぼんやりと歩くうちに夕陽が雲間に輝いて眩しくなり、正造は思わず道の端に寄って電柱の陰に立った。前方から白い車が近づいて来て、運転席の若い女が軽く手を上げるのが、逆光の中でちらっと見える。女は正造が自分の車をよけて電柱の陰に動いたと勘違いし、礼のしぐさをしたらしい。正造は「ちっ」と舌打ちして自宅に引き返すのだった。

憮然とした面持ちで玄関に入り、廊下のとっつきの書斎を兼ねた和室で、正造は本棚の文庫本を何とはなしに取り出した。たったひとつの四段の書棚に並ぶのは三十年以上も前に買った本が多く、当時の経営やビジネスに関わるものばかりだから、手にした「或阿呆の一生」は蔵書の中では数少ない文芸書だ。久しぶりにページをめくって、正造はお目当ての一節にたどり着いた。

〈架空線は不相変《あひかはらず》鋭い火花を放つてゐた。彼は人生を見渡しても、何も特に欲しいものはなかつた。が、この紫色の火花だけは、――凄まじい空中の火花だけは命と取り換へてもつかまへたかつた〉

さすがに疲れた足取りでリビングルームに行くと、岡島が大きな声で電話をしているところだった。後ろから入って来た正造にまったく気づいていないようだ。

「外に出たらぼうっと電線ばかり見てらっしゃるし、この間なんか神田で中学生向けの本を買われたんですよ。ええっと、たしか歴史の参考書だったと思います。たまに知り合いの人から手紙が来たら封筒を舐めたりなさって……このままでほんとに大丈夫なんでしょうかねえ」

封筒を舐めれば便りをよこした相手の心が読める、というのは幼い正造が母からよく聞かされたことだった。何度か試みるうちに、書面に本物の気持ちが籠っているのか仄かな味わいで分かるようになる、と言うのだ。この頃はそれがあながち荒唐無稽とは思えず、手紙が届けば必ず舐めているが、ほんのりと封筒の中から相手の思いが匂い立つような気がして、さすがに明治の人は違うなと感心しているところだった。

「親類の岩田昭夫さんって人が何かと面倒を見てるんですけど、『じいさん、この頃かなりぼけて来たなあ』なんて最近よくぼやくんです。わたしなんか一緒に住んでるから、何だかちょっと心配で」

話しぶりからして、電話の相手は介護保険で世話になっているケアマネージャーの浅田明子だろう。幾度かこの家を訪れて、同年代の岡島とすっかり馴染みになっており、岡島が不安げに話す正造の近況に真剣に耳を傾けそうな人だった。


朝から午後まで、時には夕方にかけて病院通いに体力を使う正造は、毎週木曜日の夕方に訪れる訪問看護師と相談しながら三食のメニューを決めるなど、栄養には細心の注意を払っている。朝食を時間をかけてゆっくり食べた後、バス通りまで歩いてそこからタクシーに乗り、岡島と一緒に通院するのがお定まりのコース。火曜日の今日は御茶ノ水の総合病院で消化器内科の診察を受け、午後から新宿の歯科クリニックに行く予定になっていた。

「おやおや、俺より若いくせにもう死んでるじゃないか」

病院の待合室で岡島と並んでソファーに坐り、診察を待っていた正造が朝刊に目を通して鼻にかかった声を出した。訃報欄で著名な財界人の死を知って、しわだらけの頰に微笑みを浮かべている。享年八十六、多臓器不全による逝去だった。

二日前から便が臭くないことに気づいたと診察室で話し、内臓に異状があるのではと正造は主治医に訴えた。今のところ特に問題はないだろうと言われたが、聞き入れる正造ではない。胃と大腸の内視鏡検査をせがんで予約を済ませ、満ち足りた顔で診察室を出たが、そこへ若い女が走って来てぶつかりそうになった。正造をよけようとしてバランスをくずし、つんのめって顔が近づいた瞬間、女が大きな咳をしてしまう。喉から激しく送り出された咳の直撃を受け、たまたま少し開いていた口に女の息が吹き込まれたのを正造は直感した。思わずペッと唾を吐き出したが、女は知らん顔で廊下を駆けて行く。正造が言葉にならない声を吐いてよろめいた。夏のインフルエンザがはやっている時期で、外出の時は必ずつけているマスクなのに、うっかり忘れて来たのはあまりに不用意なことだった。

「ひと前でマスクもつけずに咳をして、この俺を殺す気かあ」

大声でわめき散らす老人の姿に周囲の目が集まり、岡島が落ち着かせようと必死で抑えたが、正造の頭はすでに「死」のイメージで満たされている。唇を震わせて唸り声を上げ、棒立ちのまま脅えていたが、激情の暴発に体がついて行けず、へなへなとくずおれそうになって廊下の長椅子に腰を下ろした。再び主治医の診察を受けたものの、「インフルエンザの予防注射はしてあるし、気になさることはないと思いますよ」という説明にも不安は消えず、岡島に寄りかかって病院を出る時は顔から血の気が失せていた。午後の歯科の受診をとりやめ、帰宅後は寝室のベッドでただ身を竦めるだけである。

たまたま翌日の夕方には訪問診療の定期診察があった。午前中の国立病院、午後の眼科クリニックの予定をキャンセルし、昼間は自宅に引きこもっていた正造が、夕刻、ベッドで上体を起こし、内科医の近藤と女性の看護師を迎えて頭を下げる。近藤は三年前から週に一度、異状がなくても往診に来てくれる七十代の医師で、この家によく出入りする昭夫とも何度か顔を合せており、いつか正造の前で彼の人柄を口にしたこともある。

「何かとあなたのお世話をしてるみたいで、なかなかいい青年ですよね。でも、ちょっと危ないような気もするなあ」

それ以上は話さなかったが、遺産目当ての下心があると言いたげな口ぶりだった。そんなことは薄々分かってるけど、別にどうだっていいんだ。今の俺には、あいつの本音なんか分からなくったっていい。近藤に何か答えてやりとりをするのが面倒で、正造はその時、苦笑しながら黙っていた。

「その女性がインフルエンザかどうか分からないんだから、気にしたってしょうがないでしょ。まあ、大丈夫ですよ」

きのうの出来事を近藤に話したらそう言われ、正造はたちまち顔をこわばらせた。

「先生、私がやられたところは病院ですよ。病気持ちどもがいっぱい集まってるところじゃないですか。インフルエンザのウィルスだって、うようよしてるさ」

「病院がそんなにおっかないところなら、どうしてそうしょっちゅう行くんですか」

つい口を衝いて出た言い草だろうが、思いもよらぬ問いかけだったので、正造は絶句して何も切り返せなかった。


今は外に出れば真っ先に眼差しの向く電線だが、若い頃は視野にあっても見えなかったものだ。正造が電線を眺めるのは住宅地ばかりで、家に近いところがほとんどだが、この頃だんだん分かって来たのは、晴れているよりどんよりと曇った日のほうがいいということ。顔を天に向けて見つめる電線には、灰色の雲が似合っている。あれこれ観察すれば無数の変化があり、こんな楽しみを味わうのはできれば独りの時が望ましい。だからこそしばしの間、自宅の近くをぶらついて見上げることになるのだ。同じ一つの電線でも様子はいつもどこか違って見えるが、そんな時、胸の底からやんわりと湧き上がる安らかさ……。若い頃には想像も出来なかった感傷だろう。

会社勤めをしていた頃の日々を、今は少しも懐かしいとは思わない。南太平洋の島から復員して終戦直後に見合いで結ばれた同い年の和子とはおおむね仲のいい夫婦だった。高度経済成長期の真っただ中で商社マンとして働いていた頃、よく連れ立って当時はまだ珍しかった西洋料理の店で外食したものだ。子供がいないので犬を飼っていたが、長い間に何匹もの死に立ち会い、そのたびに二人とも寝込んでしまって正造が会社を休んだこともある。和子が酒の味を覚えたのは、夫婦が年金生活に入った頃だろうか。ダイニングルームのテーブルをはさんで一緒に晩酌するようになった。晩年は二人とも親類とほとんど接触がなく、知人たちとも疎くなって来たから、互いに頼り合って寄り添うしかなかったのだろう。

妹の悠子は税理士と結婚して和歌山に住んでいるが、もう二十年ほど顔を合せていない。そうなったきっかけは些細なことと言えるかもしれない。悠子の長男の幸一が急性肝炎で入院した時、正造は和子と和歌山まで見舞いに行ったのに、正造が肺炎で一ヶ月近く病院にいる間、妹も幸一も姿を見せなかった。気を悪くした正造が電話で悠子を怒鳴りつけ、勝気な妹が煩わしげに言い返したものだから、その後しばらく罵り合いが続き、以来、妹の一族とは昭夫を除けばすっかり疎遠になっている。和子も生前ただ一人の弟と長らく絶縁状態が続いていたが、こちらは甥の結婚式で新郎の恥を暴露するようなスピーチをして弟の怒りを買ったのが原因だった。
正造も和子もとうに両親を失った後でのことだが、自分たちのこうした余生を淋しく思ったことはない。妻に先立たれてからの正造は、病院や医療・福祉関係者、家政婦との関わりを除けば世間とはほとんど没交渉を続け、人づき合いの煩わしさを免れた境遇にすっかり馴染んでいる。夫婦は正造が親から引き継いだ郷里・静岡の山林を売って老後の日々を過ごし、五年前から都内の有料老人ホームを物色して来たが、希望通りの施設と巡り合えないうちに、和子が大腸がんで他界してしまった。

和子がこの病気で最初の手術を受けたのは、正造が悠々自適の暮らしに入って少したった頃で、妻が入院した日のことだけは、昨日のように鮮明に思い出すことができる。手術をひかえた和子は病室のベッドで顔をしかめて眠り、医師からあまり安心できる説明を正造は事前に受けていなかった。容態の悪い和子に付き添った三階の病室から外を眺めると、すぐ前に住宅街の路地があり、窓の近くを数本の電線が走っていたので、つい見惚れていると、やがて強い風が窓ガラスを叩いたが、電線はゆったりと伸びたまま少しも動かない。和子は死ぬのだろうか……。目を覚ました和子に水を飲ませて水差しを窓際の台に戻す時、さりげなく再び目をやると、電線は少したわんだように思えた。見えているのはたまたま細い線ばかりだが、同じように自分たちも今は心が細くなっている。後ろから和子に小声で呼ばれ、駆け寄って手を強く握っていると、「ヒューッ」と電線の鳴る音が聞こえたような気がした。ゆっくりふり返るといきなり強い雨が降り始め、電線に激しく吹き付けている。ふっと息を吐いて、正造は妻に向き直った。

幸い和子の手術は奇跡的と言っていいほど首尾よく終わり、術後の経過もよかったが、それからの正造は妻の予後に細心の注意を払い、通院には必ず付き添ったし、別の病院にも連れて行った。そのうち正造自身の体調にも神経過敏になった夫婦は、二人してあちこちの医療機関を訪ねるようになってゆく。そして、病室から見たあの日の電線を思い出すたびに、命のあやうかった和子の姿が、正造の脳裏で陽炎のように揺らぐのだった。あるいは、妻の病状ですっかり弱気になった我が身のもろさが、あの時は風雨に晒された電線のわびしさと重なり合っていたのだろうか。

近頃は来し方の大ざっぱな記憶はたどれるが、和子が大腸がんの手術を受けた時を除けば、細かいことは思い出そうという気にもなれない。まあ、生きるってのは繰り返しだな……繰り返し、ただそれだけのこと。病気と医療の目配りに限っては思考に少しも衰えはなく、むしろ年を追うごとに益々冴えてゆくようだが、その他の日常については何だかおぼつかない。訪ねて来た昭夫の名が口に出せず、「おい、あのなあ、ほら、おまえ、おまえさあ」などと呼びかけたこともあった。

その昭夫がある日、墓地のパンフレットを持って訪ねて来た。和子が逝って三年が過ぎるのに、いまだ正造の夫婦には墓がなく、妻の遺骨は仏壇に置かれたままだ。郷里にあった先祖代々の墓は妹が自分たちの住む和歌山に移しているので、もはや正造には遠すぎて両親や妻の墓参りをするのはつらいように思われた。それに長年住み続けた東京への愛着もある。四十代の終わり頃、二年間ロンドンに駐在したのを除けば、終戦直後から現在まで東京を離れたことは一度もなかった。というわけで都内か首都圏の墓地を探そうと思い立ったが腰が重く、見かねた昭夫が助力を申し出たので、石材店との交渉はほとんど彼に任せている。

昭夫が祖母や両親、叔父たちがそっぽを向いて相手にしない大伯父になつくのは、一つには子供の頃からのよしみもあるのだろう。正造は悠子と諍いを起こす前、小学生の昭夫を気に入って我が子のように可愛がり、英会話を身につけるため大学生になったらアメリカに留学したいと聞かされて、将来の援助をつい約束したいきさつがあった。その後、悠子と仲違いしてからも昭夫との約束はちゃんと果たしたので、そんな大伯父に報いたいという気持ちが少しは働いているのかもしれない。あるいは昭夫自身の祖母や両親との不仲、東京でのたった一人の身寄りという想いも関わっているのか、正造にはよく分からない。

昭夫が見せたのは横浜郊外の霊園のパンフレットだった。約二十万坪の敷地に桜やツツジ、紫陽花、百日紅など四季折々の花が咲き、法要の営める本堂や永代供養塔もある立派な墓地で、宗派は問わないという。霊園の永代使用料と共に、石材店が作成した工事の見積書も出来ていて、墓石や花立、水鉢や香炉、外柵などの種類によって墓所新設の費用はそれぞれこうなると昭夫から説明を受けたが、どんな仕様にするのか判断を迫られ、正造は塞ぎ込んでしまった。そもそも昭夫の墓参を当てにできるのか本当のところよく分からないし、跡取りのいない自分たちの墓の行く末は、考えるのが怖くなるほどおぼつかなくて心もとない。すでに現地を見ている昭夫が絶賛するので、とにかく任せるからと投げやりな口調で頼んだら、翌週の土曜日に石材店の営業マンの山田を連れて来た。更に詳細な説明を聞き、山田の案内で翌日の日曜日、岡島を同伴して昭夫とその霊園を見に行ったが、自然環境に恵まれた周囲の眺めもいい土地で、確かに永眠するには申し分のないところだった。ただ他の墓地も見ないで決めるのは尚早だろう。次の土曜日、正造は再び石材店の山田に連れられて岡島と一緒に別の霊園を見学した。病院の様々な検査の結果にすべて異状がなかったことから正造は溌剌としており、東京郊外と千葉県の霊園を精力的にまわって帰宅したのは夕方の五時過ぎだった。

夕食をゆっくり済ませた後、寝室で横になって休んでいると、長いあくびが出て正造の顔が青ざめた。こんな大きなあくび、初めてだぞ……。霊園の見学でひどく疲れて体のどこかが変調をきたしたのではないか。恐怖に駆られた正造は、リビングルームでテレビの海外ドラマを見ている岡島を大声で呼んだ。

「例の名簿をちょっと見てくれないか。ほら、先生がたの住所録だよ」

臥せったまま指差したのは、サイドテーブルの上のファイルノートだった。岡島が「今夜はどなたでしょうか」と心得顔で聞いてページをめくる。名簿には十二人の主治医の名前が診療科別に並び、自宅の住所と電話番号が書き添えられている。医師の私宅をここまで摑むのは大変だったが、正造にとっては死活問題だから、本人に聞くなど様々な方法で懸命に調べ上げたものだ。自ら電話をかけずに岡島を使うのは、特別な患者としての威厳を示すためで、指示した相手は大学病院の総合診療科の主任教授だが、いくら待っても応答がない。他にも三人の医師に当たったったが、先方の受話器は取られず、訪問診療の近藤医師は急用であと一時間くらい不在とのこと。しかたがないから近くの都立病院の救急外来に行くことにする。

タクシーを自宅に呼んで岡島と一緒に病院に駆けつけ、救急外来の廊下で長椅子に坐った正造は、杖を持つ両手にあごを乗せ、これから面識のない医師と向き合う心もとなさに耐えていた。やがて名を呼ばれて診察室に入り、若い女性医師の診察を受けたが、別に異状はないという診断はとうてい納得できるものではない。精密検査をしつこくせがんでも受け入れられず、自分の不安を笑殺されたと思い込んだ正造は、怒気でゆがんだ顔に青筋を立てた。杖を小きざみに振りながら部屋を出た後、岡島が受付で支払いをしている間も、腹立たしげに廊下で足を踏み鳴らすのだった。

帰宅後も正造はいきり立って落ち着かなかった。長い間、病院通いに励んで来たが、こんなひどい仕打ちは受けたことがない。リビングルームを行ったり来たりとせわしなく歩き、岡島がテーブルに置いた緑茶には目もくれずに愚痴をこぼす。あのヘッポコ医者め、俺を誰だと思ってるんだ。あちこちの病院に馴染みの名医がいっぱいいるんだぞ。興奮が収まらず室内をうろつくうちに、不安が再び湧き上がって来た。やっぱり脳の精密検査が必要だ、それも今すぐに。急がないと手遅れになるかもしれない。病魔と死への恐怖で気持ちが昂ぶるにつれ、頭の芯が熱くなって来た。まるで脳味噌が溶けて行くようだ。額の奥で妙に血が騒ぐ。ウッ、これはまずいぞ。救急車を呼ぼうと岡島に声をかけた時、急に全身の力が抜け落ちてくずおれ、何かを叫んだその直後、正造は意識を途切れさせた。しばらくたって聞こえて来たのは、訪問診療の近藤医師と岡島の声。二人とも正造のすぐそばで話しているようだ。

「心配することはないですよ。逆上のあまり失神するのはよくあることでね、極度の興奮と緊張で過呼吸になったんでしょう。それにしても、大きなあくびが出たくらいで大騒ぎするとはねえ」

「いやもう驚きました。わたしがキッチンにいた時、突然、何やらおっしゃってへたりこんだんです。急いでそばに行ったら『死ぬのか、死ぬのか』って叫びながら横に倒れちゃって……わたし、とにかく怖くて近藤先生に連絡するのがやっとのことでした」

「熱はないし血圧も正常で、脈も落ち着いていますよ。診たところ特に問題はなさそうだし、血色もいいからだいじょうぶ。たぶん病気に脅える恐怖感があまりにすごくて、体のほうもおかしくなったんでしょう。本当は心療内科にかかったほうがいいんだけどね」

どうやら寝室のベッドで、今は仰向けに寝かされているらしい。

「ああよかった、何か恐ろしい病気だったら大変でした。後でいったい何を言われるか分かりませんもの」

「まあ、日頃からあらゆる病気に万全の態勢で備えておられる人だからね。ほかのお年寄りに比べたら、そりゃもう病気のリスクはうんと少ないですよ」

正造は必死で彼らを指差し、「何を言いやがる、おまえらは」と叫んでねめつけたが、二人はひるむこともなく冷ややかに見ているだけだった。

「助けてくれ、早く病院に連れてって、ＣＴスキャンかＭＲＩをやってくれ」

大声で頼んでも、近藤も岡島も顔をしかめて返事もしない。言い立てる力も尽きて、正造は弱々しく目をつぶった。たとえあの世があったとしても、少しでもこの世に長くいたい……今日の続きがなくなってしまうなんてとんでもない。その後は眠っていたのか薄ぼんやりと起きていたのか定かでなく、目が開いた時は全身の重さがすっかり抜け落ちて、ふわふわと宙に浮いているような心地だった。やがて、体の内側から脳髄にじかに響いて来るような不気味な声が届き、正造はぼんやりと聞き流していた。

「近藤先生と二人でそばに坐ってたら、こっちを指差してウーウー犬が唸るみたいに呻いて、何を言ってるのかさっぱり分からないんです。何だか気色が悪くて、こんなこと言っちゃなんですけど、こういうお年寄りにはなりたくないなって思ったわ」

電話で話しているのだろうか、かん高くなったり重く沈んだり……夢とうつつのはざまで、得体の知れない声音が頭の中に沁み渡ってゆく。話しぶりからすれば岡島のようだが、でも薄気味の悪いこの声は絶対に岡島のものではない。

「病院にせっせと通って体を動かしてるのが、実は長寿の秘訣になってるんですって。消化器内科の先生がこっそり教えてくれたんです」

これはいったい何ものの声なんだろうか。そもそも誰のことを話しているのか、よく分からない。妖しいほてりの中で言葉も思考も薄らぎ、もはや自分が自分でなくなっているような状態だから、曖昧で面妖なこのひと声もおそらく現実のものではないはずだ。

「テレビの気象情報をね、いつも熱心に見てるんです。タクシーに乗って病院に行くだけの毎日なのに、どうして天気のことがあんなに気になるのかしら、それに……」

聴覚がしだいに鈍くなり、聞こえて来る声が均質な音の連なりになってしまった頃、混沌のさなかで脳裏をかすめたのは、妻と大学病院の待合室にいる光景だった。和子とは病院に連れ立ってよく行ったが、通院のほかに何もすることがないという同世代の女性と和子はあちこちで親しくなり、彼女たちと談笑するのを楽しみにしていたから、待合室や診察室の前の廊下、院内の喫茶店などは社交サロンのようなものだった。だが、その和子が亡くなった時、正造は不思議と涙が込み上げて来なかった。たった一人にされて、これからどうやって生き延びたらいいのか不安になり、恐怖が悲しみを凌いだのだろうか。再び意識が遠のいて正造は浅い眠りに落ちて行った。そして夢の中に現れたのは、いかにも獰猛な顔つきの男。何か棒のようなものを持ってわめいている。あまりに凶暴な風体がただ怖かったが、それが自分と気づいたとたん正造は汗ばんだ体で目を覚ますのだった。だが、すぐにまた睡魔が現れて無の中に落とされてしまう。

十日ほど過ぎて健康を回復した正造は、岡島をやめさせようと思い立って家政婦紹介所に電話で相談したが、三百六十五日の住み込みという条件ではなかなか後任は見つからないという。そう聞かされて正造はすぐに気持ちを切り替えた。鼻持ちならない人間に我慢するのが生き延びるための必須の条件なら、それに従うのは当然だろう。

たそがれ時の散歩は久しぶりだが、あたりは見慣れた自宅の近間だから、正造は一人っきりでも不安はなく、むしろ一日の終わりかけた夕闇に、今日はなぜか安らぐものを感じていた。昼から夜に移る夕暮れは昔から「逢魔《おうま》が時《とき》」と呼ばれており、妖魔の現れる頃だと母からよく聞かされたものだ。得体の知れぬあやかしに逢う時分だと、母は幼い正造に真顔で話すのだった。だから、化け物が出没する黄昏の世界に出るのはとても怖い、と。「逢魔が時」を詠んだ北原白秋の短歌は今も覚えていて、「市ケ谷の逢魔が時となりにけりあかんぼの泣く梟の啼く」と母に教えられた通りに暗誦できる。明治の頃の東京・市ヶ谷の淋しい情景をさりげなく詠っているようで、何となく不気味な愁いを湛えているように正造には思えてならなかった。そうした情感の中で見れば、夜の闇が間近に迫るこの暗がりには魔物があちこちに潜んでいる気配がするようで、歩きながらも他愛ない稚気に心が昂ぶって来る。薄暗くてはっきり見えない電柱の陰から、すっと何かが出て来そうだ。

電柱と電柱の間に張られた電線を見上げ、正造は杖をついてしばらく佇んだ。こうやって眺めてみると、電線には「逢魔が時」が一番似合うのかもしれない。薄青色の空が広がる侘しさの中に浮く、幾つかの太い線や細い線。やるせなく垂れているのもあれば、ぴんと張ったものもあり、どこへ向かっているのか、その果ても分からない。ただ先の方へそっけなく伸びているだけのものたちが慎ましく連なり、それでも確実にかなたへと続いている。ひょっとしてあの線が、ぷっつり切れて途絶えたりすることはあるんだろうか。一瞬、背筋に冷たいものが走ったような気がして、正造は再び歩き始めた。「切れてはいかんぞ、絶対に切れてはいかんのだ」と呟きながらも、うつむいて空を見上げることはしなかった。

岡島が心配してるかもしれないな。また小言を聞かされるのも嫌だし、そろそろ帰るとするか。

自宅に向かってゆっくり進み、近くの角まで来たところで、前方の暗がりに二つの人影が見えて来た。車の行き来がほとんどない道の真ん中で、何となく気まずそうにこちらを向いているのがおぼろに分かる。昭夫と岡島だった。

「おじさん、来週、横浜の霊園にもう一度、行きましょう。できれば、それでもう決めたほうがいいと思うんですけど」

そんなことを言うために訪ねて来た昭夫が、今の正造にはうっとうしかった。岡島に横から支えられ、ゆっくり歩いて三人で自宅に戻る。リビングルームのソファーに正造と昭夫は向かい合って坐り、岡島の置いた緑茶の湯飲みを、二人はほとんど同時にテーブルから手に取った。

「いや、まいった、まいった。岡島さん、これで四度目なんですね、いきなり飛び出して近くをうろつき回るようになったのは」

「ええ、いつもはわたし一人で探しまわって、もうほんとに疲れちゃいました。そろそろこちらのおつとめをやめさせて頂こうかと……」

「そんなこと言われてもなあ。なにしろ普通の老人じゃないんです。命のメンテナンスに忙しくて、趣味は自分の体って人なんですからね。岡島さんみたいに慣れてる人でなきゃ、とても務まりませんよ」

少し間をおいて昭夫は「まあ、どうでもいいけどね」と投げやりな口調で呟いた。本人の目の前でこれだけ平気で言える昭夫と岡島に、正造はあんぐりとして腕組みをするのだった。そうか、こいつら俺がぼけたと思ってやがるんだ。こっちはあしたの病院もあさってのクリニックも、予定をみんなちゃんと覚えてるくらい頭は冴えてるんだぞ。昭夫は苦り切った顔で「介護の行き届いた有料老人ホームに今さら入るっていうのもなあ」とまるで実の息子のような口付きでぼやいてみせる。どうやら昭夫に頼まれたらしく、ケアマネージャーの浅田が慌しくリビングルームに入って来たが、更に驚いたことには、その後すぐに近藤医師まで現れた。今や正造には自分と向き合っている四人が絵画の中の点景のように思え、もう何を言ってもいいような心地になって来る。

「おい、墓探しはやめるぞ。俺はな、忙しいんだ」

「忙しいったって、どうせいつもの病院狂いでしょ。ただ生き延びたいだけで」

吐き捨てるように言う昭夫の顔も見ず、「俺は……俺は俺のものだ」と呟いたつもりだったが声にはならず、正造は急に立ち上がった。しっかりした足取りで玄関に向かう正造を昭夫と岡島が廊下で後ろから抱えるようにして引き留め、リビングルームに連れ戻そうとする。

「ええい、ほっといてくれ、またちょっと外が見たくなっただけなんだから」

大声に驚いた二人が手を放した隙に、正造は裸足で玄関から出て行った。浅田も一緒に追っかけて来て、すぐに門の手前で捕まってしまう。押さえつけられて突っ立ったまま、そこから外の様子を窺うと、あたりはほとんど彩りが消えていた。どうやら今日の太陽はもう沈んだようだ。

再会のゆくて

石田隆夫は校庭に腕組みをして立っていた。目の前の小さな平屋の校舎は自閉症児の通う「すくすく学級」の教室で、九歳の達郎がこの小学校に通い始めて二年目になる。普段は妻の清美が登下校に付き添うが、授業のある隔週の土曜日は隆夫の役目で、今日も一人息子が校舎から出て来るのを待っているところだ。東京の山手線沿線にある静かな住宅地。教室の入り口近くの校庭には出迎えの親たちが十数人まばらに佇んでいる。

見知った彼らの顔をぼんやりと見まわして隆夫が眼差しを凍らせた。百葉箱のある花壇の脇に立つ女。濃紺のニットに白いパンツの装いで、栗色がかった髪が肩まで伸び、素足に白いサンダルを履いている。隆夫はジャングルジムのそばを通って忍び足でそっと近づいたが、女は不安げに校舎を見ていてこちらの動きに気づかない。やっぱり真澄だった。隆夫と同い年だから三十七歳になるはずだが、ほっそりした顔立ちもすらりとした体つきも十五年前と変わらない。

呼びかけようかとためらう隆夫を置きざりにして、真澄が足早に校舎に寄って行く。教室の入り口から飛び出した男の子を迎えに来ていたようだ。達郎と同じ年恰好のその少年はいきなり金切り声を上げ、誰もいないグランドの真っただ中に走り始めたが、真澄はうろたえもせず追って素早くつかまえた。真澄の動きを気にかけながら、隆夫は校庭に出て来た達郎に歩み寄ってすぐ手を握ったが、父親と視線を合わせず能面のように無表情なのはいつもの通りだ。十数人の生徒と一緒に三人の教諭が校舎から現れたので、達郎の今日の様子を聞こうと近づいて行ったが、息子の手に強く引き寄せられ、隆夫はしかたなく一緒に門を駆けて出た。振り向くと真澄は女性の教師と話し込んでいる。熱っぽい話しぶりには母親としての情が籠っているようで、肩を抱え込んでいる男の子は彼女の息子に違いない。転校して来たばかりのようだが、あの様子なら送迎の折にまた会えそうだ。達郎と路地を走りながらも、真澄と言葉を交えなかったことに隆夫はそれほど悔いを感じなかった。

　達郎が自閉症児と分かったのは三歳の頃だった。会話がほとんど出来ない息子の状態にもっと早く気づくべきだったと大学病院の精神科で指摘され、妻の清美は泣きくずれたものだ。自閉症は先天的な脳の障害で、他者との関わりが極めて難しく、言動に強いこだわりを抱えている。精神遅滞を伴うことが多く、達郎もＩＱは五〇くらいで言動による意思の疎通は困難だし、しばしば情緒的に不安定な状態になる。夫婦は息子のために大学病院を幾つも訪ね、専門家の研究会や様々な治療施設を巡って来た。わらをもつかむ思いで遊戯療法や行動療法などを積極的に試みたし、全身を動かして脳への血行をよくする体操を熱心に続けたこともあれば、実験的な薬物療法を受けさせようかと二人で思い悩んだこともある。荻窪の小学校から現在の自閉症児特別学級に転校したのは去年のことだ。

その「すくすく学級」から徒歩で八分。バス通りに近いマンションの三階にある自宅へ戻ったら、清美はデパートの買い物から帰っており、台所でフライパンを火にかけながら新学期に転校して来た子がいると言って母親のことにも触れた。

「すくすく学級の評判を聞いてわざわざ引っ越して来たそうよ。わたしたちと似てるわね」

「その親子なら教室の前で見かけたよ。多動性の強い子でね、やたらと動き回って目が離せないみたいだな」

「奥さん一人で育ててるそうだから大変でしょうね。こっちに移る前にご主人と別れたんですって」

「へえ、うちはどこだろう」

さり気ないふうを装うが、隆夫の声はうわずっていた。ええっと、たしか……。清美の言葉をさえぎる甲高い奇声とともに達郎が窓際に走って行く。隆夫は慌ただしく駆け寄ったが、すでに窓から花瓶を投げ下ろした後だった。外を覗くと花壇のあるスペースに人の姿はなく、大事に至らず済んだようだ。安堵の息をついて振り向くと、達郎はサイドボードの上の置時計をつかんでいたが、フロアに投げつけようとする手を素早く握ったのは清美だった。ずいぶん腕を上げたね、清美。目を合わせて苦笑する親たちをしり目に、達郎が言葉にならない声を張り上げて子供部屋に入ってゆく。隆夫は箒とちり取りを持って、花瓶の破片を片づけるためにドアを開けて廊下に出たが、下りのエレベーターの中では真澄の苦労を想い見ていた。今日の様子だと、あいつのところも大変だろうな。

　十八年前、隆夫は郷里の金沢から上京して、都心からそう遠くない大学に入学した。まだ新しい生活に慣れず、大学近くの学生寮に引きこもりがちだった六月頃、寮生の企画した合コンに誘われて参加したら、相手は横浜市郊外にあるキリスト教系の女子大の一年生だった。こちらは学生寮の新入生四人。原宿のイタリア料理店でランチに集うことになる。表参道の裏通りに面した瀟洒なレンガ造りのレストランで、何といっても印象的なのは店内に椎の木が生えていることだった。樹齢八十年の木を内側に取り込んで建てた民家を改造した、というのが店のパンフレットにある説明で、四人掛けのテーブルがゆったりとした間合いで五つ並んでいたのを隆夫は覚えている。

　二つのテーブルをくっ付け、男女が向い合せに坐り、全員がうちとけるのは早かった。一月に橋本龍太郎内閣が発足したことや将棋の羽生名人の七冠達成などが話題になり、前年三月に起きた地下鉄サリン事件について深刻な面持ちで語り合う男女もいて雰囲気が大いに盛り上がったところで、隆夫が唐突に切り出したのは金沢の実家近くで噂になっているという怪談だった。

「夜になると幽霊の出る踏切があってね、戦国時代の落ち武者が自分の生首を抱えて立ち小便するところを、もう何人も見てるんだ」

　子供じみた話に男たちは呆気に取られ、女たちも白けた顔を見合わせたが、気まずい沈黙を破ったのは隆夫の前に坐っていたロングヘアーの女で、内藤真澄という名前だった。

「それ、似たような映画ありましたよね、コンビニの中に二人の落ち武者が現れて……」

「あ、そうそう、二人が斬り合って生首がレジカウンターまで吹っ飛んじゃう話でしょ。ええっと、あれ何てタイトルだったっけ」

「あのね、十九世紀のフランスの人形劇だけど、舞台の上で生首が血しぶき上げて飛ぶのって知ってます？」

真澄が細作りの身を乗り出し、切れ長の目が隆夫に少し近づいた。この後、ホラー小説の話になり、テラーとホラーの違いを楽しげに論じ合う頃には、二人は周囲からまったく浮き上がってしまい、早くも似合いのカップルが生まれたのは誰の目にも疑いはなかった。やがて店を出て、腹ごなしの散歩がてら近くの明治神宮に参詣しようという流れになるが、隆夫と真澄は十八世紀のイギリスのホラー小説『オトラントの城』だの、一九二〇年代のアメリカで生まれたホラー専門のパルプマガジンだのと、ホラーの歴史を話し合って倦まず、みんながどこで解散したのか分からぬうちに、気が付いたら山手線の車中に二人は並んで坐っていた。

「ねえ、わたし思うんだけど、神様にとって人間の一番いやなところは、恐怖を楽しめるってことじゃないかしら」

出会ったばかりなのに相手を考え込ませる女だ、と隆夫は思った。

「その神様も知らない楽しみが、この世にはいっぱいあるんだろうな」

「今日がその始まりだったりして」

はにかみながら微笑む真澄と目が合って、隆夫の喉もとに熱いものが込み上げて来た。この先、何かきっといいことがある……。野放図で他愛ない衝動だったかもしれない。ただ若いということだけがすべてを可能にすると、二十歳の目前で隆夫は思い上がっていたようだ。驚くほど真澄が近しく見えて来て、人目もはばからず眼の中を覗き込むように唇を近づけたら、細くて小さな口にたちまち吸いつかれてしまった。


「たしか児童公園の近くだったと思うわ、その人のうち」

達郎の壊した花瓶のかけらを片づけて戻った隆夫に、清美が声をかけた。引っ越して来た母子がどこに住んでいるのか、という話の続きだった。

「最近出来た五階建てのマンションだそうよ。きのう学校へお迎えに行った時、ママさんたちが話してた」

フレンチトーストの皿をテーブルに置いて息子を呼びに行く清美をぼんやりと眺めながら、隆夫は胸を熱くしていた。あの真澄が今は同じこの町に住んでいる……。でも、鎌倉の家はどうなったんだろう。真澄は不動産投資で財を成した資産家の一人娘で、隆夫は一度だけ鎌倉の自宅を訪れたことがある。平日の夕刻で、真澄の両親は房総半島へ土地の物色に出かけて不在だった。一緒に作ったスパゲッティを芝生の見えるダイニングルームで食べながら話したことは今もよく覚えている。

「ゆうべ、変な夢を見たんだ」

「ひょっとして、わたしがヘアヌードで出て来たとか」

「そんなんじゃないさ。砂漠の中の知らない町にいるんだけど、夢だと分かってるのに目が覚めなくなって困っちゃってね。そしたらそばにいた小さな女の子が『もう一回寝ればいいのよ』って言うから、突っ伏して眠りこんだらやっと目が覚めたってわけさ」

「そりゃ大変だったわね。わたしなんか逆に夢の中に戻ったこともあるのよ。大学の同じゼミに気に食わない子がいてね、夢の中でわたしをバカにしてケラケラ笑ったの。人が大勢いる広場のど真ん中だったから頭に来て言い返そうとしたら目が覚めちゃって、このままじゃ済まないと思ったからすぐ眠って夢の中に戻ったの。横っ面をパチーンとぶん殴って目覚めたらすごくいい気分だった」

二人とも大学一年の夏休みに自動車の運転免許を取り、真澄の家の車でよくドライブをしたが、どういうわけか必ず喧嘩になった。三年生の春、奥多摩湖に行った時などは、渓谷に沿った細い道を走っていて隆夫がガードレールに車体をかすらせてしまい、バンパーに疵《きず》が出来たのを真澄が激しくなじっている。

「よくまあ、こんなヘボがやれたもんね。わたしなんか、わざとやろうと努力しなきゃ出来っこないようなドジだわ」

すっかりなめ切った言いぐさが気に障って、隆夫は初めて彼女の頬を打ち、真澄は帰りの車中で黙りこくって目を湿らせていた。喧嘩の後はしばらく絶交状態になるけれど、先に電話をして来るのはいつも真澄で、何事もなかったような声で甘えるのだった。ドライブの他に二人のレジャーと言えば、映画かディスコ、カラオケくらいのもので、あとは隆夫の借りた六畳一間の部屋で過ごすことが多かった。真澄が隆夫のために不動産屋を駆けまわって見つけたアパートで、学生寮を出て引っ越す時も彼女は手伝っている。隆夫のこの部屋に真冬のある夜、真澄がパジャマの上に毛皮のコートを羽織って現れたことがあった。両親と些細なことから大喧嘩をし、家を飛び出して鎌倉からタクシーで駆けつけたのだ。

二日後の月曜日、午後三時を少し回った頃、隆夫は勤めを早退して達郎の出迎えで「すくすく学級」の校舎の前に来ていた。数人の親たちと佇んで隆夫が待っているのは息子というより真澄だったかもしれないが、達郎の世話でこのところ過労の続いた清美は、夫の思いやりを喜ぶばかりでその真意を知るよしもない。隆夫がそわそわしながら教室の入り口付近の校庭をうろついていると、落ち着いた足取りで校門から入ってくる女の姿が目に入った。ジーンズをはき、胸元に小さなペンダントを光らせた真澄が居合わせた者たちに挨拶をしている。切れ長の目と色白の頬。目の下にわずかなたるみはあるが、ほのかに浮き出た艶やかさには十五年前の面影があった。同年代の短髪の女性と挨拶をかわし、真澄は歩み寄って何か話し始めたが、一瞬その表情がかつて体を合わせた時の面差しと際やかに重なって、隆夫の胸がにわかに騒立った。しなやかな肢体の熱気と汗、甘酸っぱい匂い。生唾を飲み込む音が頭蓋に響く。隆夫はふらふらと歩き、校舎の入り口から少し離れた壁際に行って突っ立った。

樹間を抜ける爽やかな風が新緑を揺らせる山あい。二人で伊豆高原をドライブしたのは大学四年の五月初旬だった。真澄が産業カウンセラーの資格取得を目指して頑張っていると言って就職の話になり、運転席の隆夫が郷里に帰ると告げてまた喧嘩になる。

「金沢のうちのこと、前に話したよな」

「さあ、聞いたかもしれないけど、よく覚えてないわ」

「実家が『水苑』って旅館をやっててね、江戸時代の創業で地元じゃ有名なんだ。これまでおやじが何とか頑張って来たんだけど、肝臓病わずらってからすっかり気弱になってなあ。一人息子の俺にそろそろ引き継いでほしいってせがむもんだから」

「でも、卒業してすぐ戻ることないでしょ。しばらく東京で勤めたっていいじゃない」

「いやそれが、おやじの体のこと考えたら、今から経営のノウハウを教えてもらわなきゃ間に合わないってことなのさ」

だから一緒に金沢に来てほしい、産業カウンセラーの仕事もそこでやれるだろうと、車を走らせながら何度も助手席に横目を流して訴えたが、真澄はかぶりを振ってそっぽを向いた。

「少しは自立出来ないのかしらね。東京でやりたいこと色々あるんじゃない?」

「親に頼まれたから継ぐんじゃないさ。老舗ってやつの不思議な匂いを、俺は体の中に取り込んで育って来たからな。それに親から自立出来ないのはおまえだろ。小遣いはせびり放題だし、ろくに稼いだこともないくせに、こんな車を持ってるのは誰のお蔭だよ」

「その自立出来ない女の車にいつも乗ってるのはどこの誰かしらね」

バカみたい……と呟く声が耳に触れ、隆夫は急いで車を路肩にとめた。もう二度と乗らねえよ。言葉のはずみに体も付いて動き、隆夫が勢いよく降りると、助手席の真澄は扉を開けて出るやすぐ運転席に乗り替えた。隆夫が車に背を向けて立っていると、すがすがしい風が若葉の香りを運びながら頰をかすめて過ぎてゆく。真澄の車は何度も切り返しをしながら向きを変え、隆夫を残したまま、来た方向に排気音を引いて走り去った。幸いサイフはズボンのポケットにあったから、帰りの交通費には困らなかったが、その後、二人は連絡を取り合っていない。

隆夫は校舎の壁にもたれ、腕組みをしてまぶたを閉じていた。突として呼びかける声に目を開くと、すぐ前に真澄が立っている。

「やっぱり石田さんだったのね、石田隆夫さん、久しぶりだわあ」

「あ、いや、こりゃどうも」

度を失って言葉が見つからず頭を掻いていると、生徒たちが教師と一緒に校舎の入り口から出て来た。保護者たちが迎えに寄って行き、教諭と話し合う者もいて、たちまち人だかりが出来る。隆夫は達郎を抱きすくめ、真澄は息子の腕を強く引いて互いに顔を見合わせた。校門に向かって歩きながら、隆夫は真澄親子から離れないよう心している。二人は互いに子供の名前を教え合った。真澄の息子は十歳で光彦と言い、達郎と同じく知的障害を伴う中度の自閉症。隆夫夫妻と同様あちこちの治療施設や専門家を訪ね回ったそうで、「すくすく学級」の評判を耳にして横浜市郊外から引っ越して来たという。校門を出てからもバス通りの手前までは同じ道順と分かり、四人は並んで進んで行く。隆夫も真澄も子供の手はしっかり握って離さず、しゃべりながらも目配りに気を緩めることはなかった。

「本当にびっくりしたわあ、ここで石田さんと会うなんて。金沢に帰ったんじゃなかったんですか」

「ああ、戻ったよ。おやじのもとで番頭修業やってね、下足番だの風呂番だのと思ったよりずっと厳しい暮らしだったけど、跡を継ぐ前に経営が傾いちゃって、たった二年で潰れちまった。その後、親戚の口利きで地元の銀行に就職したんだ。そしたら三年前、東京支店に転勤になって、初めは荻窪の社員寮にいたんだけど、息子のこともあったし、あの学級の噂を聞いて転校のために去年引っ越して来たってわけ」

真澄がそれ以上聞こうとしないので口には出さなかったが、清美と見合いで結ばれたのは銀行に転職した直後のこと。清美は金沢にある老舗の菓子問屋の長女で、京都の女子大を卒業して実家で家業の手伝いをしていた。同い年の垢ぬけはしないが純朴な女で、淡々と進んでまとまった結婚だったが、息子の障害が夫婦の固い絆になって、今のところ波風の立たない家庭が続いている。

「達郎君、食事は一人で出来てるの?」

「うん、でも時々パニック起こして食器を投げたり、親の髪を引っ張ったりしてね」

「それはうちだっておんなじよ。で、言葉のほうはどうなの?」

「しゃべるのは片言程度だね。何を食べたいとかどこへ行きたいとか、自分の欲求を伝えることは出来るけど」

「うちの子はね、言葉の数はわりと多いほうだけど、まともなやり取りは難しいし、動きが激しいのが一番大変だわね」

いきなり光彦が母親の手を振り切って駆け出したので真澄が追っかけて行くと、達郎もつられて暴れ始め、隆夫がつまずいた隙に走り出した。二人はともに子供を追う展開になり、路上を慌ただしく動く四人に突き飛ばされそうになった若者もいる。隆夫と真澄は息子たちに追いつくと、それぞれ抱きすくめながら顔を見交わして笑い合った。

「そうだ、来月の日曜日に『杉の木こどもクラブ』の例会ってのがあるんだ。ぜひ参加するといい」

隆夫が口にしたのは都内の大学生が運営しているボランティア組織で、知的障害のある児童たちと交流する催しを月一回行っており、次回は代々木公園でオリエンテーリングをする予定になっていた。クラブに連絡して光彦の入会と参加を申し込んでおくと告げたら、真澄が嬉しそうに頷いてお辞儀をする。

バス通りに近い四つ角で別れたが、手をつないで去って行く母と子の後ろ姿に、隆夫は身の火照るようなときめきを覚えた。十五年も会えなかった真澄と、これからは何度も顔を合わせられるんだ。旅館を継ぐため金沢に帰った後、幾度も真澄に手紙を出したが返事はなく、そのうち転居先不明で戻されるようになって、悶々と過ごす日は結婚後もしばらく続いたのだ。だからこそ今頃になってころがり込んだ僥倖にはかえって戸惑ってしまうが、時にはひからびそうになる日常の中に、忘れかけた浪漫の香りが突然わり込んで来たようでもあった。

金曜日の新宿。高層ビルの十五階にある大会議室で「自閉症児を普通に育てる」という講演会が開かれ、障害児療育の専門家が「家庭で出来ること」と題して話すのを、隆夫夫妻は真澄と並んで聞いていた。真澄から誘われて出席したもので、五百人の聴衆がかもす熱気に包まれ、清美も真澄も真剣な眼差しで聞き入っている。隆夫はというと、右隣りの真澄のいちいち頷くように呟く声がすぐそばから耳に触れ、何ともこそばゆい心地だったから、講師の話は遠くから届くこだまのようだった。カードを使って言葉の出ない子の訓練をする、簡単な用具を使って体を動かす指導をする、食生活の改善を心がける……などと具体的な話が続くと、清美も真澄も首を伸ばして講師を見つめ、懸命にメモを取っていたが、一時間後に終わって会場を出た後はロビーのソファーに坐り、講演の内容を反芻しながら熱心に語らうのだった。真澄のことは清美には送迎の折にたまたま話すようになったと教えただけで、隆夫は妻と昔の恋人との今後の折り合いにかなり気を揉んでいたのだが、それが馬鹿らしくなるほど二人はなごやかに睦み合い、地下の駐車場に向かうエレベーターの中でも話は尽きなかった。

「光彦ったら、この間いきなり家を飛び出してね、電車に乗って有楽町まで行っちゃったんですよ。どうやって改札口を通ったのかしら」

「うちの達郎はね、きのうスーパーで突然おばあさんの髪を引っ張って、大騒ぎになったんです」

体験談をあれこれ苦笑まじりに聞かせ合い、隆夫が口をはさむ余地はまったくなかった。自閉症児の母だけが分かち合える何かを、共に熱く受け止めているのだろう。

日曜日の昼下がりに隆夫が駅前のレンタルビデオショップに行くと、真澄が息子の手を引いて奥のアニメコーナーに立っていた。時々この店に立ち寄ると聞いていたので別に驚きはなく、むしろひそかに当てにしていたくらいで、近寄って声をかけると、真澄は「あらっ」と小さく声を上げて微笑んだ。普段の暮らしの近間にあるごくありふれた場所でこうやって真澄に会えている、という幸福がまだ信じられないような気がして、隆夫の顔は思わずほころぶのだった。

「見て分かるわけじゃないのに、光彦ったらこれを借りたがるのよ」

宇宙戦艦の出て来るアニメのソフトを隆夫に差し出しながらも、真澄のもう一つの手は光彦の手をしっかり摑んでいる。

「そう言えば、アメリカの自閉症療育を紹介したDVDがうちにあったなあ」

隆夫がいきなり話題を変えたのは真澄の気を引くためだったが、案の定、彼女は乗って来た。しかも今すぐ見たいと言う。その催促はせっかちで、勢いにけおされた隆夫が母子を家に連れて帰ると、清美は達郎と外出していて留守だった。リビングルームで一緒にDVDを見た後、コーヒーを飲みながらの話題はごく自然に子供たちのことになり、真澄が「すくすく学級」への不満を口にする。登下校の時だけでなくもっと職員と顔を合わせる機会がほしい、と言うのだ。以前そういう意見が保護者から出て学校側と話し合ったことがあると、隆夫が細かく経緯を話したら、真澄は頼もしそうに隆夫を見つめ、これからも色々教えてほしいと言って他人行儀に頭を下げた。問われるままにこれまでの療育の経験を詳しく聞かせたが、ひとことも聞き漏らすまいとする彼女のもの腰には気持ちが張り詰めるようだった。

不意にガラスの割れる音がして振り向くと、後ろに光彦が立っている。真澄が夢中になってつい手を離した隙に、戸棚のコップを取ってフロアに叩きつけ、粉々に壊したところだ。真澄が詫びながら立ち上がるのを両手で制し、箒を持って来て破片を掃きながら、隆夫は顔をしかめていた。この女とこんなかかわり方を今後もずっと続けて行くのだろうか。ディスコやドライブを心から楽しんでいた頃の真澄の面影が、まぶたの内に浮かんではすぐ消える。金沢に戻ってからの身過ぎや結婚のいきさつ、伊豆高原で喧嘩別れをした後の真澄のことなど、話したいこと尋ねたいことは幾らでもあるのに、まだ切り出せないでいる。このまま何も知らず教えもせず、ただ現在のありようを丸ごと受け入れて行くしかないのだろうか。隆夫は心底から突き上げてくる情動に駆られ、光彦の肩を抱き寄せている真澄にそっと近づいたが、目を合わせた時には口に出すべき言葉を失っていた。

その後、隆夫は息子を迎えに行く土曜日を心待ちにするのだったが、真澄は他の母親たちとすっかり馴染んだらしく、女同士でしゃべり合って隆夫には見向きもしない。子供の療育だけでなく、ショッピングやレストラン、化粧品などの話題で夢中になり、隆夫に挨拶もせず通り過ぎることもあった。ある時など、校内のトイレに入っていた隆夫のそばに息子を連れて来て、「この子、おもらししちゃったの」と笑いながら言い、はにかむでもなく隆夫の隣りの小便器の前に光彦を立たせ、ズボンを下ろさせるのだった。また、夜の十時を過ぎた頃、隆夫の家に光彦を伴って駆け込んで来たこともある。自閉症治療の最新ニュースをテレビで見たというのだが、化粧の落ちた素肌の顔を隆夫に晒しても平気で、真澄はかなり興奮していた。日本の大学の研究チームが自閉症者の脳をＰＥＴ画像で調べ、障害のしくみを世界で初めて突きとめたという朗報だったが、真澄は清美と熱心に話し込んで、そばに坐る隆夫など視野にない気色だった。隆夫は一度だけ夫婦で真澄の自宅に招かれているが、この時は女たちが「すくすく学級」の現状を真剣に論じ合う間、子供たちの動きから片時も目を離さず世話をするだけの役割だった。

どうやら真澄は隆夫との過去を清美には何も話していない様子だが、おそらくそれは余計な波風を立たせまいとする心配りというよりも、隆夫への関心がとうに失せているからではないか。下校の出迎えで顔を合わせた真澄と子連れで一緒に帰ったりしても、四人で歩くのは帰路の途中までで、決して隆夫を自宅に立ち寄らせようとはしなかった。

愛妻と暮らす隆夫の姿を間近に見ながら少しも心が揺れる気配のない真澄。「母子家庭であの子を育ててほんとに大変よね、まったく頭が下がるわ」と真澄を心から気遣う清美。助け合い、励まし合い、慰め合う家族ぐるみの関わりが双方の強い絆をもたらし、真澄という女が自分たちの家庭に坐りのいい形で収まっているのは、隆夫には何とも不可解なことだった。

好天に恵まれた日曜日の午前十一時。代々木公園参宮橋門の駐車場に着いて達郎と車から降りると、広いスペースの一角にはすでに人だかりが出来ていた。「杉の木こどもクラブ」の例会の待ち合わせ場所で、保護者は児童をここまで連れて来てクラブの学生たちに預け、夕方の五時に迎えに来るという段取りだった。リーダーの男子学生が他の学生たちに大声で連絡事項を伝えたり、付き添って来た親から女子学生が今日の会費を徴収したりする中で、集まった子供たちがめいめい勝手な行動で騒ぎ合っている。達郎を担当の学生に預けた隆夫は、斜面の芝生から降りて来る親子連れを見つけて手を振った。真澄が光彦に引っ張られるようにして二人で駆けて来る。

「早く着いちゃったから、向こうのほうをうろついてたの。あれ、奥さん、一緒じゃないんですか」

「うん、女房は風邪で寝こんでるから。ところで今日は車で来たの？」

「ええ、あそこよ」

真澄が指さした車は塀際にあって、隆夫が駐車した区画に近く、学生時代に二人でドライブした時のとよく似た白いクラウンだった。光彦を最後に手続きがすべて終わり、リーダーの若者が笛を長く吹いて出発の合図をする。子供たちが駐車場の脇から斜面の小道を上がり、広々とした芝生や雑木林のあるところへ向かって進むのを、付き添いの保護者が見送って引き揚げてゆく。

真澄も満ち足りた面持ちで足取りも軽く、隆夫と並んで車に向かっていた。晴れ上がった青空の下、誰もが降りそそぐ日差しの中で心地よく顔を輝かせている。真澄を誘うなら今だと隆夫は思った。二人とも子供から解放され、清美は自宅で休んでいるところだ。

「あの店に行ってみないか。ほら、合コンで俺たちが知り合った原宿のレストラン。この間、前を通ったけどまだ潰れてなくてね、ランチタイムもあるみたいだし」

真澄が意外と素直に頷いたので、隆夫は胸を躍らせて自分の車に走って行った。

表参道の裏通りに面したレンガ造りのそのレストランは、昼食の時間帯なのに閑散としており、店内に椎の木が生えているのは以前のままだった。五つのテーブルがあるだけのこぢんまりとした部屋の雰囲気が、昔ながらで懐かしい。窓際のテーブルで席に着き、隆夫はスパゲッティ、真澄はピザをオーダーした。真澄は向き合った隆夫を見ず、何かを思い出そうとするような目遣いになっている。隆夫は今さら軽口をたたく気にはなれず、覚悟を決めて背筋を伸ばした。金沢に帰郷してから何度も手紙を出したが返事はなく、いつも転居先不明で返されて来た。だしぬけにそう切り出すと、真澄は苦しげな作り笑いを浮かべて目を伏せた。

「鎌倉の家が跡形もなく消えたからよ。父の仕事のことで色々あったもんだから」

あんぐりとする隆夫を見て、真澄がうわずった口付きで声を震わせる。

「わたしだって手紙を書いたわ、あなたに」

うっすらと赤みのさした顔に心の昂ぶりが表れていた。観光ガイドの本で金沢の旅館「水苑」の住所を調べて便りを出したが、宛て先不明で戻って来たという。

「そうか、廃業した後だったんだな、きっと」

二人はしばらく黙り込んでいたが、やがて互いに納得した顔つきで見つめ合った。

「東京タワーのライトアップが消える瞬間を俺の部屋から見たいとか言って、夜中に突然やって来たことがあったよなあ。たまたま金沢からおふくろが出て来てたもんだから、あの時はまあ大変だったね。おふくろも君も、お互いに気を遣い過ぎちゃってさ」

昨日のことのように茶化して言うと、真澄は口もとに笑みを洩らしてうなだれた。

「何もかもほんとに能天気だったわねえ。会えばケンカばかりしてたし」

隆夫が頭を垂れた真澄の黒髪を眺めながらさりげなく言う。

「今のこんな形のお付き合いなんて……ホラーだよな、ほんとに」

弾かれたように真澄がいきなり顔を上げ、テーブルに両肘を付いた隆夫としばらく見つめ合ったが、やがてバッグから本を取り出して覗きこんだ。字面をぼんやりと眺めているだけなのは、うつろな顔つきからすぐ分かる。

「あなたがあの教室に坊やを迎えに行ってるの、薄々分かってたわ。緊急連絡用の保護者住所リストってのがあるでしょ。光彦の入学が決まった日にあれを渡されて石田隆夫の名前を見た時はそりゃもうびっくりしたけど、でも同姓同名かもしれないし、まだ半信半疑だった。そしたらお迎えの時に……。わたしは別居中でまだ旧姓に戻ってないから、あなたはリストを見ても気づかなかったんでしょうけどね」

真澄が本を両手で持ったまま、顔を上げて何度もまばたきをする。真剣に話し込む時の癖は学生の頃と少しも変わらないようで、懐かしい面差しだった。

「今のわたしたちはね、あの頃とは違うのよ、隆夫さん」

この言いぐさに驚きはしないが、そりゃそうだと認めるのも癪にさわる。部屋の隅にある椎の木を何気なく見て、隆夫はつい思いついたことを口走ってしまった。

「そうそう、いきなり生首の飛んで来る歩道橋が俺たちのご町内にあるんだってさ。うちのマンションに真っ昼間に見たって人が住んでるんだけど、夜は怖くてとても通れないそうだよ」

真澄はあっけに取られた表情で隆夫をしばらく見つめると、大きく息を吐き出して口もとを少し歪めて見せた。ねめつけるような冷ややかな笑みには蔑みがたっぷり含まれている。隆夫はもう届かなくなった昔の自分たちに向かって走るしかなかった。

「ずっと昔、その歩道橋あたりにあった屋敷で首を斬られた侍がいてね、どうやらその祟りらしい。どうだい、面白そうだろ、今度、見に行かないか」

真澄は大きな音を立ててテーブルの上で本を閉じ、「ほんとにバカみたいね」と呟いた。呆れながらもどこか哀れむような口ぶりだった。いつかドライブの最中に喧嘩別れをした時「バカみたい……」と言い捨てた真澄の声が、心の端に浮き上がって来る。真澄が白けた顔でお手洗いに行くと言って席を立ったので、このまま帰ってしまうのではと不安げに後ろ姿を見ていると、二人の料理が運ばれて来た。隆夫はこの後どうふるまうべきか考える気力も萎えている。やがて席に戻った真澄が醒めきった目をしばたたいて話したのは、結婚と別居のいきさつだった。夫は真澄が産業カウンセラーをしていて知り合った広告代理店の営業マンだったが、生まれて来た我が子の障害に理解がなくて療育にも無関心だったと言う。

「別れた理由はそれだけよ。けっこう優しくて贅沢な暮らしもさせてくれたけどね」

光彦のような知的障害者やその家族の支援を志して、今は社会福祉士の資格取得の勉強に励んでおり、六十過ぎで亡くなった両親が遺した僅かな財産で食いつないでいるが、いずれは職を得て生計を立てるつもりだと言う。だが、別居中の夫から養育費は一切受け取っておらず、それは息子の成長に心身のすべてを賭けた意地からだと真澄は言い切った。色恋沙汰には興味がないと告げられたようなもので、その後はほとんど何も語らうことなく食事を終え、二人は無言で店を出たが、子供たちの出迎えにはまだ時間がありすぎる。隆夫はとりあえず帰宅することにしたが、真澄はどこへ行くとも告げず路上の車に戻るのだった。

夕刻、代々木公園参宮橋門の駐車場に車を着けたら、出迎えの保護者が日の傾きかけた広いスペースで大勢待っていた。やがて芝生の斜面の小道から子供たちが学生たちに引率されて降りて来たので、列の中にいる達郎に手を振りながら隆夫が寄って行く。他の親たちもなごやかにしゃべりながら迎えに歩いているさなか、突然、女の叫び声があたりの空気をつんざいた。

息を飲む隆夫の目に触れたのは、斜面に近い駐車場の端で奇声を上げながら若い女の前髪を引っ張る光彦の姿だった。そばにいた初老の男が光彦の動きを抑え込もうと後ろから抱きついたが、逆に自分の髪をむしられる始末で、居合わせた中年の女はおろおろしながら見守るばかり。光彦は児童の群れからいきなり飛び出し、保護者の待つ場所ではなく無関係の数人のいたところに走って騒ぎを起こしたらしく、学生たちも慌てふためき、二人の若者が光彦を後ろから羽がい絞めにして引きとめたが、被害を受けた若い女は頭をかばいながら尻もちをついた。

その時、怒号とも悲鳴とも取れる声で息子の名を呼ばわって駆けつけた真澄は、隆夫がかつて目にしたことのない取り乱しようで、男子学生に光彦を預けたまま、迷惑をかけた若い女や初老の男たちに寄ってゆく。詫びの言葉を繰り返し、なりふりかまわず相手の手を取って深々と頭を下げるのだったが、今度はその真澄が光彦に後ろから髪をつかまれてしまう。学生たちの腕を振り切って母親に飛びかかった光彦は、興奮して甲高い声を放っている。達郎の日頃のふるまいから、隆夫は自閉症児のこうした理解しがたい行動には慣れているが、顔を歪めて息子の手を振り切ろうとする真澄の姿はあまりに痛ましかった。女子学生と手をつないだ達郎を一瞥して隆夫は急いで助けに駆けつけたが、真澄は長い髪を鷲づかみにされたまま倒れ、隆夫が学生たちと一緒に光彦を引き離そうとしても、真澄の毛髪に絡んだ指をはずすのは難しかった。

ようやく息子の手を離れた真澄は、引き抜かれた数十本の毛を光彦の指から摘み取って悲しそうに見つめている。かつて隆夫が何度も撫でたことのある黒髪だ。呆然とする周囲の人だかりの中で恥ずかしそうに立ち上がる真澄は、ディスコのお立ち台で体をくねらせ、カラオケボックスで嬌声を上げていた真澄とは別人だった。少し離れて立つ女子学生に呼ばれて達郎を引き取りに行き、今日の様子の報告を聞きながらも気はそぞろで、ようやく話が終わって真澄に見向くと、昂ぶりの鎮まった光彦と肩を寄せ合って車に向かっている。達郎を連れて追いかけ、広い駐車場の真ん中あたりですぐ後ろから声をかけると、真澄は目を伏せて振り向いた。

「まあ気にすることはないさ。俺のところも何度か似たような想いをしたもんだよ。髪をむしられたり、人さまに頭を下げたり、辛いことは色々あったからね」

真澄は前方に向き直ってうつむいたまま歩き始めたが、互いに子供の手を取って四人が真澄の白いクラウンに向かうのはごく自然の成り行きだった。それぞれの子を外側にして二人の親は肩を並べて進み、いつのまにか隆夫は真澄の手を握っている。ためらいもせず真澄が強く握り返したので、隆夫は彼女の肩をそっと抱き寄せた。他の保護者たちの目には奇異に映るかもしれないが、幸いというべきか近くに見知った顔はなかったので、真澄の肩を包んだ腕に思い切り力を込める。

「おまえ、ひょっとして泣いてるんじゃないだろうな」

わざとぶっきらぼうに言うと、目を落としていた真澄が急に顔を上げ、隆夫の腕の中で不敵な薄笑いを浮かべた。

「わたしが、これくらいで泣くわけないでしょ」

肩で息をしながらゆっくり吐き出した声には挑むような力があり、瞳の奥の冷たい輝きは喧嘩別れをした時のあの眼光だと隆夫は思った。寄り添ってもたれかかる真澄のぬくもりがいとおしく、胸の底からせり上がって来る熱いもの、体の芯で何かが燃え立っている。だが、どうとも言えぬ妙な心地だった。これははたして……情欲と呼べるものなんだろうか。性愛のようでも共感あるいは憐憫のようでもありながら、実はそのどれでもなく、それらをないまぜにした新奇で複雑で謎めいた情念だ。男女の想いを超えているのかいないのか、説明のつかない悩ましさの中に隆夫はたゆたっている。何やら不可思議な領域に踏み込んでしまったようだ。

車の前で隆夫が肩からゆっくり手を離すと、真澄は後部座席に光彦を乗せ、シートに置いてあった本を取って隆夫に差し出した。達郎とつないだ右手を強く握ったまま、左手で受け取ると、『自閉症児の療育教本』という新書版の書籍で、著者は児童精神医学の柴田一郎博士と記されている。

「それ、すごく評判になってるみたいね。もう読んだから貸してあげる。とってもいいこと書いてあるの」

真澄は内容にかなり心酔しているらしく、言い終えると顔に生気が甦って来た。

「柴田一郎って人、名前は知ってるよ。生活習慣の自立でかなり実績をあげてる先生らしいな」

光彦が車から出て来たので、真澄がすぐに両手でからめ取る。共に障害のある子の手を摑んで向き合い、二人は突っ立ったまましばらく顔を見交わした。

「ねえ、どこにあるの、ほら、あの歩道橋。生首が飛んで来るんでしょ」

鼻にかかった声で真澄が笑いかけ、隆夫が驚いて本を落とした隙に、達郎が父親の手を振り切って奇声を上げながら走って行く。隆夫はわめきながら必死で後を追いかけた。

自分史を出したくて

正門の近くにあるカフェテラスで、永田恭三は孫娘の美里と芝生の上の小さなテーブルに坐っていた。若い女性たちが語らいながら行きかう女子大のキャンパスには、大小の校舎が初夏の緑樹に囲まれて点在している。池のある広場を隔ててカフェテラスの正面に見えるのは総合図書館で、ロマネスク様式の荘厳な建物だ。八階建ての事務棟がその隣りに建っている。水色のカーディガンをはおった恭三がレモンティを飲みながら、八十歳にしては血色のいい顔を綻ばせて呟いた。

「やっぱりここは一流だから、服装もあんまり派手じゃないな」

美里に自分史の聞き書きを頼んでいる恭三は、横浜のこの大学を一ヶ月前にも訪れたことがあった。美里は日本文学専攻修士課程の二年生としてここに通っている。

「このあいだは、じいちゃんのうちで昭和三十四年の話をしたんだよな」

「そうね、おじいちゃんが朝井電機に入って五年目じゃないかしら」

白いブラウスを着た細身の美里が、ジーンズのポケットからＩＣレコーダーを取り出してテーブルに置く。

「そうそう、あの頃は電気釜がよく売れたって話だった。おっと電気釜って炊飯器のことだぞ、ちゃんと書いとけよ。それから扇風機とか洗濯機も造り始めてなあ、テレビでもけっこう稼いだし、販売店を駆け回って元気のいい営業をやったものさ」

朝井電機は昭和二十二年に東京で設立された、現在では準大手の電機メーカーだが、恭三が大学を卒業して入社した昭和二十九年頃は従業員百五十人の小規模な企業だった。今は日本橋に本社ビルを持つ東証一部上場の会社で、恭三は五十八歳で役員に就任し、六十八歳まで勤めている。退職後の子会社と関連の会社でのキャリアも含め、二ヶ月前に八十歳で引退するまで、営業の現場から離れなかったのが恭三の大きな誇りだった。長かったサラリーマン人生を綴って、自費出版で回顧録を世に送り出すのが今は悲願になっており、美里が聞き書きによる原稿の代筆を引き受けてくれた。

「おまえの母さんが生まれたのも、この昭和三十四年でな。いや、あの時の劇的な展開には驚いたよ、まったく」

「それって、おじいちゃんちでもう聞いてるよ」

美里の母の慶子が生まれたのは日曜日のことで、予定よりかなり早い出産だった。ひとり平屋の自宅でテレビを見ていた恭三が、大きな雷鳴に肝をつぶし、庭先に出て先ほどまで晴れていた空を見上げると、いつのまにか黒い雲が垂れ込め、激しい雨が降って来た。慌てて台所に行き、天井からの雨漏りを受けるためにバケツを置いて濡れ始めた床を雑巾で拭き、縁側の雨戸を閉めて一息ついていたら、隣りに住む大家の息子がやって来て、恭三あての電話がかかっていると言う。胸騒ぎを覚えながら隣家に急ぐと、病院の婦長からの連絡で、思いがけずも娘の誕生を知らされた。妻の多恵は病弱だったので、万が一の異常分娩に備えて早めに入院していたのだが、このことが幸いしたようだ。あの時、受話器にかぶりつくようにして言葉にならない歓喜の声を上げたのを、恭三は昨日のことのように覚えている。

「時間的に見て、慶子がこの世に現れたのはちょうど雷が鳴った頃だと、後になって分かったんだ。しかも、ついさっきまで青空だったのが、まったく突然の雷さまだよ。天の知らせだったんだね、きっと。美里、ほんとに不思議な話だと思わないかい」

恭三はカップのレモンティを飲みほし、大きく伸びをしてから腕組みをした。

「この年はもう一つ大きな事件があってな、あまりいい思い出じゃないけど、江戸川の工場で夜明け前に火事が起きたんだ。すぐ再建できたのは取引先や銀行さんが何かと援助して下さったお蔭で、いやほんとに有難いことだった。おまけに災い転じて福となす……ってやつで、そのあとは新型のトースターとか色々ヒットが続いて、会社はどんどん大きくなってった。まったく劇的な展開だよな」

恭三の昔語りは当時の相次ぐ増資と従業員数急増などの経緯をたどり、昭和四十二年の事業部制の発足まで進んで行く。それは家電と産業機器の二部門で始まり、恭三はその年、家電部門の販売担当の課長に抜擢されている。

「あの頃はほとんど家にいなかったから、慶子や洋一とろくに遊んでやれなくて、可哀そうなことをしたもんだ」

洋一は慶子より三つ年少で、現在は中堅の総合商社の経理部副部長を務め、慶子は区役所職員と結婚している。恭三夫妻はこの二人の子供によって五人の孫に恵まれた。見合いで結ばれた三歳年下の多恵はいつも病気がちで、今も持病の喘息で都内の大学病院に入院しており、目下、恭三は世田谷区の自宅で独り暮らしを続けている。週に二日、慶子や洋一の妻が洗濯や掃除などの家事を手伝いに来てくれるが、恭三は食事の支度はすべて自分で済ませるし、テレビの海外ドラマや映画のビデオを見たり、読書や釣り堀通いをしたりして、不便を感じているというより、むしろ虚弱な妻が退院するまでの気ままな生活を楽しんでいるつもりだった。

「今日はあまり丁寧にしゃべれなかったけど、そろそろ引き揚げるとするか」

いきなり細い雨に打たれた額をさすり、恭三が空を見上げて呟いた。

「そうね、おじいちゃん、風邪をひいたら大変だもんね」

「ばか言うな、これくらいの雨で風邪なんかひくかよ。傘がなくて濡れるのが嫌なだけさ」

恰幅のいい体ですっくと立ち上がった恭三は、健康には絶大な自信を持っており、ここ数年はほとんど医者にかかることなく元気に過ごしている。豊かな白髪と年の割には艶のある肌。いまだに老眼鏡をかけなくても不自由せず、暇を見つけてはスイミングクラブの老人コースに通ったり、山歩きにも挑んで来た。今日のように電車を乗り継いで孫娘の下宿に近い横浜の大学を訪れるのも、筋力の衰えを防ぐトレーニングと心得ている。

美里と別れてＪＲの駅に入った恭三は、自動改札機の前で顔を少しこわばらせた。乗車券のことで何か不都合があって、通ろうとしたらいきなりフラップドアに遮られるのでは、といつもおびえてしまう。「きっぷをお取りください」という表示に安堵の息をついて通り過ぎ、ホームに着いてふと思い出したのは、初めてこの駅で電車を降りた時の戸惑いだった。車窓からは駅名プレートがなかなか見つからず、ここで降りてよいものかとためらって、ドアが閉まる寸前に電車から飛び出したのだ。あの時は車内アナウンスをぼんやりと聞き流してしまったし、扉の上の電光表示を見ることも思いつかなかった。

「やっぱり、どの駅に着いたか、電車の中からホームを見てすぐ分からなきゃ困るよな。どこへ行っても駅名を書いた板が少なすぎるんだ。年寄りに不親切なことといったらひどいもんだぜ、まったくよお！」

独りごとを言ったつもりが、つい声を荒げていたようで、近くにいた大勢の男女が振り向いた。恭三が唇を尖らせて見返し、首を軽く振ってポキポキと音を立てる。何人かは素早く目をそらしたが、ベンチのそばに立つ若いカップルの眼差しには侮蔑の色が籠っていた。老人のくせに粗暴なやつだと言いたげな顔付きだ。やがて二人は言葉をかわしながら遠ざかって行ったが、恭三の心は苛立っていた。人間、年を取ったら穏やかになってゆく……なんて思ったら大間違いだよ。むしろ心の内では修羅が募るばかりだと感じることが、この頃は多くなっている。

翌週の土曜日の正午近く、紺色のブレザーに身を包んだ恭三は、大学から駆けつけた美里と日本橋のホテルにいた。二十二階のカフェでランチを食べながら、朝井電機の十五階建ての本社ビルを、恭三はいつものようにガラス越しに眺めている。自分史代筆のための週一回の聞き取りは、この店と恭三の自宅、孫娘の通う大学とで曜日を定めずかわるがわる行なう習いだが、ここでは古巣の会社を間近に見ながら話したいので、恭三は必ず窓際の決まったテーブルに着くことにしていた。

「今の若い社員たちには分かんないだろうが、あんな立派なビルが出来るほど会社が大きくなったのも、みんな俺たちの苦労があってのことさ。ドルショックの時は、そりゃもう大変だったよ。円切り上げで電機業界はひどい目に遭ったからな」

当時の営業マンとしての奮闘から、恭三は今日の話を切り出した。

「カラーテレビだの電子レンジだの、がむしゃらに電器屋さんをまわって製品を置いてもらえるように頼み込んだものさ。あの頃は俺たちの会社はまだ中堅クラスだったから、テレビでCMなんかやってる大手のメーカーと違って、販売店ではペコペコ頭を下げっぱなしでな。売り場を何とか確保するために、店の陳列を手伝ったり、おやじさんを居酒屋に連れてって自腹で飲ませたり……。でも売り込みに行く時は、自分とこの商品の話ばかりしてるわけにはいかなくて、少しでも喜んでもらえそうな話題をいっぱい用意しとくんだ。それでも、『悪いけど、大きいところのほうが売れるから』って言われて、泣かされたことが何度もあったよ。大手メーカーのネームバリューにはかなわなかった。お客さんはやっぱりそっちの品を買いたがるからな」

美里がICレコーダーで録音しながら、大きなノートに祖父の話を聞き取ってゆく。三ヶ月間、編集の専門学校の夜間講座に通った後、自費出版専門の小さな出版社でアルバイトをしている美里は、もっぱら自分史の編集と関わっており、こうした作業には慣れている。恭三から自分史出版の相談を受け、アルバイト先の出版社を紹介したら、「本の原稿はおまえに書いてほしいんだ」と頼まれ、断りきれずに夏休みでもないのに引き受けてしまった。完成後は書店にも置いてもらえることになっている。

「そうそう、それから今度は昭和四十八年の石油ショックだ」

恭三がコーヒーのお代わりを注文して腕組みをし、昔を思い起こす面持ちで大きく頷いた。

「会社一丸となって乗り切ろうと、俺たちは悲壮な覚悟だったよ。景気はえらく落ち込むし、原材料の価格はどんどん高くなって、省エネ、省資源ってことで会社は必死だった」

会社が何とか危機を乗り越えたと思ったら、自身が左遷の憂き目を見ることになった、と言って恭三の口調が急に重くなった。四十三歳の時で、相性の悪かった直属の上司と衝突したのだ。

「いやな部長でな、部下の手柄をみんな自分のものにするんで評判の悪いやつだった。俺はずけずけものを言うタイプだから、気に食わない野郎だと思ってたようだが、こっちの仕事ぶりには文句がつけられなくて我慢してたってわけよ」

それがとうとう限界を超える時が来た、と言って恭三が頬をこわばらせる。朝井電機が海外に生産拠点を開設しようともくろんでいた頃で、その視察のために社長がカナダに出張した時、空港で見送る数少ない社員の一人に恭三は選ばれた。直属上司の頭越しの指名だった。

「ほかは重役ばかりでな、まあ、じいちゃんは古株の社員だから上にはよく知られてたし、それまでの実績も耳に入ってたんだろう。今となっては忘れられない思い出になってるけど、選ばれなかった部長は頭に来ちまった。たかがそんなことで揉め事になるのかって思うかもしれないけど、会社ってのはそういうもんなんだね。いろんな人間が集まって、どろどろした感情を胸の中に抑え込んでるんだから……。で、その部長がな、社員旅行で熱海に行った時、宴会の最中に言いがかりをつけて来たんだ。こっちもかなり酒が入って酔っ払ってたから、わめき合ってるうちについ手が出てしまって……軽くぶったつもりだったけど、相手は後ろにふっとんで襖を倒す騒ぎになった」

不届きな行為を咎められて静岡の支社に異動となり、家族四人で社宅に住み始めたが、ここでも恭三の苦難は終わらなかった。高校生の慶子と中学生の洋一が転校先の学校でいじめに遭い、妻の多恵は周りが社員の家族ばかりという状況に煩わされる日が続く。敷地内の草刈とか共用部分の清掃など、自治会から割り当てられる作業をめぐるトラブルに巻き込まれ、一家は気苦労が絶えなかった。もともと気弱な多恵がやがて鬱病で入院すると、恭三は勤務のかたわら炊事や洗濯に追われたものだ。そのうち支社での業績が認められ、三年後に東京本社に戻った恭三は、営業部次長として第一線に返り咲き、多恵の心身も回復して一家の生活は上向いたように思えた。だが、高校に入学したばかりの洋一がバイクに撥ねられて腕を骨折する事故に遭ったり、空き巣に預金通帳を盗まれるという不運もあり、この頃も決して平穏な日々ばかりだったわけではない。

「いやあ、こうして振り返ってみると、感無量ってところだな、まったく」

楽しい思い出も嫌な思い出も、近頃は必ずため息とともに湧き上がって来るのはなぜだろうか。

重苦しい話が続いてやや気持ちの塞いだ恭三は、孫娘の顔を苦笑しながら覗き込み、「こんなとりとめのない話で本になるのかなあ。会社がらみの公的なことは、いい加減には書けないし」と呟くように問いかけた。

「だいじょうぶよ、会社の歴史とか業績とか細かい数字なんかは、おじいちゃんから借りてる朝井電機の社史を見てちゃんと確かめるから安心して」

「そうか、そのへんのことはよろしく頼むよ、美里」

今日はこれで終わりにしようと告げ、恭三が伝票をつかんで席を立ったので、美里は筆記用具とICレコーダーを慌ててバッグに突っ込んだ。

カフェのある二十二階から孫娘とエレベーターに乗った恭三は、四階で扉が開いて若い女性が入って来た時、エレベーターの真向かいに立った看板を見て「ウッ」と小さく声を洩らした。「経済評論家　板河恭三先生　『それでも高度経済成長は甦る』刊行祝賀会」と書かれていて、その横に設けられた受付カウンターに数人の男女が並んでいる。どうやら出版記念パーティの会場のようだが、恭三を驚かせたのは板河恭三という名前だった。美里の腕を摑んで慌しくエレベーターからフロアに出た恭三は、孫娘に付き従うよう目顔で促し、いそいそと会場の入り口に向かって行く。

静岡の支社から東京本社の営業部に戻った年の翌春、総務部からの委託で手がけたのが、役員や部長などの上級管理職を対象にした「電機業界の前途」と題するセミナーの開催で、その講師に招いたのが板河恭三だった。当時、板河はテレビ出演や講演会などでひっぱりだこの著名な民間エコノミスト。多忙な人なので断られるのを覚悟で依頼したら、たまたまスケジュールに空きができたところだと言って引き受けてくれた。早速、事務所を訪ねて打ち合わせをした際、名前がともに恭三で年齢も同じというただそれだけの理由で、板河はすっかりうちとけ、講演内容の相談に応じるのも丁寧だった。三日間のセミナーの最終日、講演が終わった後の講師控室で、板河は挨拶に訪れた朝井電機の重役たちを前に、恭三の準備の手際の良さを絶賛する。更にその後、経済誌や新聞でもこのことに触れ、お蔭で恭三は朝井電機の知名度を上げることにも貢献できたのだ。大いに面目をほどこした恭三は、売れっ子のあの板河に講演を快諾されたことすら奇跡的なのに……と我が身の幸運を嚙みしめ、多恵に「ずっとサラリーマンやってると、時には叫びたくなるくらい嬉しいこともあるもんだな」と独りごつように言ったものだ。

経済評論家で板河恭三と同姓同名の人物などまずいないだろうから、会場の看板に書かれているのは、あの時の講師の板河に間違いない。最近は新聞や雑誌、テレビなどでも恭三の目に名前の触れなくなった板河だが、エコノミストとしての活動は続けていたらしい。

「懐かしいなあ、あの板河さんか」

そう言って入り口に進んで行くと、「あのう、御記帳をお願いします」と受付の女性から声をかけられたが、恭三はかまわず会場に入って行き、かん高い声で呼び止める美里の声を背に浴びた。見まわすと立食形式のパーティで、左右の壁際には料理や飲み物を置いた台が幾つか並んでいる。どうやら来賓の挨拶などはとうに終わり、閉会が近づいている様子で、かなり大勢の参加者がウィスキーの水割りやビールの入ったグラスを手に談笑しているところだった。そう言えば俺も、昼間のパーティで酒をよく口にしたもんだ。それにしても板河さん、俺と同じ年だから、顔とかも昔とはずいぶん変わってるだろうな。人の群れをすり抜けて板河の姿を探していると、美里が後ろから肩に手をかけた。ためらいがちに付いて来たらしく、声をひそめて「これ、ちょっと、まずいんじゃない？」とたしなめるので、恭三は嬉しそうに表情をやわらげた。

「あのな、美里、これはおじいちゃんが若い頃もの凄くお世話になった大恩人のパーティなんだ。偶然、この会場を見かけたのも、きっと何かの御縁があったからだよ」

二人を見咎めるように近寄って来た背広姿の若い男から「あのう、お名刺を頂けますでしょうか」と声をかけられても、恭三は顔に余裕をたたえていた。

「名刺は持ってないけど、わたしは朝井電機の元役員でしてね、板河先生を存じ上げてるもんで、ちょっと覗いてみただけですよ。先生、どこにいらっしゃるんだろう」

男が困惑の面持ちで何か言おうとした時、左右に泳いでいた恭三の視線がやや遠くに向いて動かなくなった。ローストビーフの置かれた台の前で、グラス片手に中年の女性と笑いながら話している銀髪の老人。恭三が駆け寄ってうわずった声をかける。

「板河先生、お久しぶりです。いや、これはお懐かしい。以前、朝井電機にいた永田恭三でございます。もう三十年以上も前になるかなあ、社内研修のセミナーに来て頂いた時の担当者ですよ。先生とは名前も年もおんなじで、あの折は本当に懇意にして頂きました。有難うございます」

セミナーの最終日、講演が終わって宝塚歌劇の「ベルサイユのばら」を見に行く板河を劇場まで車で送ったことなど、心に残る幾つかの思い出を恭三が勝手にしゃべり続けるので、板河は顔を少しこわばらせたが、「そうでしたか、そりゃどうも、こんにちは」と穏やかな口調で話を遮り、すぐ笑顔に戻って女性に向き直った。後ろから肩を叩いた初老の男に、板河は振り向いて、「おお、よく来てくれたな」と大声を上げ、更にそばを通り過ぎる若い女から挨拶を受けて「いやあ、お久しぶり」と楽しそうに微笑みかける。

黙って入り口に向かう恭三の顔を、美里が横から心配そうに覗くので、「まあ、こんなもんだよな」と言って、恭三は苦笑しながら唇を舐めるのだった。板河のような仕事をしていれば、長い年月の間に会った相手をいちいち覚えているわけがない。それに、こういう扱いを受けたからといって、彼との出会いがもたらした過去の功績は消えるはずもないのだ。当時の社内報は、恭三の企画したセミナーが熱気に包まれて成功裏に終わったことを、板河とのエピソードを交え、写真を添えて紹介しているし、朝井電機の社史にもこの経緯は記されている。残りの会社人生を第一線で全う出来たのも、板河のお蔭と言えなくもない。恭三には自分史刊行のための回顧を続けているさなかに再会できたのは、むしろ有難い僥倖とすら思えるのだった。

パーティの責任者らしき男が訝しげに見つめるのを横目にとらえ、恭三は何食わぬ顔で歩いていたが、にしん蕎麦の屋台を見て「お、これは珍しいな」と口走って近づこうとした。「やめて、おじいちゃん。わたしたち、パーティ荒らしと思われてるみたいよ」と囁いて美里が腕を引っぱり、足早に祖父を会場の外に連れ出す。招かれてもいないのに関係者を装ってホテルの立食パーティに紛れこみ、用意された料理をあさる人間が近頃はふえており、主催者たちは神経を尖らせているらしい、と言って美里は受付カウンターに立つ五人の男女を指さした。

「あの中にホテルの人もまじってるの。大きなホテルにはパーティ荒らしの常連を知ってるスタッフが何人かいてね、会場の中や受付で目を光らせてるんだって、友だちが言ってた。その子、ホテルでバイトしたことがあるから詳しいのよ」

「じいちゃんも、そんな卑しいやからと同じように思われたってわけか」

「まあ、疑われても無理ないよね」

「俺はな、美里、ついこの間まで、まわりから尊敬されながら仕事をして来たんだ」

「そんなこと、ここにいる人たちは誰も知らないもん、しょうがないでしょ」

恭三は憮然としてエレベーターに乗り、一階の正面ホールから外に出るまで口を固く結んでいた。


地下鉄の駅に向かって進み、交差点の近くまで来て、「やっぱり本は早く出したほうがいいな」と恭三は呟いたが、「でも、わたしの都合もあるから、聞き取りの回数はふやせないし」と美里が答えた時には、歩道に立つ二人の若い男女に目を向けていた。「生活困窮高齢者の命を守ろう」と書かれたプラカードを持つ青年の横で、ジーンズをはいた若い女が募金箱を手にして「身寄りもお金も行き場もないお年寄りが、この日本にはたくさんいらっしゃいます。どうかみなさん、この現実に目を向けて下さい」と叫んでいる。恭三が二人の前に歩いて行き、腕組みをしながら尖り声を吐き出した。

「おい、あんたら、本気で年寄りを助けたいと思ってるんなら、こんなとこに突っ立ってることはないだろ。若いんだから、体を動かして何かアルバイトでもしたらどうだ。そのほうが募金箱を持って人さまに頼み込むより、ずっとたくさん稼げるし、困ってる老人たちの助けになるはずだよ」

二人の男女は口をあんぐりとさせて顔を見合わせた。いきなり難癖を付けられて、どう言葉を返すべきか戸惑っている、という様子で棒立ちになっている。「やめてよ、おじいちゃん、そんなの言いがかりよ、失礼じゃない」と声を荒げて祖父の腕を摑む美里の顔は、かなり紅潮していた。「じゃ、あなたは、お気の毒なお年寄りのために、何かなさってるんでしょうか」と若い男が切り出し、言い返そうと唇をうごめかす恭三だったが、「どうもすみません、今日の祖父はちょっと気が立ってるもんですから」と頭を下げた美里に後ろから強く押され、さっさと駅に向かうよう促された。

「あのな、美里、あの連中は善行をしてる姿を自分自身に見せつけたいだけなんだ」

「いい加減にしてよね、わたし、もう帰るから」

地下鉄の駅の前で荒い息を吐き、美里は恭三に振り返りもせず、地下への階段を駆け降りた。孫娘とは乗る路線が違うので、ここで別れるのは不都合ではないが、今日は何とも後味が悪い。どいつもこいつもなんにも分かっちゃいないな……いったいこの俺が何をしたっていうんだよ。

とてもこのまま帰宅する気にはなれず、恭三は入院中の妻にむしょうに会いたくなった。二日前に来たばかりの新宿の病院を訪れ、八階にある個室に行くと、息子の洋一がベッドで横たわる多恵を見舞っていた。洋一はベッドのそばで丸椅子に坐り、母と何か語りながら笑っている。子供の頃から洋一は父親にあまりなつかなかったし、最近も二人だけで向き合えばお互いに何となく気まずくなるような関係だった。何も言わずに入って来た恭三を見て、洋一は少し驚いた様子だったが、目を合わせず黙って頷いて見せる。今日の多恵は容態がいいそうで、恭三に手を握られながら「おとうさん、毎日、お勤めもなく過ごすのって、つらいんじゃない?」と囁くように声をかけた。

「一人でうちにいるの、淋しいんでしょ。早く退院してあげなきゃね」

「だいじょうぶだよ、やっと会社のない暮らしに慣れたところだから」

恭三が少し離れたソファーに腰をおろし、穏やかな眼差しを妻に向ける。多恵は結婚以来、胃潰瘍や肺炎、循環器の病気や喘息などで入退院を繰り返して来た。静岡にいた頃は鬱病でも苦しんだ。子供たちの自立で夫婦二人の生活に入ってからは、七十五歳で運転をやめるまで恭三が車で病院の救急外来に連れて行くなどしていたが、最近はもっぱら介護タクシーを使っており、時には救急車を呼ぶ騒ぎになって、慶子や洋一夫妻がしばしば真夜中に駆けつけている。

「経理の仕事、忙しい時なんだろう。今日はこんな時間によく来れたなあ」

恭三が母親の傍らに坐る洋一に声をかけたら、「俺もいちおう管理職だからね。それに今日は土曜日だぜ」と答え、「そうだったな」と頭をかく父に、気の乗らない口調で問い返して来た。

「そう言えば、とうさん、例の自分史の本、うまく行ってるのかい」

「うん、まあな、美里のお蔭で順調に進んでるさ」

この話になると、恭三は洋一の前でも気詰まりが解けて多弁になれた。

「出来上がったら贈る相手も多くてなあ。仕事でお付き合いのあった人とか昔の同僚だの部下だの、もちろん親戚にも学生時代からの友だちにも配るつもりだけど、それだけじゃないぞ。ひょっとしてテレビドラマとか映画にならないかな、なんて思ったりしてるんだ」

「そりゃ、楽しみがあっていいね。そうなりゃ、ぼくらも鼻が高いよ」

息子に助けられて上体を起こした多恵も、「おとうさん、八十まで働いたんだもんね」と嬉しそうに微笑んだ。洋一がそばに置いていたカバンからタブレット端末を取り出し、恭三の前に差し出して言う。

「そう言えば電子書籍の自費出版ってのもあるそうだけど、やっぱりとうさんは紙の本だろうね。ずっと電器の仕事やってたくせに、ＩＴ関係はまるでダメだもんな」

洋一は軽口のつもりだったろうが、恭三はたちまち不機嫌になった。

「俺の会社人生の半分はな、照明電材の営業ひと筋だったんだ。この三十年はずっとそうだった。コンピュータのことはよく分からなくても、おまえら若い者の知らない苦労がいっぱいあった」

「仕事の苦労なら、こっちだってたくさん抱えてるさ。決算処理の作業に追われて、きのうまではうちに帰っても、毎晩パソコンの前で仕事してたし」

苦り切った顔で「同期の連中に比べたら、今は俺が一番しんどい目に遭ってるんだ」と弱々しくこぼすのを聞き、恭三は息子に近寄ってそっと肩に手を置いた。

「あのな、洋一、前にも言ったと思うけど、会社員やってる限り自分を可哀そうだなんて思わないほうがいい。気の毒がるのはやめろ。結局、損をするだけだよ」

七月中旬の日曜日。夕方の四時をまわってようやく僅かな涼しさの漂う気配になったが、空にはまだ眩しい青の輝きが広がっている。恭三は両手にレジ袋を提げ、家々に挟まれた路地を歩いていた。バス通りのスーパーで買い物を済ませ、同じ町内の自宅に帰るところで、レジ袋には大人用の紙おむつと夕食の食材などが入っている。今はまだ不要な紙おむつも、九十歳を過ぎればいずれ自分で使う時が来るだろうと見越し、恭三は稽古のつもりで時折身に着けていた。下の世話で家族や介護ヘルパーを煩わすようになれば、これまでの自分がすべて否定されるような気がして、何だか怖くなるのだ。

ゆっくり進んでいるのは見慣れたはずの住宅地だが、その風景に恭三はまだ馴染めなかった。四ヶ月前まで毎日、通勤を続け、会社との関わりだけで過ごして来た恭三は、地元に根付いた暮らしとは無縁だったし、近隣の一、二軒くらいしか言葉をかわす住人はいない。町内の商店とか居酒屋などの飲食店はいつも前を通るだけで中を覗いたことはないし、いまだに近所の散策には気が向かず、少し離れたところになると、どんな家やマンションが建っているのか、よく思い出せないほどだった。

今日はこれから美里が自宅に来ることになっているが、聞き取りの作業はこのところ順調に進んでいる。前回は専務取締役で朝井電機を退職する頃の話をしたから、今回はその後の子会社社長としての苦労を語ればいいだろう。すぐ思い出すのは就任して五年後の受難だった。若手社員の中にカルト教団の狂信的な信徒になっている女性がいて、勤め先や取引先の会社の社宅に入信を呼びかける大量のビラを配ったのだ。本人にとっては解雇も覚悟の決行だったかもしれないが、恭三にも大きな痛手となった。表現の自由や信教の自由を問う裁判沙汰になり、親会社から監督責任を問われ、社長職を退いた恭三は企業人としてのキャリアもついに終わるかと腹をくくったが、すぐに誘いの声がかかる。懇意にしていた昔の上司が、朝井電機の下請けの部品メーカーを設立して経営していたが、現役を退いて会長職に就きたいからと社長の座を譲ってくれたのだ。

会社と関わる人生に切れ目を作ることなく、再び腕をふるうことになったわけだが、最後となったこの職場でも一度だけ恭三は波風を立てている。最前線の社員たちのミーティングに老社長みずから出席し、眠そうにうなだれていた若い男性社員を「おい、おまえ、寝てるんじゃねえ」と怒鳴りつけて小突くという事件だった。組合からパワハラの抗議を受けるはめになり、騒ぎが大きくなって元上司のオーナーに迷惑がかかるのを避けるため、恭三は任期満了の三ヶ月前に退任したが、この時期のあらましは次回の聞き取りで話すことにしようと思っている。

自宅に戻って玄関に入ると、奥のリビングルームから美里の涼やかな声が、短い廊下を通って聞こえて来た。早めに来て合い鍵で入ったのだろう。上がりかまちにスーパーの袋を置き、恭三はその横に腰を下ろして靴を脱ぎ始めた。

「自分のこと、ドラマのヒーローのように思ってるみたいで、ちょっと付いて行けない感じなの。おじいちゃんには悪いけど、もうやめにしたいよ、ママ」

閉じたドアの向こうで、どうやら母の慶子と携帯電話で話しているらしい。スーパーの袋が少し重かったせいか急に疲れを感じ、恭三はぼんやりと坐ったまま頭を垂れた。

「劇的って言葉が嫌になるくらい何度も出て来るの。波瀾万丈とか天運とか試練なんてのもいっぱい聞いたし、ドラマチックで大変な人生だったと強調したいらしいのね。でも、わたし、自分史の本のお手伝いで、他にも聞き書きの仕事を色々させてもらってるけど、会社員を長くやってきたお年寄りって、みんな似たようなことを口にするのよ。出世とか左遷とか、転勤とか家族のこととか色々あるし、事故だの病気だの人間関係のトラブルだの、社業の発展だの没落だの、同じような話ばかり散々聞かされてるから、おじいちゃんの言ってることだけが特別には思えなくて」

聞き取りの作業で恭三と向き合う時とはまったく違う深刻な口ぶりだった。

「やっぱりこんな大げさな書きかたはまずいと思って、会社の人にも相談してみたんだけど、そんなの分かり切ってることだって、社長さんに言われたの。本人が自分の生涯を凄いもんだと思い込んでるなら、そういう気持ちを充たす本を作ってあげるのがこの仕事の使命じゃないかって。でも、おじいちゃんの出す本だから他人事じゃないし、大勢の知り合いに配るんなら、今のままじゃちょっとみっともないって気がするのね」

製作の打ち合わせで出版社の社長に初めて会った時のことを、恭三はふと思い出した。書きたい内容を伝えるために自身の過去を語ったら、「いやもう、大変な御苦労がいっぱいおありだったんですねえ」と社長はしみじみとした口ぶりで頷いてくれたが、他の誰にでも同じことを言っていたのだろうか。

「とにかく困ってるの。おじいちゃんって、ああいう人でしょ。少しでも中身を変えたほうがいいなんて言ったら、真っ赤になって怒るにきまってるもん。ママから何とかうまく話してもらえないかなあ。おじいちゃんが一番言うこと聞くのは、やっぱりママだからさ」

これだけ聞かされてもまだ反応しない自分が不思議だった。あまりに唐突な話だから、感情も思考も付いていけないのだろうか。いや、しかし、これは……。家族と自分のために会社に魂を譲り渡して生きるのは、恭三にはためらうことなどあり得ない信仰のようなものだったが、公私にわたるそうした激動の過去が、いとも軽くあしらわれている。俺のしゃべったことが、みな、どこにでも転がってる話だって言うのかよ。徐々に怒りが込み上げて来るのを覚え、勢いよく腰を上げた恭三は「バリバリッ」と屁をひってしまった。かなり大きな音だったようで、リビングルームのドアを開けた美里が、気色ばんだ恭三の姿に度を失って携帯電話に悲鳴を放つ。

「ママ、どうしよう、おじいちゃんが近くにいたの。すごく怒ってるみたい。大変なことになっちゃった。すぐ来て、お願い」

美里のうろたえる様子を見て、だが、なぜか恭三はすぐに落ち着きを取り戻し、やや穏やかな面持ちになった。今さら何を言われようが、もうこの年になると、驚くのも動じるのも面倒臭いということか……などと自身の心を探ってみる。ただ、「大丈夫よ、ママ、おじいちゃん、平気みたいだから、安心して」と成り行きに安堵した顔付きで話す孫娘がひどく遠いものに思え、聞き取りを始めようと言われた恭三は、ぼんやりと玄関の扉に向かって行った。いつのまにか、先ほどまでの疲れはすっかり消えている。

「今日は外で歩きながらやらないか。ＩＣレコーダーにとっとけば、ノートがなくても何とかなるだろ？」

「そうね、分かりました。でも、おじいちゃんが近所の散歩なんて、ほんとに珍しいよね」

「なあに、世間のやつらがどんなに面白くない暮らしをしてるか、覗いてみるだけさ」


門を出た二人はバス通りとは反対の方向に進むことにした。すぐには聞き取りを始めず、幾つかの民家や三階建てのマンション、公園や幼稚園の前を過ぎて行く。四つ角に来て立ち止まった恭三が、左の前方に見える家屋の集まりを指さして声を張り上げた。

「美里、いや、驚いたなあ。いつのまにか、あんなのが出来てたんだね。みんな新築だろ？　あれ、建築中のものも少しあるようだな。そうか、まだ売り出したばかりなんだ」

外観のよく似た二階建ての一戸建てが十数軒集まり、かなり広い住宅地として独自の景観をなしている。二人が近づいて眺めると、「レジデンシャルコート若葉台　分譲中」と書かれた看板が立っており、見学を終えて帰る数人の家族連れとすれ違った。恭三が軽い足取りになって、孫娘とそのエリアに入って行く。私道を挟んで庭付きの家屋が並ぶ中を進み、「モデルハウス」と表示された建物の前に来たら、十人くらいの男女が玄関から吐き出されるように二人の前に現れた。現地案内のスタッフと見学客たちだろう。「サラリーマンの夫婦が多いみたいだな」と呟き、私道のベンチに腰を下ろして、恭三は彼らの後ろ姿を眺めていたが、隣りに坐った美里に「じゃ、そろそろ始めましょうか」と言われても、何か一つ大事なことを忘れているような気がしてどうにも気が乗らない。

押し黙った祖父の態度に含むところがあると思ったのか、美里が「おじいちゃん、さっきの話だけど、あれはね」と弁解がましく切り出したので、恭三は息苦しげにかぶりを振った。声に出したくない想いが胸の底からじわじわと湧いて来る。自分は世の中に知られたお偉いさんでも何でもない。ごく普通のありふれた一般人だ。そんなことはとっくに分かってるさ。俺の劇的な人生ってやつも、しょせんベニヤ板一枚で隔たったお仲間と凡庸さを競ってるだけのことかもしれない。モデルハウスから出て来た初老の男が背筋を伸ばし、しっかりとした足取りで恭三の前を過ぎてゆく。どうやら本日の最後の見学客だったようだ。自分以外の凡庸と自分自身の凡庸との差別化、そして自負……。そうだ、人間、年を取ってから自分史を書く時に必要なのは、このどこか冷めたような傲慢さだ。この心意気が大切なんだと、本の「あとがき」にぜひ書いておこう、いや、「まえがき」のほうがいいか。妙に青臭いことで心が昂ぶるのが嬉しくて、恭三は何でもいいから孫娘に声をかけたくなった。

「美里、ところで、おまえ、大学院で何を勉強してるんだっけ」

「おじいちゃん、もう何度も話したじゃない。研究テーマは和歌文学でね、今、一番興味があるのは勅撰和歌集のこと」

「ちょくせんわかしゅう、なんだ、それ」

「天皇や上皇、法皇の命令で編集された和歌集のことよ。古今集から始まって十五世紀の中頃まで二十一あってね……」

顔は孫娘に向けていたが、脳裏をかすめたのはまったく別のことだった。そうだ、さっきから何か忘れてると思ったら……。今日はまだ昼食をとっていなかったことに、恭三は今になってようやく気づくのだった。

安川さんの教室

私が安川さんの異変に気づいたのは、昼過ぎに自宅のはす向かいにある彼女の家に行き、小さな門の前に立った時だった。記名欄に「中西」と自署した回覧板を小脇にはさんでインターホンを押したが応答はなく、その時、門扉の柵を通して仰向けに横たわる安川さんのスカートが見えたのだ。古い木造の平屋で、門を入れば玄関がすぐ目の前にある造りだが、安川さんは狭いアプローチの部分に倒れていた。

慌てて扉に手をかけたら門はすぐ開いたので、中に入って傍らに腰を下ろし、「安川さん、どうしたんです、しっかりして下さい」と呼びかけたが、微かな息遣いはあるものの、目を瞑ってこちらの声に反応しない。妻の加奈子から五十五歳と聞いているが、間近に見つめると潤いのない肌にしわが目立ち、加奈子と同じ年にしては少しふけて見えた。インターホンを押したり玄関の戸を叩いたりして安川さんの一人息子を呼び立てたが何の応答もなく、救急車を呼ぼうにも携帯電話は持って来ていない。家に帰って電話をするしかないだろうと思った時、開いたままの門の前を通り過ぎるのは稲葉薬局の店主だった。この近くで開業している初老の男だ。

「稲葉さん、大変だあ、安川さんが気を失ってるみたいで」

私の声に驚き、稲葉さんは「おっおっ、これはこれは」と口を尖らせながら駆けつけ、安川さんの顔を見るや、「中西さん、脳梗塞かもしれない、動かしちゃだめですよ、そのままそのまま」とわめいて、ポケットから取り出した携帯電話で119番に連絡を入れた。私が念のために玄関の戸を揺すって再び息子を呼ぶと、稲葉さんがかぶりを振って、「やめときなさい、無駄ですよ。どうせ遊び歩いて留守してるに決まってる」と吐き捨てるように言う。そばに落ちていた小さなバッグを拾い、稲葉さんと二人で「安川さん、安川さん」と声をかけているうちに、穏やかならぬ気配に気づいた近隣の男女が寄って来て心配そうに見守り、救急車が到着した頃には人だかりのできる騒ぎになっていた。千葉市郊外のこの町は古くからの住民が多く、近所づきあいの濃密な住宅地で互いに顔馴染みだし、安川さんは町内でよく知られた人だったから、ストレッチャーで救急車に運ばれる姿を不安げに覗く者が多かった。

私と稲葉さんは成り行きで救急車に同乗することになったので、急いで自宅に戻り、アンチエイジングのエステに行っている加奈子に事情を知らせようとしたが、携帯電話がつながらない。私は建設会社を二年前に定年退職した後、継続雇用による嘱託として元の職場に週三回通っているが、今日は非番の日だし、稲葉さんも息子に薬局の実務を任せていて、どちらも時間的には余裕があった。

走る救急車の中、初めは救急隊員の声かけに応答できなかった安川さんだが、五分くらいして薄目を開け、横向きの姿勢で少しばかり嘔吐した後、隊員に聞かれて囁くように自分の名前を口にした。稲葉さんの「安川さん、大丈夫だよ、しっかりして」という声に唇を震わせ、体を僅かに動かそうとしたので、救急隊員に「あっ、動いちゃだめですよ、じっとして」と注意されたが、安川さんはぼんやりとした視線を流して稲葉さんと私の顔を見た。「あらあ、これは」と小声を洩らし、戸惑いをあらわにした面持ちにはすでに生気が戻っている。「わたし、どうかしたんですかあ」と涼やかな眼で事もなげに聞く安川さんに、稲葉さんと私はあんぐりと口をあけて顔を見交わし、「玄関の前に倒れてたんですよ」と二人が同時に答えた時、救急車は千葉市内の病院に着いた。

救急外来の診察室にストレッチャーで搬送されながら「変ねえ、変よねえ」としっかりした口つきで呟く安川さんは、普段と殆ど変わらないように見える。小一時間を経て検査と診察が終わり、稲葉さんと私は連絡の取れない安川さんの息子に代わって診察室に入った。CTや採血の検査で異常は見当たらず、どうやら睡眠薬の服用を間違えたのが昏睡に陥った原因らしい。若い医師が診断の内容を話す横で、安川さんはベッドに腰を据え、恥ずかしげな作り笑いを浮かべていた。サプリメントと間違えて外見のよく似た常備の睡眠導入剤を飲んだそうで、普段の用量をはるかに超えて六錠も服薬したのを、安川さんは今になってはっきり思い出せるという。自宅の玄関を出たところで薬の効能が表われ、急な眠気に誘われた安川さんは、戸口の横の壁に背をもたせかけて滑るように尻をつき、坐った姿勢からくずおれて仰向けになったので、頭や腰などを強打せずに済んだのではないか、というのが安川さんの記憶に基づく医師の推測で、救急車の中で睡眠薬を吐瀉したのも幸いしたらしい。もう少し多く飲んでいたら、大変なことになってたかもしれませんね。医師にそう指摘されても、苦笑を交えて頷くばかりでこわばった様子はなく、安川さんはやや猫背の小柄な体を丸めていた。

帰りのタクシーの中で、安川さんは私たちにひたすら恐縮して礼の言葉を口にしたが、やがて車窓から十月も近い昼下がりの街角に目をやり、「あら、いけない、お教室、間に合うかしら、どうしよう。みなさん、待ってらっしゃるから急がなきゃ」と、今日の出来事などすっかり忘れたような口ぶりになる。教室というのは、高校の社会科教師だった安川さんが近所の主婦たちに政治や経済などを教えている私塾のことで、そのきっかけを作ったのは加奈子だった。

短大卒業後、専業主婦として二人の子を社会人に育てた加奈子は、五十歳を過ぎて夫婦二人の暮らしに戻り、時間的に余裕が出来てから、自分が世の中のことに疎いのをひどく気にかけるようになった。内閣や国会の仕組み、経済や国際関係などが今よりもう少し分かるようになれば、新聞の政治・経済・国際欄の記事やテレビのニュース解説などが身近になり、もっと馴染めるのではないか。高校生のレベルでいいから、そうした知識を何とか身につけたいものだ。そんな思いを近所の親しい主婦に恥を覚悟で洩らしたら、同世代の彼女も実は同じ気持ちで、似たような願望を持つ女性が町内に少なくないというのも分かった。それでは高校の先生をやめたばかりの安川さんに講師を引き受けてもらおうということになり、数人で自宅を訪ねたら優しい笑顔で「公民」の授業を快諾してくれたのだ。安川さんがこの町に引っ越して来て五年目くらいの頃で、それから四年がたち、今や十数人の塾生をかかえる教室になった。

授業のために場所の提供を申し出たのは言い出しっぺの加奈子で、つまり我が家に毎週三回ほど近隣の住人たちが集まって来る。現役の会社員だった頃の私は地元のことには関心がなくて何も知らず、近所付き合いはすべて加奈子に任せていたが、現在は仕事を殆どリタイアした気分なので、塾生の一人になって授業を眺めると、これがけっこう面白い。古着屋の七十五歳のご隠居と中年の洋品店店主を除けば、あとは女性ばかりの集いだから、安川さんの話の合間ににぎやかに談笑する者たちもいて、時にはハッとするような町内の噂話が耳に入ったりするのだ。

そんな授業の始まる午後三時を過ぎているのを気にかけ、安川さんはタクシーが自宅の前に着くや、「おつりはいいですから」と言って運転手に二枚の千円札を渡し、さっさと降りて門に入った。暮らし向きは裕福じゃなさそうだが、そんなに気前がよくて大丈夫かな……と首をかしげて降りた私は、これから税務署に行くという稲葉さんと路上で別れ、安川さんの体調を気にかけて後を追うことにした。

人目もかまわず断わりなく玄関に入ると、安川さんは奥の和室にいるらしく、かわりに短い廊下を歩いて来るのは一人息子の恭太だった。頭を金髪に染めた一八〇センチを優に超える長身で、紫色をした花柄のシャツとデニムのズボンを着けている。高校中退後、工務店や不動産屋などの勤めを転々として来たが、二十代半ばの今は無職で親掛かりの身。盛り場での暴力沙汰は珍しくないし、この町内でも何かと揉め事を起こして、そのたびに安川さんが謝りにまわる始末だった。

狭い三和土《たたき》に立って「お母さんが気を失って大変だったんですよ」と話すと、「救急車で病院に行ったんですってね」と答えながらも感謝の言葉は口にせず、何か用かと問いかける顔付きになった。「今日の授業はやめたほうがいいって、あなたからお母さんに言ってあげたらどうですか。集まってる人たちには私から話しておきますから」と言ったら、恭太は「ヘッヘッ、フヘヘッ」と奇妙な笑い声を洩らし、「おふくろの好きなようにさせときゃいいんだよ。俺が何を言ったって聞くわけねえんだから」と言い捨てて背を向け、廊下を奥に歩いてゆく。

舌打ちしながら玄関を出ようとしたら、安川さんが廊下にいる息子を押しのけるようにして近づいて来た。教材の入った手提げ袋を持って「さあ、中西さん、急ぎましょ。これ以上みなさんを待たせるわけにはゆきませんから」と強い口調で私を促し、その場の成り行きから連れ立って我が家に向かうことになる。

帰宅していた加奈子は事情を知っているらしく、私と一緒に入って来た安川さんに「おからだ大丈夫ですか、無理なさらなくてもいいんですよ」と言いながらも、待ちかまえていたような面持ちでリビングルームにすぐ通すのだった。そこには二十代から六十代にかけての十人近い塾生が揃っており、ソファーやダイニングテーブルの椅子に坐ったり、カーペットの上に正座したりしている。救急車で運ばれたいきさつをみな心配そうに尋ねたが、安川さんは「とってもお恥ずかしいことでして」と軽く笑ってあしらった。

このところ経済についての授業が続いているのは、みんなの希望に沿うためだ。たとえば政権交代で株や国債、為替の状況がどう変わったのか知りたくても、財政や金融との関わりが理解できずに戸惑うばかりだから、安川さんの平易で明快な説明はとても喜ばれている。前回は金融緩和がテーマだったが、本日は「財政出動と景気回復」という内容らしく、「よく分からなかったら、遠慮せずに何回でも聞いて下さいね」と言って、安川さんは微笑みながらレジメのコピーを配り、全員の前に正座していつものように優しく包み込むような口付きで話し始めるのだった。

授業の合間にタイミングを見はからって月一万円の会費を徴収するのが今日の加奈子の務めだが、今回は私が代行することになり、主婦たちの間をすり抜けて回ると、この家から七、八軒先に隣り合わせで住む大島家と岩本家の夫人が、フロアに並んで腰を下ろしている。ともに定年直前のサラリーマンの夫を持つ二人だが、両家は敷地の境界線画定のことで激しく争っており、こういう組み合わせは本来なら不自然なはずなのに、安川さんのこの教室ではごく普通の仲良しさんのように思えてしまう。両家の前の路上で土地家屋調査士の測量をめぐって二人の男が口汚く罵り合った、という噂がまるで嘘のようだった。

この私塾に来ると心がなごむと誰もが言う。安川さんは穏やかな表情で語りかけ、しぐさも何となくのんびりしているし、話の流れからみんなが雑談を始めてもすぐ加わって談笑に溶け込んでしまう。単に知識を授かるためではなく、癒しを求めて足を運んで来る者も多いのではないか。話を聞くというより会いに来ることの喜びだろう。だが、安川さんが慕われているのは、単に温厚な人柄だけによるものではなかった。実は彼女のとてつもなく不幸な過去をみんなが知っているからで、きっかけは息子の恭太が臆面もなくしゃべったことにある。ヘアスタイルにこだわる恭太は町内の「プリティフラワー」という美容院によく行くのだが、ここで母のたどった境涯をまるで他人事のように面白おかしく何度も話して聞かせ、いつしかそれは近隣の住人たちにすっかり広まってしまった。

荒物屋を営んでいた安川さんの父は胡乱な儲け話に乗って失敗を重ね、安川さんが子供の頃は借金の取り立てに怯える毎日だったが、とうとう金銭上のトラブルで殺されてしまう。それからは母が飲食店に勤めて生計を立てていたが、安川さんが高校二年の時、二人の子を置いて母は家出。当時、三つ違いの兄が高校卒業後、精密機械加工の町工場で働いていたので、何とか兄妹は糊口を凌ぐことが出来た。アルバイトと奨学金で大学を卒業した安川さんが高校の教職を得た年、兄が駅のホームから転落して死に、目撃証言から後に自殺と判明する。母は失踪後まったく音沙汰がなく、現在も生死不明とのこと。また、安川さんは二十七歳で高校の同僚教師と結婚したが、十数年前、愛人を作った夫から別れ話を持ち出され、慰謝料の請求もせずに離婚している。自分を捨てた父への反発からか、恭太は中学生の頃にぐれ始め、安川さんにも暴力をふるうようになったらしい。

そうした境遇にありながら、安川さんは愚痴ひとつこぼさず、いつも笑顔を絶やさない。町内の多くの男女が安川さんに敬服しているのは、人生の辛酸を嘗め尽くしても飄々としている彼女の生きかたが、大きな励みを与えてくれるからだろう。「これくらいのことで弱音を吐いちゃいけないのよね」と何かにつけ加奈子が口にする時は、安川さんが黙って胸底に沈めているこれまでの苦労を念頭に置いているはずだ。この町に移って来てまだ十年もたたないのに、安川さんは今や隣人たちの心を摑み、年寄りたちも年下の彼女に礼儀正しい言葉遣いをしている。教室に集う人たちに人生論めいた説教がましいことは一切言わないのに、誰もがあたかも安川さんの教団の信徒になっているみたいだ。

そんな彼女の人徳なるものをすんなりと受け入れられないのは、あるいは私だけかもしれない。別に偽善者だとか計算ずくめの振る舞いだとか思っているわけではないが、私には安川さんの素顔が今ひとつ分からないような気がするのだ。

先週の水曜日のこと、午前十一時頃だったか、近くの私鉄駅前のゴルフ練習場に行こうと自宅を出た私は、安川さんの家の門扉の隙から安川さん親子の不穏な光景を目の当たりにしてしまった。玄関の戸が開いて、後ろから突き飛ばされるようにして出て来た安川さんはよろめいて倒れそうになり、すぐに家の中から恭太が現れる。息子にワンピースの襟を乱暴に摑まれて玄関に連れ戻される時、私とつい目が合った安川さんは恥ずかしそうな笑みを浮かべたが、それほど深刻な事態を思わせる表情ではなかった。まずいところに出くわしたと私のほうがむしろ戸惑い、その場を去って駅前の商店街に急いだが、ゴルフの打ちっぱなしには行く気になれず、しばらくレンタルビデオショップと書店をぶらついて通りに出たら、少し離れた焼き肉店に安川さんと恭太が楽しそうに喋りながら入って行く。先ほどのことなど忘れさせるほどあっけらかんとした母と子の光景で、二人とも私に気づかなかった。

大阪の食品メーカーに勤める次男の洋介が週末の東京出張を利用して帰宅し、加奈子を喜ばせたのはそれから三日後の土曜日のこと。駅前のファミリーレストランで夕食をとろうと親子三人で店に入り、すぐ目に触れたのはぽつねんと窓際のテーブル席に坐った安川さんの姿だ。私たちを見て「あらっ」と小さく声を上げ、口もとを綻ばせて会釈するので、加奈子も私も席に近寄ってお辞儀をし、洋介も丁寧に頭を下げた。洋介は大学を卒業するまで自宅にいたが安川さんとは初対面のようなもので、そう言えば恭太とは同じ年頃のはずだ。そのことに先に触れたのは安川さんだったが、それを受けて加奈子が洋介の海外出張のことや来春の社内結婚の予定を口にした時、私は思わず息を詰めて目を伏せた。安川さんの息子が勤めを転々としており、現在は無為に過ごしているのを思えば、ビジネスマンとして颯爽と生きる洋介の明るい近況を聞かせるのはいささか憚られることではないか。だが、安川さんは少しも意に介さない面持ちで、それどころかニューヨークにいる長男の隆介が私たちの孫をもうけたことに話を及ばせるのだった。稲葉薬局の夫人から聞いたらしく、「外資系の銀行にいらっしゃるんですってね。来月、御夫婦であちらに行かれるとか。赤ちゃん、早く見たいでしょ」などと相好を崩すので、私は口を淀ませ、何か言いたそうな加奈子の背をそっとつつきながら、「お食事のところをお邪魔しました」と詫びてテーブルから離れようとしたが、安川さんは息子がおととい帰って来ないので一人で食事をしていると、屈託のない顔で切り出した。「うちの子、少し変わってますから」と明るい声で話す安川さんにぎこちなく愛想笑いを見せ、加奈子たちを目顔で促して、やや離れた別のテーブル席にやっとのことで腰を下ろす。

洋介の仕事のことなど語らっていてオーダーした料理が届いた頃、安川さんが席を立ってレジで会計を済ませ、私たちの席に近づいて来た。「お父さんもお母さんも若々しくていいわねえ」と洋介に語りかけ、「いえいえ安川さんこそ」と加奈子が慌てた口調で応じると、安川さんは名古屋で弟と暮らす私の母や都内にすむ加奈子の父の安否を尋ねるのだった。いずれも健在だと答えながらも、私は安川さんがなぜ平然とそうした話に触れるのか訝っていたが、更に「いつもご夫婦仲が良くて羨ましいですわ」と笑いながら言われた時は、全身の皮膚を内側から撫でられているようで、作り笑いを浮かべる余裕もなかった。こちらはごく普通に暮らす身過ぎなのに、安川さんと話していると何か悪いことをしているような妙な気分にさせられてしまう。加奈子も同じ想いなのか、出入り口に向かう安川さんの後ろ姿に「何だかお気の毒。でも、ほんとに素直で正直な人なんだわあ」と独りごちて再び料理に箸をつけた。

安川さんのことで喉元にふと苦いものがせり上がって来たのは、彼女の背をぼんやりと見ていたその時だ。安川さんは……自分の不幸に気づいていないのではないか。だから、平穏な他人の人生を見せつけられても心が騒がないのだろう。自宅で恭太の暴力を受けた直後に連れ立って食事に出かけられるのも、その翌日から息子がまた放蕩を続けるのを気にかけないのも、そうした家庭の事情をごく当たり前のことと思っているからだ。おそらく両親や兄のこと、離婚をめぐる過去のいきさつも、安川さんはたいして深刻に受け止めていない……いや、ありのままの姿を認識する能力に欠けているのかもしれない。逆境にめげず明るく生きて来たというのは、本当は不幸に対してただ鈍感だっただけってことかも。この人が自分の世過ぎを他人と比べて考えることをしないのは、ひょっとして頭の働きが少し弱いからだろうか。でも、それなら高校の先生が務まるわけがないし、我が家でのあんな見事な講義などとてもあり得ないわけで……とにかく何だかよく分からない。

安川さんの週末の授業に、稲葉薬局の店主夫人に連れられて飛び入りの受講生が現れた。稲葉夫人が乳ガンで入院した時、同じ病棟にいた患者だそうで、退院後も稲葉さんと親しく付き合ううちに安川さんのことを色々と聞き、町内で評判の安川教室なるものに強い関心を抱いたとのこと。石黒と名乗る五十がらみの年恰好の女性だが、視線の鋭い顔をこわばらせ、痩せぎすの体を貧乏ゆすりのように震わせるしぐさはいかにも神経質そうに見えた。

他の塾生がまだ来宅しておらず、安川さんの他は私と加奈子、稲葉さんしかいないリビングルームのフロアで、石黒さんは安川さんと正座して向き合い、初対面の挨拶を済ませるや、問われもしないのに自分の閲歴を語り始めた。名古屋の女子大を卒業後、不動産業を営む実業家に見初められて結婚したが、会社の倒産直後に夫は多大な負債を遺して自殺。保険会社のセールスレディをしながら育てた一人息子は高校時代に友達と自転車ツーリングをしていて交通事故で死に、自分も今は末期の子宮ガンで入退院を繰り返している。たまたま小康を得て本日は訪れたが、近々入院すればもう外出もできなくなるだろう。時には声を潤ませて口早にそこまで話し、安川さんの顔を挑むような目遣いで見る不自然なしぐさに、私は彼女が不幸を比べ合うために来たと直感した。慰め合うとか励まし合うためではなく、言ってみれば不幸の果し合いのようなものだろう。だが、安川さんは「はあ、そうですか」と答えてぼんやりと向き合うだけで言葉は続かず、顔付きには何の反応も表われなかった。

やっぱりこの人は自分の過去をちっとも不幸だと思っていない……だから他人の不幸せにも全く無感覚でいられるんだ。ひょっとしたら不幸というものに麻痺してしまって、もう実感できなくなっており、それが心の平穏につながっているのかもしれない。

やがていつもの顔ぶれが何人か入って来たので、安川さんは一人一人と挨拶をかわし、「今日は国会のことを勉強しましょうね」と言って傍らの手提げ袋から取り出した教材のコピーを配り始めた。まともに相手にされないことに苛立ったのか、石黒さんは目を吊り上げ、「あのね、どんな不幸にも救いはあるんです」と安川さんをねめつけながら唐突に切り出すのだった。安川さんも自らの不運を噛みしめているに違いないと決めつけているらしく、「救われるためにはね、心の中に自分だけの神様を持つことです。何か不幸な出来事があったら、本当はもっとひどいことになるはずだったのに神様が助けてくれたからこの程度で済んだんだ、と思って得心すればいいんです。もちろん自分だけの信仰だから、別に何かの宗教に入信するわけじゃありませんけど」と必死の形相で声をうわずらせたが、十数人の出席者で部屋が埋まり、にぎわしく声が飛び交って彼女の話は宙に浮いてしまう。安川さんは「本会議とか常任委員会とか、それに選挙の仕組みなんかも詳しく分かれば、きっと投票に行くのが楽しくなりますよ」とにこやかに話して満座を見まわし、石黒さんに眼差しを向ける余裕もない。無視しているわけではなく、単にやりとりをする気持ちが働かないという印象だった。

ひとり興奮してまだ何か言おうとする石黒さんに集まった者たちが尖った視線を向け、「この人、誰?」という声も聞こえる中で、連れて来た稲葉さんが戸惑いを見せ始めた頃、安川さんは

「どうぞ、これ、今日のテキストですから」と石黒さんにコピーを差し出した。だが、彼女は興味がないとでも言いたげに手荒く摑み取って立ち上がる。「あら、お勉強に見えたんじゃないんですかあ」と間が抜けた顔で問う安川さんの目は笑っていた。「こんな塾をやるなんて、町の人たちを愚民扱いしてるようなもんね」と洩らした石黒さんの小声は、すぐそばの私にしか聞こえなかったようだ。受講生たちに何事もなかったように向き直った安川さんの横顔をちらっと見て、石黒さんは悲しそうに瞬きしながら非難がましいざわめきを背に部屋を出た。本当は安川さんと哀しみを共有して響き合いたかったのかもしれないが、そうだとすればとんだ見当違いだったことになる。

新来の参加者がまともな挨拶もなく去ったのを気にもかけず、安川さんは普段のように潑剌とした声を教室にみなぎらせていた。稲葉さんが私の後ろにいた加奈子に近づき、両手を合わせて謝るしぐさをする。「ごめんなさいね、石黒さんは別に安川さんとケンカをしに来たわけじゃないの。あの人、とっても心を打つお話をよくなさるから慕って来る人が多くてね、安川さんとはきっと話が合うと思ったんだけど」と稲葉さんは弁解がましく言うのだが、おそらく石黒なる女性は自分に言い聞かせるべきことを安川さんの前で口にしたくて、わざわざやって来たのだろう。

授業が終わって殆どの受講生たちが引き揚げた後、手提げ袋を持って立ち上がった安川さんに、稲葉さんが「あのう、今日はどうもすみませんでした」と石黒さんのことで詫びを入れた。どうやら事前に何も話していなかったらしい。安川さんは口もとを緩め、「いえいえ、別に何にも」とだけ答えてリビングルームを出ると、上がりかまちのところで立ち止まって、私に柔らかな眼差しを向けた。

「きのうもまた、睡眠薬をたくさん飲むところだったんですよ」

「そりゃ大変だ。いつかみたいにサプリメントと間違えたんですか」

「ええ、まあ、そのう」

「でも、今度はよく気づかれましたね」

「たまたま息子が近くにいたもんだから、もの凄い声で怒鳴りつけてわたしから薬を取り上げたんです。あともう少しで口に入れるところだったんですけど……」

「そうですか。とにかくこれからは気をつけないと」

「この間は中西さんたちに助けて頂いたし、ほんとにわたしって運が強いんだわ」

そう言って曖昧に微笑む安川さんの瞳に、何か冷たく光るものが浮いてすぐに消えた。

此岸《しがん》のかれら

昨日と同じように、次朗は午後三時過ぎに革のジャンパーを着て自宅を出た。職場復帰へのリハビリとして、次朗は毎日徒歩で一時間くらい体を動かすよう医師から指示を受けている。鉢植えに挟まれた狭い路地を歩き、二階建ての木造アパートの脇を過ぎて、曲がりくねった道を板塀や万年塀に沿って進む。町工場や古い民家の並ぶ一角から、北里通りと呼ばれるバス通りに入り、次朗は歩道に立ち止まった。右に行けば北里研究所病院の正門の前を通るが、今日は左へ進んで三光坂の方へ向かうことにする。

明日、次朗は五十三歳の誕生日を迎えるが、それは三十年前に四十八歳で死んだ父の生まれた日でもあった。十一月の穏やかな日差しを中背のやや細った体に浴びながら、古い商店の連なるバス通りをしばらく歩く。次朗は生まれた時からここ東京・白金の町で過ごして来た。三光坂下を通り、白金氷川神社の前を過ぎて右に曲がり、赤い山門をくぐって大久保彦左衛門の墓所がある立行寺の境内に入る。

勤め先の大手製薬会社を休職して一ヶ月半。心房細動による心不全で一ヶ月ほど入院した後、次朗は自宅静養を続けている。今日も午前中は、定期的な検査と診察を受けるため、病院に行って来たところだ。近頃は会社の仕事や人間関係から遠ざかり、世離れた暮らしにすっかり馴染んでいる。境内にぼんやりと佇めば、近くの桜田通りから届く都会の喧騒も気にならない。父をはじめ昔から父方に心臓疾患の多い家系だった。祖父は父と同じく四十八歳で亡くなり、叔父や伯母、いとこたちもやはり四十代で他界。たった一人の兄が六年前に急逝したのも五十歳の直前で、いずれもみな心筋梗塞や狭心症、心室細動などの心臓病が死因だった。父方の親族がすべて四十代で死んで行ったのに、自分だけが五十歳をとうに過ぎている。この年まで心臓疾患の兆候がなかったのが不思議なくらいだ。

三光坂下まで戻って緩やかな傾斜の続く広い坂道を進む。左に見えるのは塀に囲まれた木深い森だ。鬱蒼と樹木の生い茂る古風な屋敷。坂道に沿ってその長い塀が延びている。退院して日課の散策を始めた頃、見知ったつもりの風景が新鮮に感じられるのに驚いたものだ。思えば会社員の生活にかまけて久しく近所をぶらつくことはなかった。右手に幾つかの邸宅が連なる坂を上りつめたところで一息つくのはいつもの通りで、聖心女子学院への道に入って正門の前まで歩き、三光坂に引き返す。白金のこの高台は、かつては華族や政治家、財界人の住むところだったという。次朗は洋風の家屋に挟まれた路地に入り、犬を連れた白人の青年とすれ違った。五十代の大台に乗った誕生日、「やったぞ、ついにやった、五十になったんだあ」と人目も憚らず叫びながら町中を駆けめぐったが、あの時、このあたりまで来たような気がする。俺だけこの年まで生きてしまって、何だかみんなに悪いことしたみたいだなあ。父や祖父、兄やいとこたちの顔を思い浮かべていると、携帯電話の着メロがポケットで響く。妻の陽子からだった。陽子は今日、千葉に住む長女の家に行っている。身重の体を気遣い、娘の夫が市役所への出勤で不在の折によく足を運んでおり、今日は帰宅が遅くなるので夕食を作れないという連絡だった。

家に帰ると次朗は心臓疾患のための水分補給でミネラルウォーターをすぐに飲んだ。二階の和室に行き、来年の年賀状に印刷する文面をパソコンでしたためる。去年受け取った年賀状に何気なく目を通すと、喪中を知らせる葉書も混じっており、故人の享年はみな九十歳以上ばかり。胸の内が何となくいびつになって、次朗は小一時間で階下に降りた。築六十年の木造家屋だが、一階の居間は洋風のリビングルームに改造してある。次朗はそこで夕刊を読み、近所の蕎麦屋に天丼の出前を注文して缶ビールを開けた。退院後の経過がよくて不整脈も治まり、たまにごく少量のビールを口にするようになったところだ。父も日本酒一合の晩酌を楽しむ人だったが、食卓でちびちび舐めながら時間をかけて味わっていたのは、鬱血性心不全に罹患する前のまだ元気な頃だった。

コップに注いだビールを飲んでいると、思ったより早く陽子が長女の家から疲れた顔で帰って来た。「悪いけど駅前の回転寿司で夕御飯もう済ませちゃった。あなた、平気？　出前、頼んだんでしょ」と言ってケーキの入った箱をテーブルに置き、カーディガンを脱ぎながらふてくされたように唇を尖らせる。ＪＲの駅から長女の家までタクシーに乗るといつもは初乗り料金ですむのに、今日は家の前にさしかかったところで料金のメーターが上がったと愚痴るのだ。「もったいないから、うちの前を通り過ぎて少し先まで乗ったの。二、三十メートル走って降りたんだけど、あの子の家まで歩いて引き返すことになって、まったく馬鹿みたわ。ほんとにシャクよね」と言って、ショートヘアーの小柄な体でリビングルームと寝室をせわしなく動く妻に「そりゃ大変だったたな」と次朗が苦笑して声をかけた時、蕎麦屋の出前持ちの青年が玄関に着いた。

その夜、次朗は寝床でしんみりと雨垂れの音を聞いていた。一階の玄関に近い八畳の和室。陽子は隣りで布団にくるまり、穏やかな寝息を洩らして眠っている。午前二時頃だろうか。寝付きが悪くて目も冴えてしまい、そぼ降る雨の立てる音が夜のしじまの中で次朗の耳の奥を震わせる。建ててから六十年を経た家なので、軒や庇、壊れた雨樋から雨漏りの水が滴って来るが、その音には慣れており、修理もつい延び延びになっている。人が寝静まる頃の我が家の雨垂れの音には、時空を超えてどこかへいざなう玄妙な味わいがあるようだ。そう思って次朗はそっと耳を澄ませていた。ポトンポトン、コツコツ、ポトンポトン。あの質朴な音の奏でる淋しい響きには、心の底で息を潜めるものの囁きが籠っている。

七十二歳で母が亡くなったのは五年前の夏。もともと酒好きだった母は、父を失ってから度を越すようになり、かなり不健康な生活が命を縮めてしまった。また、生涯を独身で通した兄は大学卒業後、精密機器メーカーに技師として入社し、社会人になったのを機に、その頃、白金の家を出て川崎のマンションで独り暮らしを始めている。幾つかの特許を取った研究開発の実績で会社に貢献しており、銀行員だった父同様に仕事で多忙な日々を過ごしていたが、四十代の半ばから徐々に生気を失い、時には無断欠勤をして「あの真面目な男が」と同僚や上司を驚かせるようになった。亡くなる前年の十月、二人で一緒に鎌倉の長谷に行った時、兄は大仏の前で大勢の参拝者に向かって突然わめき始めた。

「この大仏様はぼくだけの仏様です。あなたがたにはまったく関係ありません。さあ、みなさん、さっさと帰ってください。観光気分で来るなんて迷惑です。今日だけは許してあげるけど、これからは二度と来ないで下さい。どうかじゃまをしないで下さい」

涙声で叫び、悲壮な顔付きで周囲を見回すので、次朗が必死でとりなして連れ帰ったが、翌日から会社を休み、二週間後に退職願を人事部に郵送した兄は、母と次朗がマンションを訪ねていたわると、亡くなった父や顔も知らないはずの祖父、大叔父たちが街中で自分を見つめているなどと口走って母の顔を曇らせた。狭心症の心臓発作で病院に搬送されて急死したのは、翌年の四月のことである。

ポトン、ポットン、コツ、コツ、ポットン。雨垂れの音は急に大きくなったり弱くなったりしながら時には不規則に息づき、それでいて心地よいリズムを生んでいる。休職に入ってから会社や仕事のことをろくに考えもしなかったと、次朗は今になって気がついた。商品企画部に長くいた後、広報部を経て昨年、労務部に副部長として異動したが、これまでどの職域でも面倒な仕事と関わって苦労したことはない。やがてまろやかな眠気に包まれ、この後、次朗は短い夢を見た。昼間、会社の応接室で小さな机の上に置かれた一枚の世界地図を独り突っ立ったまま覗き込んでいる次朗。傾けていた上体を何気なく起こすと、目の前に人間の足首があった。地図を置いた机の向こう側で壁のすぐ前あたりだ。ちょうど次朗の頭の高さのところで上から垂れているが、その両脚はゆっくりと下がって行き、それにつれて空中の見えない出口を抜け出るように脛から膝、膝から太股へと体が現われる。靴とズボンの恰好はどうやら男のようで、フロアの少し上のあたりまで来て脚の動きは止まったが、見えているのは下半身だけだ。あとわずかでフロアに着く位置だから、もうちょっとがんばって降り立てばいいのに、などと考えてもどかしくなっているところで目が覚めた。別に恐怖を感じるほどのものではないが、何だか気味が悪かった。

穏やかな朝日を浴びながら、次朗は日課の散歩で道幅の狭い北里通りに立っていた。低地と台地がバス通りを挟む白金は坂の多い町だが、今日も高台の上をぶらつくことにする。八百屋、工務店などひなびた雰囲気の商店が並ぶ通りをゆっくり歩き、次朗は坂道に入って行った。モダンな高級感と下町の庶民的な雰囲気が共存する不思議な町。そんな白金のどちらの面にも馴染めるのは、中途半端な自分の年代によるものかもしれない。若者から見れば年寄りに近いし、老人から見れば若輩の身。だから古さにも新しさにも抵抗はない。だが、ある雑誌の「ルイヴィトンを持ってコンビニに寄るシロガネーゼのセレブな毎日」という特集記事を見た時、次朗は苦り切った顔になった。みんな白金のことを分かっちゃいないな。木造アパートや零細な町工場が並び、トタン張りやバラック小屋のような建物もあれば、どぶ川のような流れもある。ここには昔ながらの下町の光景がたっぷり残ってるんだ。築年数の長い商家や寺社が幾つかあるし、古い時代のゆかしさをこの町はあちこちに残している。もちろん父はシロガネーゼという言葉など知らずに逝ったが、彼の頭の中では、幼少の頃からの白金はあくまで東京の下町だったに違いない。

気の向くまま台地の道を上り下りしてゆっくり進み、東大医科学研究所の雑木が塀越しに見える閑静な道を歩いていて、子供の頃、蝙蝠が自宅に入り込んで大騒ぎになったことがあるのを思い出した。あの蝙蝠はこの研究所の敷地から飛んで来たのではないか。以前は木立がもっと多く茂っていたと父から聞いているし、池とかの水もあったかもしれない。歩きながら構内の建物をぼんやりと眺め、何気なく視線を背後に移すと誰もいなかった。確かたった今まで三、四人の男女が一様にうなだれて後ろを歩んでいたように思うが、どういうわけか人影はない。しばらく進むうちにまた背後に気配を感じて振り向いたが、やはり何者の姿もなかった。

今日の午後は、自分が亡くなった後の備えのために、遺族年金を受け取る手続きのことで年金事務所に相談に行くつもりだ。五十代以上の生涯を持てなかった家系の宿命からは逃れたつもりだが、この先の命については万が一の不安がないわけではない。突然のことで妻の陽子にかける負担を想定すれば、どうしても欠かせない心配りもあるのだ。

同い年の陽子と出会ったのは、渋谷のフィットネスクラブだった。次朗が就職したばかりの頃で、陽子は短大卒業後、広告代理店でアルバイトをしながら両親と一緒に暮らしていた。口数が少なくておとなしい次朗と、勝気でおちゃっぴいな陽子。性格はまったく対照的だったが、なぜか気が合って二人はすぐ親密になり、ともに旅行をするほど仲を深めてゆく。だが、父方の肉親がみな長く生きなかった血統を思えば、次朗はどうしても結婚を口に出せなかった。父系親族の多くは薄命を予感してか、焦ったように年若くして家庭を持ち、そのことで妻子へのやましさを感じていた様子はないが、次朗は独身を通して死んで行った兄の心底につい想いが及ぶのだった。兄は天命を自身の生涯に封じ込め、他に累が及ばぬようにと考えたのだろう。それでもやはり、次朗は陽子と人生を共にしたいという恋情を抑えきれず、覚悟を決めて事情を打ち明けたところ、陽子は心臓疾患の続いた血筋をたいして気にするふうではなく、短命の家系と聞いても恬然としているのは驚くほどだった。

結局、知りあって半年後の早婚になったが、現在も「そんなので遺伝なんてあるわけないでしょ。あなただけお父さんたちと違って長生きしたって、全然おかしくないもん」と言ってのける。二十七歳になったばかりの長女の真弓も、去年、大学を卒業して自動車メーカーに就職し仙台の社員寮にいる長男の竜太も、肉親に短命が続いたことを気に病む気配やそぶりはない。心臓病を患いながらも五十代を生き抜いている父の姿に、四十代までの人生を宿命とされた過去の家系的な連環から逃れたという安堵を得たのだろう。今の次朗はおまけの生を貰って何だか得をしているようで、「まあ、いつ死んでも損はないよな」という妙に心地よい諦観もあり、日々の気分は穏やかだった。

とは言え、やはり自分が消えた後の行く末は気にかかる。子供たちは自立しており、妻に残せる貯えはあるものの、そもそも人が死ねば、遺された者に課せられた事務的な処理が大変だ。葬儀は家族だけの密葬にすると決めてあるが、遺産相続の手続きはなかなか煩雑だし、自分の預貯金などの口座は死亡で凍結され、妻や子どもたちは引き出せなくなる。それに生命保険や年金のこともあるだろう。そうした様々な事務処理の内容を調べて家族のために手控えを遺し、生きているうちに出来ることがあれば片づけてやろうと次朗は考えている。

四時過ぎに年金事務所を訪れて白金に戻った次朗は目黒通りをゆっくり歩き、体調がいいので久しぶりに足を少し伸ばしてみようと思い立った。白金台から桑原坂を下り、桜田通りを横断して高輪消防署二本榎出張所の正面に行く。三階建ての古い建物は歴史の年輪を感じさせる興趣があり、円筒形の望楼はやや遠くから見ても目立つ風物になっている。昭和四十一年にはそこから東京湾を見下ろせたという記録があり、昭和四十六年まで実際に火災を見張る役目を果たしていたという。古い消防署を見て次朗が思い起こすのは、子供の頃に見た夜火事の光景だった。消防車のサイレンの音を聞いて家から飛び出し、近所の悪友たちと火事場の近くに駆けつけたのは小学校五年生くらいの時だったか。町中で数軒の家が燃え上がり、猛り立つ炎が火の粉を夜空に飛び散らせて荒れ狂うさまを、息を呑んで怯えながら眺めたものだ。天空を舐める紅蓮の焔は怒りを湛えているようで、まがまがしい輝きがそのままあの世へと伸びていた。暗黒の中に赤々と広がり、絶対に人間の及ばぬ世界があることを知らしめる業火の煌めき。いかなる者も等しく味わう恐怖の絶対値がそこにはあった。妖しい興奮に血が騒ぎ、次朗はあの時、現世にいることをしばし忘れていたように思う。

「会社に行かないと、ストレスがなくていいでしょ」

夕食後、陽子が食器を片づけながら体調を気遣うように声をかけて来た。

「うん、でもだいぶ良くなったから、そろそろ戻らなきゃな、もう一ヶ月半になるし」

「だったら背広、新しいの買わなきゃね、デパートに行こうよ、あした渋谷ってのはどう？　お友だちとホテルで一時半にお茶することになってるから、その後、合流するとかさ」
「あしたはダメだ、大手町の銀行で一時から『遺言状の書き方』ってセミナーを受けるんだけど、かなり長い時間らしいし、その後、散歩で体を動かさなきゃいけないからね」
「じゃ、あさってにしよう？」

背広を買いに来たデパートの紳士服売り場では、次朗より陽子のほうが品物を選ぶのに熱心で、店員も陽子に話しかけるほうが多かった。買い物と店内のレストランでの食事を済ませ、地下二階の駐車場に停めていた車に乗った時、「ねえ、帰りに新宿でボウリングしようよ」とエンジンを始動させて陽子が言う。しつこくせがむので助手席の次朗はしぶしぶ頷いた。休職中の身で後ろめたさはあるが、適度に体を動かすよう医師から言われているし、職場復帰へのリハビリと割り切ればいいだろう。

陽子は行きつけのボウリング場の会員になっていて、週に二回インストラクターの指導を受け、トーナメント大会では必ず上位に入賞するほどの腕前だった。次朗も時折プレイしていたが、心臓病の今も一ゲームだけならむしろ体のためになると自分に言い聞かせ、すっかりその気になってアプローチに立った。六十レーンの場内はボールのころがる音やピンの倒れる音、仲間ではしゃぎ合う声などが響いて騒がしく、若者の姿も少なくないが、五、六十代の男女が多く、七十歳以上のボウラーたちも元気に投げている。トーナメント大会は三人ひと組でプレイするルールで、以前、陽子は七十代の男性二人とチームを組んだことがあった。その折、応援にやって来た次朗の目には、彼らの熱の入れようは尋常ではなく、レジャーの域を超えていた。競技の後、喫茶コーナーでの休息に次朗も加わったが、ボウリングのことばかり真剣な表情で語り合い、およそ談笑とはほど遠い雰囲気だった。陽子によれば、このボウリング場で彼女の知るプレイ仲間の老人たちは、ひたすら技能と成績の向上を求めて激しく競い合っているという。月に幾度か集うのに、お互い普段の素顔には興味がなくて何も知らず、道を究めるためにみんな血まなこで切磋琢磨を繰り返して、心身をすり減らしているのだ。

一ゲームを終えた次朗が心臓疾患のために水分を摂ろうと通路に出て自販機でジュースを買っていたら、すぐ横で七十代らしき女性がスタッフに唇を尖らせて何やら言い始めた。レーンのオイルが薄いのでボールが曲がりやすいという苦情らしく、レーンメンテナンスが悪いと激しくなじっている。ジュースを二つ持って陽子のそばに戻る時、見知った八十歳くらいの男が前を過ぎたが、歩きながら大きなノートを読んでいて次朗に気づかない。陽子とスコアを競い合っている仲間の一人だ。血走った眼を注いで必死の面持ちで覗いているのが今日のプレイの反省点を綴った記録だと、次朗にはすぐ分かった。陽子の右隣りのレーンで、白髪の老人が華麗なフォームでボールを勢いよく走らせ、「ヒエッ、ヒエッ」と奇声を上げる。何かの大会なのだろうか。同年代の高齢者の男女とチームを組んでいるようで、右隣りから並んで続く幾つかのレーンでも、老プレイヤーたちが懸命に投げている。いずれも悲壮な覚悟を浮かべた形相が何だか異様に見えた。

次朗が陽子のそばでボックスに立って腕組みをする。自分がもしあれくらいの歳になったとして、はたしてあんなに激しく生きていられるだろうか。老人たちの元気とは、時には何かの妄執に駆られることであるかもしれない。高齢者と言えば衰弱した寝たきり老人や介護を要する年寄りなどを次朗はつい思い浮かべるのだが、そうした弱者とは全く無縁の逞しさを、この老ボウラーたちは見せつけている。「長寿なんてのはなあ、ただ長く死なないでいるってだけのことじゃないか。人間どいつもこいつも老残の姿を目指して励んでるわけだよ」と父が敬老の日にぽつりと洩らしたのは、明らかにひがみによるものだったが、祖父や父、父方の叔父や伯母たちが老いることも許されず、老いと闘うことすらかなわずに世を去った現実と眼前の光景とは、次朗の心底でどうしても折り合えなかった。

早朝から曇りがちの土曜日。昼下がりに大学時代の同期生の杉本と訪れたのは都心の大きな公立美術館で、主治医から許されている運動量の外出だった。税理士の杉本は仕事のかたわら多彩な趣味を楽しんでいる男で、ゴルフや競馬、スキー、ダイビングの他に、美術館や博物館を巡ったり、女性歌手のファンクラブで活動するなど多忙な日々を過ごしている。また短歌などの文芸にも造詣が深く、小さな結社を主宰していて、「おい、辞世の詠みかた教えてやろうか。そろそろお迎えが来るんだろ?」などと軽口を叩くほど屈託がない。

今日この美術館に来たのは「現代アートの世界展」をぜひ見たいという杉本の誘いによるもので、入館した二人は特別展の会場に入る前、一階のホールの窓際にあるカフェテラスに立ち寄った。次朗の水分補給のためで、ガラス窓の向こうには芝生の庭園が見えている。度の強い近視の眼鏡をはずしてレンズを拭く杉本に、次朗が笑いかけて言った。

「杉本、おまえって仕事とレジャーで殺人的なスケジュールだから、案外、俺より先にあっちの世界に行くんじゃないか」

「そうかもな。おまえ、ものすごく体のこと気を付けてるし、なんだかんだ言ったって、うまく行けば少しは長く生きられるんだろ」

「ああ、ひょっとしたら平均寿命まで生きるかもしれない」

「その年でもう初孫が出来るんだもんな。友だちの中では初めてだよ、まいったぜ」

杉本の携帯電話に着信があって何やら仕事がらみのやりとりを始めたので、次朗はしばらく手持ちぶさたで坐っていたが、何気なくホールを見まわして息を飲んだ。すぐ前の下りのエスカレーターで、誰かが一階に降りて来る。特別展の内容を書いた大きな横断幕が、エスカレーターからフロアに足を踏み入れるあたりの天井から下がっているので、たまたま次朗が見た時はその人物の上半身がほんのわずかの間、視界から遮られた、というだけのことだったが、先だっての夢とそっくりの光景に思えて次朗の顔がこわばったのだ。黒い靴を履いた男の脚が目の前に垂れ、下がるにつれて足首から脛、脛から膝、膝から太股へと見えて行く。夢ではそのあたりで降りる動きが止まり、上半身は現われなかったが、今はスーツ姿の青年が全身を晒してフロアに降り立ったところだ。

携帯電話のやりとりを終えた杉本が、「ごめん、ごめん、急に仕事の電話が入っちまって。そろそろ行こうぜ。特別展の会場は二階だったよな」と言って次朗の肩を叩く。杉本と上りのエスカレーターに乗り、下りのエスカレーターで降りる何人かの男女とすれ違っていて、次朗の脳裏に正岡子規の短歌の一首が不意に思い浮かんだ。

「瓶にさす藤の花ぶさみじかければたたみの上にとどかざりけり」

短歌に詳しい杉本に教えられなくても、高校の教科書にも載っていたからよく覚えている歌だが、その意味を次朗は過日の夢とふと重ね合わせていた。フロアに届かない位置で下がるのを止めたあの足首……あともう少しで降り立てるところなのにと苛立ったものだ。実は次朗には子規のこの短歌に彼なりのこだわりがあった。病床に臥した子規が机の上の花瓶にさした藤の花が垂れているのを見ているが、きれいに咲いているのに花房が短くて畳の上に僅かに届かない。「みじかければ」には子規自身の残りの命の短さ、「とどかざりけり」には、それでいてどうにもならないという死と向き合ったはかなさへの無念が暗示されており、死生観を滲ませた秀歌である。脊椎カリエスに苛まれていた病者の心境を想うべき作品だろう。そんなふうに高校の国語の授業で担当教師から説き明かされ、心に残っている短歌ではあったが、花房が短くて畳に届かないというのが次朗にはどうしても受容できないのだ。いつか杉本にそう話したら、彼はすぐに切り返して来た。

「じゃあ、たとえば『とどきたりけり』とかいった結びかたをするような短歌ならよかったたってことか？」

「うん、うまく言えないけど、まあそんなところだな。ちゃんと畳に着いてほしかった」

「でも、この歌は『とどかざりけり』ってところに、胸の奥深く響くような詠嘆があるんじゃないかなあ」

「そんな詠嘆なんてつまんないんだよ。花房があともう少し長けりゃよかったんだ」

杉本に「どういうことだ、それ」と聞かれ、胸中の想いを的確に言えず口ごもっていると、「やれやれ、これじゃ議論にならないなあ」と苦笑して杉本は問い詰めなかったが、この短歌は意識の底にそこはかとなく深い陰翳を宿していたようだ。子規の寝ている畳に届かなかった藤の花房。そして、ほんの僅かの隙でフロアに届かなかった夢の中の足首。

二階の「現代アートの世界展」会場に入ると、順路に沿った最初の一室で十数人の入場者が幾つかの彫刻を眺めている。薄物を着けた若い女性の胸像や胡坐をかいて腕組みをした若者のブロンズ像、約三メートル平方の石板に載ったスフィンクスのような石像のオブジェ。次の一室でまず目に触れたのは低い鉄柱が三本突っ立った金属のオブジェだった。更には八本の脚を持つ丸椅子に白い粘土の入ったフラスコが置かれていたり、天使の翼のようなものが付いたステンレス製の机など、十数点の作品が展示されていた。一通り作品を眺めて特別展の会場を出た後、下りのエスカレーターに乗り、後ろに立つ杉本に次朗がふり返って言う。

「前衛だかなんだか知らないけど、何が言いたいのかさっぱり分からないのが色々あったな。あんなのどこがいいんだよ、まったく理解不能だね」

「でも、その理解不能ってのが、かえって面白いんじゃないかなあ。俺たち、日頃は分かりやすさばかり求めて生きてるから」

「ああ、そうでなきゃ面倒だし、面倒なのは嫌だからね」

「ほら、そんなふうに分かりにくいのはよくないことだって、はなから決めつけてるだろ」

「うん、だって分からなくて腹の立つことって、ほんとにあるもんな」

一族の多くが三十代や四十代で亡くなる遺伝的家系というのがあるのは分かっているが、それにしても父方の親族がすべて四十代で死なねばならなかった血筋なんてあまりに理不尽だ。そうは思ったが、事情をよく知っている杉本に今さら話す気にはなれなかった。


二日後、次朗は都内の大学病院の内科に行き、主治医の診察を受けた。休職中は一週間ごとの通院で心電図や採血、レントゲンなどの検査を受けている。心房細動の症状はひとまず治まったというのが今日の診断で、職場への復帰を認められ、これからは服薬と定期的な検査で様子を見ようということになった。「この病気の患者さんでうんと長生きする人はいますからね」と医師に言われ、次朗はそのあと会社に顔を出した。人事部に病状の経過を報告して上司と相談し、一週間後の復職を決めた後、労務部の同僚たちと仕事の簡単な打ち合わせをする。

翌日、祝日を交えた三連休に入ったが、その初日に長男の竜太が仙台から帰省した。次朗の一週遅れの誕生日祝いの会を家族で開くためで、妊娠中の真弓も両親の制止を聞かず、「父さんのハッピバースデーはとっても大事だから」と言ってやって来た。娘の身重の腹を見るたびに喜びで胸を詰まらせながらも、次朗は何がなし複雑な想いに沈んでゆく。父も祖父も父方のいとこや叔父、伯母たちも、みな存命中に孫の顔を見ることなく生涯を終えている。自分だけが初めて孫と対面できるのは、彼らの辿った運命との決別を示威するようで、どこか不遜に思えなくもない。

新幹線で帰京した竜太は、両親と水入らずの日を過ごすより高校や大学の友人と会うのに忙しいようで、誕生祝いの集いを除けば家には殆どおらず、待ちわびていた陽子が「せっかく久しぶりに帰ったんだから、もっとうちにいればいいのに」とすねるようにぼやき、「まあ、若いってそんなもんだよ。俺もあの年の頃はそうだった」と次朗がなだめるのだった。娘の真弓はというと、二日後、弟が帰った後も午後四時過ぎまで陽子と出産のことを熱心に語らっていた。新生児のための授乳用品や専用バスタブ、ベビー肌着のこと、更には胎教にはモーツァルトの曲がいい、などと口早にしゃべりまくり、あまり意気込んだら体に障るのでは、と次朗が気遣うと、「男には分かんないことが色々あるの」と言って気色ばんだ顔になる。うちの子は二人とも現在を生きるのに忙しくて、ずっと先のことで不安に怯えたりする暇はなさそうだな。

体調のいい次朗が車で真弓を千葉の家まで送り、帰宅後、また二人きりになった夫婦は夕刻、テーブルで向き合って一緒にビールを飲んだ。陽子はいつもより飲むペースが早く、次朗がコップの二杯目を口に近づけた頃には頰を紅潮させていた。

「あのね、カシミアのセーターとか、そろそろ買いたいのが色々あるの」

「そうだね、俺はスーツを買ったことだし、陽子も冬物を揃えなきゃな」

「ねえ、ファーの襟付きのダウンジャケット買ってもいいでしょ？　銀座のブティックで恰好いいの見つけたの」

「ああ、いいんじゃない？　ダウンジャケットか、そう言えばプラチナ通りの店のウィンドウで洒落たのを見かけたなあ。陽子にぴったりの感じでさ」

他愛のないやりとりをしていたら、何だか眠くなって来た。そんなに動いたわけではないのに、今日はひどく疲れたようだ。さっさと食事と入浴を済ませた次朗は、リビングルームでソファーに上体を預けてへたり込んだ。白金はお寺の多い町だけど今度はどこへ行こうか、西光寺、正源寺、興禅寺、法蓮寺……。ぼんやり考えているうちに睡魔に負けたらしい。気がつくと、まだ九時というのにだらしなく寝そべっていた。喉が渇くので、霞がかかったようなぼうっとした頭でゆっくり起き上がると、どこかで陽子の話している気配がする。「おねえちゃん、わたし、どうしたらいいのかしら」という潤んだ声が、弱々しく次朗の脳髄に響いて来た。おそらく携帯電話を使っていて、相手は横浜に住む姉だろう。「今のところ大丈夫みたいだけど、でもそろそろ覚悟を決めなきゃいけないのよね」と話すのを聞いて、次朗は思わず陽子の名を呼ぼうとしたが喉に力が入らなかった。必死で呻くが言葉にならず、中腰のまま金縛りに遭ったように身動きができない。陽子のすすり泣く声が耳に触れて懸命にもがくうちに、やがて視線の先の天井に気づき、自分が寝室で仰向きに寝ているのを知った。そっと横を向いたら陽子が安らかな寝息を洩らしている。

二ヶ月ぶりの出勤の日。ネクタイを着けるのは久しぶりだったが、仕事の勘をすぐに取り戻せたのはあっけないほどだった。社内の各部署に復職の挨拶をしてまわり、今後の予定を上司や部下と確認して六時に退社。妻と娘が待つ復帰祝いの食事会に駆けつけたが、銀座のレストランで乾杯の後に陽子から聞かされたのはとんだ自慢話だった。地下鉄を降りた陽子が銀座通りをこのレストランに向かう途中、外人の男から声をかけられた、というのだ。相手は三十代とおぼしき金髪の青年で、最初は道を聞く素振りだったがいきなりお茶に誘われた、と陽子が声を弾ませる。

「わたしにも聞き取れるくらいのやさしい英語でね、ゆっくり話すのよ。まさか、と思ったけど眼つきが真剣だし本当に驚いちゃった。ねえねえ、これって、わたしだって頑張ればひと花もふた花も咲かせられるってことよね」

「俺たち、まだまだ老けこむ年じゃないもんな。俺にだってチャンスはあるんだし」

「父さん、今のままじゃ無理ね。母さんみたいに、アンチエイジングを心がけなきゃ」

笑いながら親子の談笑を続け、好物のメニューを幾つか味わっていると、ようやく本来の世界に戻ったような心地になる。いくら家の近場を出歩いて気を紛らわしたつもりでも、休職中はどうしても内に籠ってしまう。とにかく現場に戻った今は元気に動くことだ。

翌日、次朗は退勤後、杉本と連れ立って女性歌手のコンサートに行った。次朗は彼女のＤＶＤをたくさん持っている。四十二歳のシンガーソングライターで、ファンクラブに入ろうと思ったこともあるほど好きなアーチストだった。杉本が親友の復帰祝いにと、一般販売で何とかチケットを手に入れてくれたのだ。更に次の日の夜は、仕事の関わりで懇意にしている行政書士と会食し、あまり遅くならないうちに帰宅した。連日の行動で忘れかけていた日常生活のリズムがすっかり甦ったような気がする。

次朗はこうしてせわしなく週末を迎え、久しぶりの休日にまた白金の町をぶらつきたくなった。休職中のあの俗世をすっかり忘れたような感覚が懐かしい。昼過ぎに自宅を出て、木造の民家や町工場の連なる一角を通り、外階段の壊れかけたアパートの脇を過ぎる。北里通りを三光坂の方に向かって行くと、休職していた頃とは歩く姿勢も速度も違うのが分かった。三光坂下交差点に近い重秀寺は臨済宗の寺だ。緩やかなスロープを通って石段に至り、本堂や鐘楼のある境内に入って次朗は大きな伸びをした。

祖父が曾祖父に連れられて一家で本郷から移って来たのは大正十年頃のこと。曾祖父は家業の書店をこの白金の地で再開したという。南北朝時代にここを開墾して村を開き、城を築いた南朝の役人が白金長者と呼ばれたのが地名の由来とされるところ。徳川の時代になってからは、幕府の御料所であったり増上寺領になったりと複雑な経緯があるようだが、大名や幕臣たちの屋敷が多い村だったらしく、明治年間に幾つかの村と町の合併を経て荏原郡白金村となった。

父は戦前この土地で生まれ、家屋は戦時中の空襲を免れたが、昭和二十年代の終わり頃に建て直されている。建て替え後の家が次朗たちのいる現在の住まいだ。祖父が曾祖父から自宅近くでの書店経営を引き継いだのは昭和初期のことだが、新刊本も古書も売っていたらしい。七、八歳の頃の父が着物姿で祖母と手をつないでその書店の前に立っている写真を、次朗は母から見せられたことがある。写真の中で父の装っていた着物は着古すと座布団に作り替えたと父から聞いたという。そういう時代だったのよ、と母は話していた。兄は就職してすぐ実家を出たことから分かるように、この土地にあまり好感は持っていなかったようだ。曾祖父の代から住んでいた白金を離れて他の地に移ることで短命の血筋から少しでも自由になれるなら、と思ったのかもしれない。それにしても曾祖父が本郷からの引っ越し先になぜ白金を選んだのかと、かつて父に尋ねたことがある。曾祖父は家相や地相へのこだわりが強かったので、その影響ではないかということだった。

その夜、風呂上りに一人でテレビのミステリードラマを見ていたら電話が鳴り、次朗が電話台の受話器を取ると、竜太がいつになくしおらしい口ぶりで大変なことになったと深刻な事情を切り出した。上司の課長が急死したというのだ。休日の今日、友人たちとゴルフを楽しんだ後、早い時間から営業している居酒屋に連れ立って寄った課長は、「ちょっと気分が悪くなったから」と言って畳の上で座布団に頭を置いて横になり、そのまま息を引き取ったらしい。子供はおらず、妻と同居の老母を残しての四十八歳の突然死だった。

「父さん、四十代で死ぬなんてやっぱり気の毒だよなあ」

竜太は呟くように言ったが、潤んだ声が少し震えていた。しばらく間があいて複雑な想いに沈んでいるふうでもあり、その印象が次朗の心底に深くじわじわと滲みて行く。息子の考えていることに何か思い当たるような気がして怖かった。次朗はこの課長が唐突に失った未来というものを、我が身にふと引き寄せて考えた。この先を長らえたところで、今まで見たこともない世界に入って人生に今さら大きな風穴があくとは思えないが、自分を支えているのはこのまま充たされずに終わりたくないという未練だろうか。そうした欠落感のようなものなら、父や兄、祖父たちにもあったはずだが……あるいはこの世で見るのを許されたことはすべて見たと観念していたかもしれない。

二週間後の土曜日、次朗は昼過ぎに陽子と車で新宿のボウリング場に出かけて行った。二ゲーム投げた後、まだまだプレイを続けるという陽子を残して引き揚げ、帰りしなに行きつけのゴルフ練習場に久しぶりに寄ってみる。休職する前は週に一度は来ていたところで、クラブやシューズ、グローブなどはすべてレンタル用品を利用している。ゆっくり一時間ほど打って電車とバスで白金に帰った頃には、日がやや蔭って来た。陽子は六、七ゲーム投げ終えて、ようやく車でボウリング場を出る頃ではないか。少し歩きたい気分なので、プラチナ通りと呼ばれる外苑西通りをぶらつきながら自宅に向かい、次朗は心地よい疲労感に浸っていた。適度の運動で程よく体を動かすのは復職後、初めてのことだ。やっぱりスポーツは精神衛生にいいな。

歩道をゆっくり進んで行くと、大きな声を出して街路樹の脇に直立する三十がらみの男がいた。そばを過ぎる時ちらっと目をやると、文庫本を両手に持ってかざし、真剣な眼差しで何やら小説かエッセイらしきものを音読している。人に聞かせるためのパフォーマンスなのか、自身の務めとしての朗読のつもりか分からないが、いつか兄がこの通りで似たようなふるまいを見せたので、次朗はたいして驚かなかった。

兄がまだ心身ともに元気だった十年くらい前のこと、「般若心経」の一節を大きな声で唱え始めたのだ。その頃の兄は「般若心経」に心酔しており、仏教の真髄とも言うべき深奥な「空」の思想が僅か二六二文字に込められていると、会えばいつも次朗に熱っぽく言い聞かせていた。一切の苦悩を取り除いてくれる現世利益の経典と信じていたらしく、専用の用紙を買って写経にいそしんでいたものだ。どんなに心がすさんでいても、これを唱えればたちまち癒される。それは言葉では表わせないはずの深い悟りを声に出す至福の歓びだ。兄はそう言って読経を収録したＣＤもよく聞いていたが、最後に出て来る真言は有難い呪文だそうで、あの時はこのプラチナ通りを歩きながらその部分を暗唱したのだった。「羯諦《ぎゃてい》　羯諦《ぎゃてい》　波羅羯諦《はらぎゃてい》　波羅僧羯諦《はらそうぎゃてい》　菩提薩婆訶《ぼうじそわか》」のくだりを大きな声で何度も唱え、通りすがりの男女の目を引いたのが、今は昨日のことのように思えて来る。

　当時の兄は「般若心経」への渇仰とは別に、競輪、競艇、パチンコに血道をあげていた。はた目にはとても楽しんでいるふうではなく、俗世の娯楽を懸命に学んで実践しようと苦労しているようだった。世間並みの道楽を我がものにしなければと思いつめ、必死の形相で遊ぶのだ。スキューバダイビングの実習を受けたのもその一つだった。二、三年の内にそうした努力はやめてしまったが、「般若心経」への傾倒はその後も続いたのではないか。

　プラチナ通りで兄が読経の真似ごとをしたのは、彼に誘われて競艇場に行った帰りのことだった。久しぶりに白金の家に戻りたいと言って、この通りを次朗と一緒に歩いたのだ。みっともないからやめてくれと、あの時、頼んだら、兄は立ち止まって黙り込み、少しの間を置いて「嘘だぞ、あんなの嘘だあ」と天空に向かって叫び声を上げた。周囲の人目を窺いながらいったい何のことかと尋ねたら、すっかり落ち着いた表情に戻り、また歩き出してしんみりとした口調で話すのだった。昨夜のニュース番組で、二十歳前後の三人の男女が乗用車の中で練炭自殺を遂げたという事件が報道されたが、その時、男性アナウンサーが「前途が広く大きくひらけた若者なのに、本当にいたわしいことです」と若さばかりをしきりに強調したと言うのだ。なぜそんなことを気にするのか次朗は首をひねりたくなったが、若者には無限の未来が待っていると誰もが愛でるように話すのは間違っている、と兄は次朗と向き合って真顔で言い放った。長い長い余命を持つ彼らに無数の選択肢があるのは、先行きのまったく見えない曖昧な将来しかないのと同じことだ。兄がそう力説したのは、自身の残された命には確定した未来があって分かりやすいと思っていたからかもしれない。

兄は努めて遊んでいた頃も含めて、不思議なくらい通俗な話をしなかった。次朗が親友の杉本と語らう時などは、雑誌の芸能記事を話題にしたり、若い頃、二人で行ったスナックのママを一緒に思い出して昔話に耽ったりもするが、兄の人となりはそうではなかった。二十年くらい前、父の祥月命日に母と三人で墓参した帰りに、次朗の運転する車の助手席で兄が友人と当時は珍しかった携帯電話で話していた時のことはよく覚えている。仕事のことなど近況を笑いながら語っていた兄が、突然、声を荒げて「世の中にはね、人は何のために生きるのか分からなければ生きて行けない人間とそうでない人間、この二つしかいないんだ」と言い捨てて電話を乱暴に切ったのだ。やりとりの相手が誰だか次朗にはとても聞けなかったし、後部座席にいた母も何か言いたいのをこらえて黙っている様子だった。

プラチナ通りから狭い道に入ってそぞろ歩きを続け、表札のない木造洋館の前を過ぎて上りの坂道を進むと、古びた二階家の前に立つ男女の人だかりが目に触れた。二十代の若者たち十数人が何組かのカップルやグループに分かれ、賑わしく喋っているので、近寄って学生風の男にわけを聞いたら、居酒屋の五時半の開店を待っているところだと言う。この木造家屋は大正年間に建てられた商家の造作を活かして改装したカフェバーで、レトロな雰囲気が若い世代に受けて大きな話題になっており、本日は三ヶ月の休業を経た新装開店の日ということだった。一階の正面を眺めると、木の枠に囲まれたガラス戸の内側に白いカーテンが掛かっている。築九十年で以前は小間物屋だったらしい、と銀色のダウンジャケットを着た二十歳前後の女性が教えてくれた。そう言えば高校生の頃までは小間物屋の頃のこの店を覚えていたと思うが、その後は前を通りかかることもなかったようだ。

ガラス戸が開けられ、店員が頭を下げて客を招き入れたので、次朗も興に乗って入ってみた。三和土を通って古びた板のフロアに土足で上がると、木製の洋式テーブルがゆったりした間隔で六卓ほど置かれている。五人の男女が一つのテーブルを囲み、残りの八人は奥の階段をのぼって行った。次朗も後について二階に上がり、階段に接した八畳の和室に靴を脱いで入ると、大小四つの洋式テーブルと幾つかの椅子が畳の上にあり、床の間には草花を描いた掛け軸が掛けられている。障子の窓とは反対側の小さな出窓は書院造りの趣向のようで、前に古びた鏡台が据えてあった。天井から下がった四つの電球は光が弱く、外の夕闇が忍び込んで部屋中に漂っているような薄暗さだが、若い客たちはこの陰気臭いムードにかなり御満悦の様子で、二つのカップルと四人のグループが離れて席に着き、室内を愉しげに見まわしている。突っ立って部屋の造作や調度を眺めていた次朗は、道路に面した廊下のようなスペースの席に腰を下ろし、ウエートレスにカマンベールチーズと生ビールをオーダーした。

やがて八人の客たちはそれぞれのテーブルで笑いさざめき、大仰な手ぶりで話す者もいたりしてすっかりくつろいだ様子になった。紺のスーツを着たサラリーマン風の男もいれば、灰色のジャンパーを着た青年や腹を抱えて笑う作業服の男もいる。赤いセーターと黒いスカートを着けた女は嬌声を上げ、緑色のニットとジーンズの女はもの静かな微笑みを浮かべている。次朗は軽い遊び心で彼ら一人一人の死に顔を思い浮かべてみた。今、笑っている者や目を輝かせている者たちも、息絶えた後はみな等しく瞼を閉じて唇を引き結び、凍りついた面立ちで血の気の全くない肌を見せているはずだ。どんな人間にも自分の思い通りにはならない死に顔があるというのは、実に公平なことかもしれない。

ところで俺はどういう面付きで死んで行くのだろうか。そもそも死ぬ時って、一体どんなもんなんだ？　不意に思い浮かんだのは、心房細動による心不全で入院していた時に施された除細動の治療のことだ。強い電流を心臓に流して不整脈を鎮める療法で、治療中は点滴による静脈麻酔でしばらく眠らされていた。以前、痔瘻の手術を全身麻酔で受けた際は、麻酔から覚めるとたった今まで眠っていたとすぐ理解できたし、日頃の生活でも寝付いた瞬間は分からなくても目覚めれば直前までの睡眠は自覚されるだろう。夢を見ていなくても、知らぬうちに自分の時間が過ぎたと了解できるのだ。ところがたまたまと言うべきか、この治療の時だけは違っていた。点滴が始まり、「あと七、八秒で眠りますからね」と告げられたので、目を瞑って一、二、三……と数えて行き、やがて六、七、八と過ぎてしばらくたっても、耳に触れる周囲の雰囲気は少しも変わらない。「あのう、まだでしょうかね」と呟いたら、「もう終わりましたよ。あなたは十分間、眠ってたんです」という涼やかな医師の声。意識はまったく途絶えていたのに、その空白の時間の前後が何の切れ目もなく繋がり、治療がなされたことすら気づかなかったのだ。

十分間の自意識の絶無？　あの時の自分は、自分にとっては存在していないのと同じだった。死ぬっていうのは、つまりそんなものなんだろうか。次朗は手にしていたジョッキを落とすようなしぐさでテーブルに置いた。嫌だ嫌だ、絶対に嫌だ。生まれてからずっと我が身に寄り添って離れなかったこの自意識がなくなるなんて。どんな時でも自分にピタッと貼り付いていたこの愛おしい心ってやつが、まるではなからなかったようになって、しかもそれに気づくことすらないなんて。地獄の業火に焼かれてどんなに苦しんでも、自我ってものが残っているなら、まだそのほうがいい。

店に入って一時間足らずで、次朗は二杯目のビールを殆ど残して立ち上がり、他の客たちのテーブルの間をふらふらと歩いて階段に向かった。居合わせた誰もが歓談に夢中で次朗に目を向ける者はいない。一階に降りようとして気づいたが、屋根裏への短くて細い階段が和室の脇にあった。何だか面白そうだ、気分を変えるにはいいかもしれない、この際ちょっと覗いてみるか。急な傾斜を上がって屋根裏に行くと、狭苦しい板の間の小部屋に小さな文机が置いてあり、梁がすぐそばに見えている。天井が張られておらず、屋根裏まで吹き抜けになった構造で、蝙蝠が飛んでいてもおかしくないようなおどろおどろしさがあった。次朗は少し窮屈な姿勢で暗い空間にぼんやりと坐った。俺は必ず親父や兄貴が敗けた分を取り戻してやるからな。親父たちは老後をはなから諦めてたけど俺は違う。五十歳を越えたいと願って実現したこの執念こそが、あんたたちとの決定的な差だよ。

やがて次朗は足場に気をつけながら小部屋から狭い階段を降りて行った。二階の端にそっと足を踏み入れようとして、いきなり鼓膜を突き刺すような金切り声の悲鳴を浴びる。三十歳前後の二人の女が階段を一階から上がって来たところだった。「ヒャー、嫌だあ、何よう、これえ」と叫びながら一人が頬をひきつらせて次朗を指さし、連れのひょろ長い女は真っ青な顔を歪めて「アギャギャー、た、助けてえ」と震え声でわななく。二人の怯えきった視線をもろに受け、次朗は度を失って慌てふためき、八畳の和室に後ずさりしてよろめいた。部屋にいた客はみな異状に気づいて席から立ち上がり、顔を見合わせてざわめいている。自分の身に何が起きたか不安になって身を竦めていると、二人の女が次朗のそばに寄って来て坐り込んだ。「す、すみません、勘違いでした。大変失礼しました」と先に叫んだ女が深く頭を下げ、もう一人が「暗かったので、つい化け物みたいに見えちゃいまして」と恥ずかしそうに言う。二人とも屋根裏に小部屋があるとは知らなかったので、二階に上がった途端、狭い階段から降りて目の前にすっと現れた人影に肝を冷やした、ということのようだ。僅かな沈黙の後、周囲から明らかに失笑と思えるさざめきが湧いた。ひたすら恐縮して詫びる二人に、次朗が軽く手を振って苦笑し、ゆっくり畳に腰を下ろそうとしたが、隅の鏡台に正面から目が向いて、凄まじい悲鳴とともに後ろにひっくり返ってしまう。ウワーッ、何だあ、これえ……。どぎつく光る真っ赤な眼、頬まで裂けた口。くすんだ鏡面に映っているのは、悪鬼のようなおぞましい次朗の面容だ。次朗は坐ったたまうなだれて動けなくなった。そんなうろたえぶりに驚いたのか、まわりの者たちが寄って来て囲む気配がする。

「どうしたんですか」と訝るような若い男の声を浴びたので、頭を上げてこわごわ鏡に近寄ると普段の顔が目の前にあった。

「いや、暗かったからね、つい……あんたたちとおんなじだよな」

そう言って先ほどの女たちにばつの悪い顔で薄笑いを送ったが、二人とも固唾を飲んで黙っている。見まわすと誰もが固い表情で次朗を見つめ、張り詰めた空気の中で立ち竦んでいるようだ。次朗は苦りきった面持ちで立ち上がり、周囲の男女をねめつけた。作り笑いくらい浮かべてもいいだろうに、なんでもの珍しげに怯えた顔で眺めてるんだ、こいつら。さっきの女たちの時は笑って済ませたくせに……。次朗はわざとらしく背筋を伸ばし、階段をゆっくりと降りて行った。


一階で会計を済ませ、ガラス戸の出入り口で中年の男女とすれ違って外に出る。宵闇の風にあたって歩きながら大きなくしゃみをしたが、少しだけ足がふらついていた。はて、あれくらいの量で酔ったはずはないが……。独りごとを呟きながら、首を軽く振ってぼきぼき鳴らす。陽子はとうに帰宅して夕食の支度をしている頃だろう。次朗は高台の住宅地をもう少し歩きたくなった。

路地から三光坂に出たところで携帯電話を取り出し、何気なく着信履歴を見たら陽子からの電話とメールを受信している。時間を見ると先ほどの店にいた頃だが、マナーモードにしていたので、あの騒ぎのさなかで気づかなかったらしい。メールには「すぐ帰って来て。竜太のことが心配なの」とだけ書かれていたので、慌てて陽子に電話をしたが応答はなかった。息子の身に何か起きたのだろうか。ひょっとして心臓病の不安が出たとか……。次朗は三光坂の坂道を北里通りに向かって下りて行った。竜太の携帯にも連絡を入れたが、電源が入っていないか圏外にいてつながらないというメッセージが流れ、真弓の家に電話をしても受話器は取られない。陽子は何事かと不安に思わせるメールを普段もたびたび寄越しており、些細なことで騒ぎ立てるのは珍しくなかったが、とにかく今は事態がよく飲み込めないのが気がかりだ。困惑というより混沌か。まあ、こんな感じでこれからもやって行くんだろうな。

先ほどから誰かがずっと後ろにいたような気がするが、振り向いてもなぜか人影はない。こういうのは前にも何度かあったし、別に驚くほどのことではないだろう。坂道を下りながら北里通りの手前で念のためにもう一度ふり返ってみたが、やはり後ろには誰もいなかった。次朗は何かを払いのけるように、両手を前後に大きく振りながら足早に自宅を目指すのだった。

村

やっと人心地のつける町中に入ったというのに、妙な胸騒ぎがして落ち着かず、小川を跨ぐ橋の上でわけもなく急ブレーキをかけて、伊三郎は危うく自転車ごと倒れそうになりました。

二日前に岡山を出て、ただやみくもに吉備高原の山並みを眺めながら県北に向けて走り続け、二泊の野宿を経てやっと山間の温泉町に入ったところですが、すでに日は落ちています。

終戦の翌年、十歳にして養父母と共に中国大陸から引き揚げ、岡山市内に住み着いてから既に十年の歳月を閲《けみ》しておりますが、養父母はすでに無く、このたびも一人暮らしの孤独に堪えかねて物狂おしく旅に出たようなもので、決して気随な自転車道中というわけではないのです。

さて、長閑で静かな湯治場とでも言うのでしょうか。ここは、数軒の商家が眼に付く程度の何だかもの寂しい町並みです。伊三郎は町でただ一軒の貧相な平屋の宿に入りましたが、他の宿泊客は隣室の七十がらみの女性だけのようで、彼がひと風呂浴びて部屋に戻り、食事を済ませた後で持参の地図を広げて現在の居場所を確かめていますと、その老女が挨拶もなくいきなり障子を開け、退屈なので話し相手になってほしいと申します。

何だか気味悪くもありましたが、薄汚い着物をまとった痩せぎすの風体が些か気の毒でもあり、黙って頷きますと、すぐに入って来て無遠慮に腰を下ろしました。問わず語りに石田ウメと名乗って口早に喋ることには、ここから五里ばかり離れた恵頓《けいとん》村という村里の出身で、三日間の湯治に訪れたけれど、翌朝には来た時と同じように徒歩でたつのだそうです。

戦後すでに十年を経たというのにいまだ電気も水道もない生まれ故郷の村を出たのはこれが初めてのことだそうで、この旅館の自室でラジオなるものを見た時の驚きを率直に語り、世の中の動きがさっぱり摑めないと、渋い顔付きをしてこぼすのでした。

ウメがひとしきり喋り終えますと間があいてしまいましたが、伊三郎は立て膝になり、柱に貼られた「午後九時以降は水が使えません」という注意書に眼を遣って、所在なくやり過ごすだけです。その後は話の継ぎ穂が見当たらず俯いたままの伊三郎でしたが、気詰まりを解こうとしたのはウメのほうで、この場の座興のつもりか、今度は恵頓村に伝わるという昔話を語り始めるのでした。

戦国時代の昔、頭巾を被り鼠色の薄汚い袈裟を着た若い僧が、諸国行脚の途中で村に立ち寄り、鳥追い小屋の脇に立つ一本の桜の樹の下に腰を据えて休んでおりました。

そこへ通りかかったのが、どんぐりを拾って帰る途中の四人の女たち。旅の僧が昨日から何も食べていないのでどんぐりを少し譲ってほしいと請い願うと、彼女らは素直に応じて二つ三つを分け与えます。僧はお礼のつもりで各地の面白い話をしばし聞かせていましたが、旅の疲れからやがて睡魔に襲われ、肩から紐で下げていた木枕を地べたに置いて横たわるのでした。

「それでな、この枕をして寝たら必ず夢の中で極楽浄土にゆけるけども、そのかわり寝ておる間は絶対にはずしてはならんことになっておると女たちに話して、坊様はすぐにいびきをかき始めたそうじゃ」

ところが一番年若のおちゃっぴいな女の子が面白ずくで、僧の眠っている間に枕を外したものですから、彼は永遠に夢から醒めなくなってしまいました。とうとう眠ったまま三日間を過ごし、命が尽きたということです。

ウメはそこまで話しますと大きな欠伸をして、曲がった腰をさすりながら、もう用はないとばかりに挨拶もせずに部屋を出て行きました。伊三郎は面白くもない「一人芝居」の見物を強要されたようで些か不愉快になりましたが、その内実は、夢見に木枕などという小道具を使う僧への反発であったかもしれません。仕事にあぶれた折など、ひねもす寝ころがって夢でも見ているしか楽しみのない伊三郎にしてみれば、たかが夢のことでそうまでしなくても……という思いはあったことでしょうから。事実、伊三郎はその晩、夢を見ているのです。

風に舞う砂ぼこりの中を必死で逃げる伊三郎。大地に沈む真紅の夕陽が前方に見えたので、これは夢だとすぐに知れました。また満州か……。眠りの中ではすっかり見慣れた懐かしい光景でした。馬小屋、畑地、煉瓦造りの学校、と来てここで目覚めるのがいつもの習いです。

確かなことは分かりませんが、伊三郎の両親は、満州開拓団で彼の地に入植した農民だったようです。昭和二十年八月のソ連軍の侵攻後、父と母は現地人やソ連兵の暴行・略奪を恐れ、おそらく家財道具もうっちゃって、一人息子の伊三郎を連れて祖国への逃避行を始めたはずでした。

こうした経緯がみな憶測になるのは途中で両親が殺されたからで、伊三郎が十歳の時でした。匪賊が草に火をつけて燃やし、その中に顔を突っ込まれて父と母が焼き殺されるのを、彼は目の当たりにしています。爾来それまでの記憶はすべて失われたままで、したがって彼は実の両親と自分の本名、出身地をいまだ知らずにいるのでありました。


翌日、伊三郎は寝坊をしてしまい、十時過ぎにやっと起きたら、枕元にざら紙の包みが置いてあるではありませんか。開けてみると千円札の束に小さなメモが添えてあり、「ゆふべはこの年寄りに楽しい思ひをさせて下さつてありがたう」と書かれています。お札のほうは数えてみると、一万円もありました。

一体どういうつもりかとウメにねじ込むつもりで、隣りの部屋の障子の前で廊下から名を呼んでも、返事がありません。あわてて帳場に行き、宿の主人に聞いたところ、すでに出立したあとでした。

素直に受け取るには、金額が多過ぎます。老女のひとりよがりな善意に振り回されているようで、伊三郎は小腹が立って来ました。今頃は喜捨でもしたつもりになって、上機嫌で村に向かって歩いていることでしょう。とはいえ、老女のどこか物憂げな面立ちが気にかからぬでもなく、伊三郎はとにかく後を追うことに致しました。なにしろ、腰の曲がったウメのあの足取りです。

(自転車で追っかけたら、捕まえるのはわけないさ)

もっとも、村への道が分からなければ追尾もかないますまい。ところがせっかく持参した地図で調べても、よほど小さな村落なので抜け落ちたものなのか、恵頓村なる地名は見当たりません。宿の主人によれば、町外れの薬屋の裏に橋があるので、それを渡ってあとは道なりに進めばたどり着くはずだということです。ただ自分は一度も行ったことがないので自信はないけれど、と言い添えるのも彼は忘れませんでした。

昼食の弁当を宿で作ってもらい、長袖のワイシャツに地味な紺のズボンという昨日までと同じ出で立ちで、伊三郎は自転車に跨がりました。数人の湯治客が散策する秋日和の町筋を行くと、外れに薬局があり、『神経衰弱に強脳散』と墨で書いた紙が入口のガラス戸に貼ってあります。その裏の橋を渡って石ころの多いでこぼこの悪路に入り、伊三郎はペダルを踏む足に力を込めました。狭い道の両側には鬱蒼たる雑木林が続き、その背後に広がる山嶺がところどころで樹木の狭間に見え隠れしていて、路上には荷馬車や自転車はおろか、ゆきかう人の姿も眼に入りません。

三時間ほど走りましたがウメには追いつけず、のどかな田園風景の中には相変わらず人けがありませんでした。

(ひょっとして気が変わったのかもしれないな。村に戻る前に別のところへ足を延ばしてみたくなったとか。考えてみれば、ウメは村に戻るとは一言も口にしてはいなかった)

もののはずみとでも言うのでしょうか。成り行きでここまで来たことの勢いに伊三郎はすっかり乗せられていて、このまま村まで突っ走るつもりになっていました。

(金は家族か隣人にでも預けられるし、ウメの家に行けば何とかなるだろう。着いたらすぐ、岡

山を目指して引き揚げればいいさ）

結局、ウメを見つけられないままに、伊三郎は村まで来てしまったようです。村に着いたと分かったのは、道の傍らに続いていた林が切れて、景観というか周囲の雰囲気が急に変わったからであります。路傍に道祖神が見えたかと思うと、そのもう少し先のところで道の両側に一本ずつ竹が立てられ、二本の竹の間には注連縄が張られていたのでした。

道を通る者を見下ろすようにして横に張られたその縄には、何やら呪文めいた文字を書き込んだ小さな木の板が吊るされておりまして、いかにも村と外界との境を誇示するようなものものしさでした。よそ者が勝手に入って来るのを拒む門のごとく、伊三郎の前に立ちはだかっています。

伊三郎がかまわず注連縄を潜って進んでゆきますと、道端に恵頓村と刻まれた小さな石の道標がありました。前方を見渡しますと、金色の穂波が稲田一面に揺れる中に、民家や蔵や小屋などの建物がここかしこに散在しています。

（この村の集落は幸いちょっと見には三方を山に囲まれてそう広くはなさそうだから、何とか暇取らずに用事も済みそうだ）

伊三郎は自転車を停め、しばし息を抜いておりました。

村落の中央には平地からやや盛り上がったような小高い丘があり、宏壮な屋敷らしきものが威容を誇って乗っかっています。四囲を睥睨するその雄姿に、あの家なら村のすべてを掌握しているに違いないと勝手に決め込んで、ウメの家の道順を聞くには好適と思いなした伊三郎が、坂をのぼり切ってその丘の上に行きますと、屋敷の真正面に出たものなのか、屋根の付いた格子戸のある門が落ち着いた佇まいを見せていましたが、表札はありませんでした。

昔ながらの民家の風情に好奇心がつのり、家のぐるりを回ってみたら、西側と北側にいわゆる屋敷林らしき杉の木立が並び、南側と東側には築地塀が延々と巡らされています。どうやら村を一望出来るこの高台を、一軒だけで占めているようです。

一周して再び門の前に着きますと、格子を透かして伊三郎と同じ年格好の顎ひげを生やした青年の顔が見えました。近づいて石田ウメの家のことを尋ねても、男はただぼんやりと立ち尽くすだけで何も答えず、酒に酔ったようなとろんとした眼差しを揺らせているだけでしたが、伊三郎が声を荒らげて問いを繰り返しますと、表情の欠け落ちた顔付きで手招きをし、ゆっくりと奥に引き返して行きました。

(まさか、ここがウメの家というわけではあるまいが)

自転車を門前に置いたまま、半信半疑のていで男に付き従って屋敷の中に入り、竹藪に挟まれた露地を二十メートルばかり歩きますと、広々とした草地に出ます。そこは野球が出来るくらいの広さがあって、庭と呼ぶのを憚られるほどでした。前方に杉の木が見えるのは、屋敷林を内側から眺めているということでありましょう。草地の右手に草葺き屋根の母屋があり、男はそこに向かって進んでいます。さらに母屋の奥には、幾つかの小体な家屋の立ち並ぶさまが散見されました。

何気なく周囲に首をめぐらしていて、伊三郎はあやうく声を上げそうになりました。草地の左端に小さな土蔵があるのですが、その壁に上半身を寄りかからせて、つんつるてんの禿げ頭の老人がへたり込んでいるのです。眠そうな眼を開け、口からは涎の糸が垂れております。

さらにそのすぐ近くにも井戸端でしゃがむ男がいまして、こちらは一見してはたちそこそこの若者ですが、だるそうに上げた顔は半ば夢見心地のそれでした。

また初めは気づきませんでしたが、杉の木立の一角に祠があり、その前には着物姿の太りじしの女がしどけなく太股を晒して寝そべり、焦点の合わぬ眼を宙に浮かせています。よく見ますと、女は目鼻だちの整った若やいだ顔をしていました。彼らはみな起きてはいますが、一様に鈍く沈んだ輝きのない眼をしており、話しかけても応じる気力があるとは思えません。

(真っ昼間から酔い潰れてるんだろうか。まったく度が過ぎるほどだらしない連中だぜ)

そう言えば案内役の男も、さっきから心もとない足付きでよたよた歩いています。家族か使用人かはっきり致しませんが、おそらくこうした手合いが、屋敷の中のあちこちに住まっているのでしょう。

男が母屋に入ったので後に続きますと、薄暗い土間がありました。奥に板敷きがあり、その向こうは間仕切りの障子が閉じられています。土間の隅には煉瓦造りの竈《かまど》があって釜も置いてあるのですが、そのそばにも大きな水瓶に背をもたせ掛けて坐る片目の男がおりました。中年の赤ら顔で、又しても半覚醒の朦朧たる面持ちであります。

案内の男は下駄を脱ぎ、ふらつく足取りで土間に続く板敷きに上がりました。男が障子を開けて畳の間に入るや、くずおれて臥せってしまいましたので、伊三郎がまごつきながら板敷きに足を踏み入れようとしましたら、障子の陰から黒の小紋を着た島田髷の三十がらみの女がぬっと姿を現しました。

蠟のような白い肌には血の気がなく、上品ながらも毒気のありそうな顔立ちですが、潤んだ瞳にはこの家の他の者たちとは相違して明らかな覚醒を示すような冷たさが含まれています。尋ねもしないのに、女はユウと名乗りました。

「その男……眠っているだけです」

やや嗄れた抑揚の乏しい声ですが、言葉に訛りはありませんでした。

「昼間の宴会でもあったんですか」

つい軽口を叩いたつもりでしたが、ユウは何も言わずにかぶりを振っています。伊三郎が石ウメのうちを尋ねますと、くどいほど丁寧に道順を教えてくれましたが、立ち姿にはそこはかとなく匂い立つ妖美が窺われ、不機嫌に尖らせた肉の薄い唇にはなまめいた色艶がありました。

その瞳が不意に輝き、面長の青白い顔に微かな赤みがさしたように見えましたのは、水瓶に凭れてへたばっていた男が鈍い動きでどうにか起き上がり、土間の隅のガス・ランプをともしたからです。

ユウがねめつけるような眼遣いで、板敷きから土間に降りて来ました。引き足に重心をかけた伊三郎の胸底を冷たい風が吹き抜けてゆきます。女の顔が間近に迫った時、伊三郎は声を詰まらせ後ずさりしていましたが、戸口まで退くと慌てて母屋から飛び出しました。門前に停めてあった自転車に飛び乗り、無我夢中で丘の下へと駆け降ります。

（なんて気味の悪いやつらだろう……。とんでもない家に入り込んだものだ）

坂を下がり切って、言われたとおり畑の中の道を南に五分ばかり走りますと、小さな池のほとりに三体の地蔵が並んでいました。辛うじて雨と風をしのげる程度に、粗末な木組みの屋根がしつらえてあります。三つ地蔵と呼ばれる祠だそうで、ウメの家はその斜向かいにあると教えられていましたが、そこには家屋を取り壊した跡が見えるだけでした。

隣家は小さいながらも一応雑貨屋らしき造作になっており、店内に設けられた狭い台の上にはちり紙と石鹼、燐寸箱、下駄、糸、和紙、鉛筆、それに駄菓子類の詰められたガラス瓶が八つ置いてあります。奥に割烹着を着けた四十前後の女がいたので、事情を話して聞かせますと、伊三郎の腕を摑んで店の外に連れ出し、隣りの鍛冶屋に引っ張ってゆきました。

鍬や鋤などが壁に立て掛けられ、自在鉤や火箸、鎌などが吊るされた作業場で、作業帽をかぶった若い男が、鉄床に置いたナタのようなものを槌で打っており、ガス・ランプの明かりで男の顔の汗が光っています。

「修三さんよ、この人、村の外でおウメさんに会ったそうじゃ」

修三と呼ばれたその男は手の動きを止め、顔を伊三郎に振り向けました。丸い赤ら顔の中で大きな眼が涼やかに輝いており、ほぼ伊三郎と同年輩でありましょう。修三が腰を浮かせようとした時、奥のガラス戸を開けて老人が顔を覗かせました。顔付きといい背格好といい修三そっくりで、一目で親子と分かる風貌です。女が伊三郎から聞いたことを手短に話し、鍛冶屋の親子は迷惑そうに顔を見合わせていましたが、切り出したのは息子のほうでした。

「その金、素直に受け取っとけばええじゃないか。あのばあさん、どうせもう帰って来ることはないだろうし」

聞けばウメの家屋の残骸は取り壊された跡ではなく、実は自然倒壊の結果だということでありました。老朽化がひどくいつ倒れても不思議はないほど傷んでいた二間の平屋は、一週間前の午後三時頃、風のまったくない晴天のさなかに、地震で大地が揺れたわけでもなく、衝突事故などで衝撃が加えられたわけでもないのに、めりめりと音を立てて自ら崩れ落ち、柱も壁も屋根ごとひしゃげてしまったのです。

幸い一人暮らしのウメは不在で無事でしたが、しばらく雑貨屋の家に身を寄せた後、ほどなく村を出て行きました。伊三郎と温泉町で知り合ったのは、その直後のことと思われます。

伊三郎は聞かれるままにこれまでの経緯を語りましたが、丘の上の屋敷に立ち寄ったことに触れますと、みんなの口から大息が洩れました。恐ろしいものが耳に触れたと言わんばかりの、怖じ気を含んだ溜め息です。

やにわに老人が唸り声を上げ、伊三郎の腹を蹴りつけました。思わず呻いて腰を屈めたら、女が摑みかかって髪を引っ張るではありませんか。女の手を振り切って何か言おうとしたところへ、今度は修三の頭突きが入り、伊三郎はだらしなくくずおれてしまいます。頭蓋の内側がうつろになり、遠のいてゆく意識の片隅に、微かな老人の呟きが引っ掛かっておりました。おぞましい……。

赤々と燃える日輪。満目蕭条たる曠野。またしても伊三郎は、懐かしい満州の大地を彷徨っておりましたが、すぐに目覚め、黒い天井の梁にまっすぐ視線を伸ばして夢の余韻にぼんやりと浸るのでした。臥せったまま見回すと、そばに囲炉裏があるようです。

両親を惨殺された後、どう切り抜けたものかその場をひとり逃れてうろつくうちに、伊三郎は満鉄社員だった高田という日本人の夫婦に拾われました。伊三郎の名も彼らの命名によるもので、子のいない高田夫妻は養父母となり、帰国後、郷里の岡山に彼をひき連れて戻りましたが、二人とも流行性感冒で他界します。伊三郎が十五歳の時でした。すぐさま養父母の兄弟たちに、彼は住んでいた家から理不尽にも追い立てられてしまいます。

天涯孤独となった伊三郎は生き延びるために、貸本屋の丁稚や一膳めし屋の店員、代書屋の事務員などを、いずれも住み込みで勤めましたが、どれも長続きはしませんでした。人との関わり方がうまく摑めず、ついぶっきらぼうな態度になって、無用な摩擦や誤解を招き、誰からも疎まれてしまうのです。

あるいはそれは、出自不明の、言ってみれば中心の抜け落ちたような虚ろな自分と向き合って、いつも欠落感に苛まれていたせいかもしれません。ただ、そんな仮の生のもどかしさの中で無骨に生きながらも、当人はいびつになるでもなく、むしろここまで来たら徹底的に絶望したほうがいい、などと開き直るようになりました。より大きな受難の中で本当に何もかも失えば、かえってすべてを取り戻せるかもしれない、というわけで、我が身の中途半端な辛苦を責めるのです。

自暴自棄もあったかもしれないけれど、とにかくそんな思い込みから、やがて伊三郎は定職を求めるのははなから諦めて、様々な仕事に憂き身をやつすのを厭わぬようになってゆきました。

時には満足なねぐらも持てず路上でごろ寝をしたり、意識不明のところを収容されて「欠糖病」の診断を受けたこともあるほどの、底冷えのするような世過ぎでしたが、奇妙なことに、惨めになればなるほど我が身が不憫に思えれば思えるほど、胸中にほんのりと温かく滲み出るものがあって、わけもなく優しい気持ちが込み上げてまいります。

それは誰に向けられたものかも分かたぬ、やみくもな感情であり、伊三郎は不可思議なおのれの心の深奥を訝りました。行きずりの婦人の一瞬の表情から哀しみを感じ取り、思わずいたわりの声をかけて、気色の悪そうな面持ちで睨みつけられたこともあるのです。このたび僅かな貯えと共に衝動的に自転車を県北に走らせたのも、そんな自分が何がなし気味悪くてとにかく体を動かしたくなったせいでもありますが、岡山へ戻ればまた職とねぐらを探さねばならない事情は、少しも変わっておりません。

柱の掛け時計が三時半を指しています。伊三郎は跳ね起きました。

（さあ、急いで帰らなきゃ……）

襖が開いて雑貨屋の女が入って来ました。気を失った伊三郎を鍛冶屋の息子と一緒に介抱したそうで、ここは鍛冶屋の家の中だと言います。居住部分のたったひとつの部屋に寝かされたものらしく、襖の向こうは作業場になっているようです。

「さっきは驚いたやろうな」

「どういうことか、説明してもらおうか」

「あんたが忌まわしいことを口にしたから、みんながおかしくなっただけよ」

「お前ら、気に触ることがあれば、いつもあんなふうになるのか」

「この村の者は、みんなそうじゃ」

女の話から彼女の名が石田フクで、修三の父が石田周作だということが分かりました。確かウメの姓も石田だったが、とひとりごちたら、村の人間は丘の上のあの屋敷を除けばみな石田姓だと何食わぬ顔で申します。だからお互いを姓で呼び合うことはない、と。ちなみにフクの夫は去年の田植えの頃、酔っ払って井戸に落ちて死んだそうです。

坐り直して所在なく今しがた見た夢のことに触れましたら、途端にフクがまなじりをつり上げ、唇を震わせます。血相を変えて部屋を出て行き、すぐに周作と一緒に慌ただしく戻って来ました。

「あんた、夢を見たそうじゃな」

周作の怖じけた物言いに黙って頷きますと、彼は、今、息子が村長のうちへ相談に行ったところだが、おそらくこの村にしばらく滞在してもらうことになるだろう、などとわけの分からぬことを口走り、先程の暴行を謝るでもなく、ウメに貰った一万円も取り上げられてしまいました。

たかが夢の話で、この過剰な反応はどうでしょう。

「冗談じゃない、俺は帰るぞ」

腰を上げようとする伊三郎の肩に手を置いて、フクが甘えた声を出しました。

「まあお兄さん、ちょっと聞いてくれや。実はこれには、わけがありましてのう」

この村の因習からすれば伊三郎は明らかに道を踏み外したことになる、とフクは言い切って、村に伝わるという大事な逸話とやらを明かすのですが、それはゆうべウメからすでに聞かされている内容でした。子供じみた昔話に付き合わされ、伊三郎は露骨にふくれっ面を見せつけたのですが、それでもフクは語りをやめようとはしませんでした。

旅の若い僧が鳥追い小屋のそばの桜の樹の下で休んでいるところに、女たちが通りかかる。僧は彼女らからどんぐりをもらって食べ、極楽の夢を見られるという不思議な木枕に頭を置いて眠りに入った。ところが、寝ている間は絶対に枕をはずさないようにと僧から言われていたのに、年少の女の子が悪ふざけをして取り払ったため、僧は夢から醒めることなくそのまま死んでしまう。

訥々と語るフクでしたが、そこまではウメから聞いて知っていると、伊三郎はつっけんどんに口を挟みました。フクがせかされたように早口になります。

「坊様に悪ふざけをした女の子というのが、あんたが中に入ったあの屋敷の御先祖でな。お蔭で子孫は代々、夢を見っぱなしで日がな一日暮らすことになってしもうた」

彼らは塔《あららぎ》という名の一族で、僧の祟りから「夢憑きの家」になり果て、寝ている時はもちろん起きている間も夢見心地でぼんやりと過ごす毎日を、塔家の者は代々生まれながらにして強いられているというのです。朦朧とした意識のさなかで食事をし排泄もしますが、屋敷から一歩も出ず、庭や屋内のあちこちで寝そべったり坐り込んだりしながら、文字通り酔生夢死の一生を終えることになるのでした。

生業に携わるのは不可能だというので、村人たちがそれぞれの実入りに応じて物質的援助を負担し、村を挙げて彼らの生存を支えるのが、なぜかこの村では父祖伝来のしきたりになっています。それでいて村人たちが塔家に対して嫌忌と憎悪の情を抱くのがこれまた古来の習いであることは、フクたちの先程からの言動で充分に読み取れました。

「あの一族はみんな、丘の上の屋敷に住んでおってな。塀の中には家がいっぱいあって、十七、八の家族が集まっとるらしい。嫁取りも屋敷の中の家同士でやっとるそうな」

ところがユウのようにほとんど夢憑きとは無縁の者が一代に一人は必ず現れるのだそうで、これは一族の苦痛を絶やさぬようにという僧の怨念によるものだということです。外部との唯一の窓口となり得る者が屋敷におれば、村人から日常生活での庇護を受けることで塔家の存続が維持され、したがって呪いも永続するという企みなのです。

さらに、祟りを受けたのは塔家の者だけではありません。僧の遺体をねんごろに弔わなかったのが災いして、村人たちは塔家の場合とはまったく逆に僧の死後、夢を見るということが出来なくなったのです。

もし見ようものなら、二度とそこから抜け出せぬまま命を落とすと言われていますし、万一夢から生還出来た場合も自らを追放せねばなりません。つまり村を出てうぶすなの神の加護を得られない異境に行くわけで、その際、口に唱えるのは、あの僧が夢から醒め得ぬ苦しさでいまわの際に洩らした次のような寝言だということです。

「わしのこの暗さが分かるか、わしの今の暗さが分かるか」

留まれば村全体に災禍が降りかかることになるのだそうで、塔家や村の者たちにこのような呪いをもたらした僧の名は、石田恵頓。怨霊を鎮めるために、村は彼にちなんで恵頓村と名を変え、村人たちは塔家を除いて全員が石田姓となりました。昭和三十年十月現在、村には四十五戸三百二十人の石田某が住んでいますが、老若男女を問わずすべての者が、生まれてから一度も夢というものを見ておりません。ただ唯一の例外があって、それがあのウメでした。つまり彼女は自宅倒壊後フクの家で寝泊まりするうちに夢を見てしまい、掟に従って村を出たというのです。

伊三郎が些か腑に落ちぬ顔付きで腕組みをしていますと、修三が手荒に襖を開けて入って来ました。周作が立ち上がり、紅潮した顔を息子に近づけます。

「村長もびっくりしとったやろ？」

「うん。よそ者とは言っても、夢を見たのはとにかく村の中でのことだからのう」

「そりゃそうじゃ。まったく、とんでもないやつが入り込んで来たものよ」

こちらこそ言いがかりをつけられていい迷惑だと伊三郎は反論しましたが、聞き入れてもらえず、村長の決めた処置に従うようにと迫られます。とりあえず村長の家に伊三郎を預けておいて、どう対処すべきかは今後、検討するというのです。夢を見た者はただちに村を出るのがお前たちの掟ではなかったのかと反駁しましたところ、よそ者の場合は先例がないので、当面は身柄を拘束しておくしかないという返事でした。

「お前の自転車、隠しといたからな」

修三が薄笑いを浮かべて言いました。いつしか窓の外も夕闇に覆われて来たようです。今日のところはうちに泊まれや、という修三の申し出に抗えず、伊三郎はしぶしぶと腰を据えていました。

修三の母が今年の二月に風邪をこじらせて他界してからは、隣家のフクが二人の夕食の世話をしているとのことで、今も伊三郎が鍛冶屋の親子と向かい合いに坐って話し込んでいますと、台所から徳利や食器などのかち合う音が聞こえて来て、何がなし心がなごむようでありました。やがて料理を載せた箱膳が車座になった各人の前に置かれ、四人の団欒のひとときが始まります。フクが漬物に箸をつけながら、面白いことを思い出したと言って、ウメの逸話を切り出しました。

先月のある日、倒壊する前の自宅の居間で夕食を済ませたばかりのウメが、障子の隙から這い出たゴキブリを見咎めてハタキで叩いたところ、手応えはあったものの逃げられてしまいます。数日後に台所の土間をよろけて進むそのゴキブリを見かけた時、痛々しそうな手負いの姿がさすがに不憫に思われ、ウメは見逃してやりました。

ただそれだけの話でしたが、修三はたいそう気に入ったようです。顔をくしゃくしゃにしてプフッと吹き出したかと思うと、腹を抱えて笑い出しました。

「ヒーヒヒヒ。家がぶっ潰れた時、そのゴキブリさんはどうなさったことかのう」

笑いながらも時々醒めた目付きに戻り、また笑いこけるという彼のしぐさも異様でしたが、フクと周作が食卓の上で手の動きを止め、凍りついた顔でいわくありげにじっと見守っているのも尋常ではありません。そのうち修三は畳の上を笑いながら転げ回って、苦しそうな呻き声を洩らすようになりました。顔が異様に赤くなり、口から涎の糸が垂れています。

「いかん、えらいことじゃ」

周作が半泣きの面付きで、フクと顔を見合わせました。修三は苦渋に満ちた表情で笑い声を吐き出していましたが、のたうちまわるうちに居間から土間に落ちてしまいます。フクが立ち上がって台所に行き、バケツを持って戻って来るや、中の水を修三に浴びせ掛けましたが、修三の悶えように変わりはありません。周作が火のついた燐寸を息子の掌に押しつけますと、ギャーッという悲鳴が起きてようやく修三はぐったりと横たわり、肩で息をしながらもどうにか人心地がついた様子でした。

あんぐりとして見詰める伊三郎に、周作がぶっきらぼうな口ぶりで言います。

「あんまりおかしいと、笑いが止まらぬようになるんじゃ。わしもおフクも……この村の者はみんなそうなんじゃ。よく分からんが、とにかく生まれた時からそうなっとる」

ほどよいおかしさで適度に笑ううちは問題はないけれど、度を越す笑いには歯止めがきかなくなり、放っておけば死に至るので、そんな時は周囲の者が何らかの衝撃を与えて正気に戻らせるのだということです。

「笑う時だけじゃないで。泣く時もおんなじでな、下手をしたら命を落とすことになる」

と言って、周作がこの手の事故で死んだ者の名をあげながら指を折ります。

今の騒ぎで箱膳がひっくり返って、もはや食事どころではなくなってしまいました。みんながめいめいの箱膳を台所へ下げにゆくので、伊三郎はすぐ後に続きましたが、その時初めて台所が作業場の隅のほうにあることを知りました。しかも今夜は、伊三郎をそこに泊まらせるつもりなのです。竈の前に板敷きがあるので、そこに蒲団を敷けば若者だから平気なはずだと、周作は涼しい顔付きで言うのでした。

片付けが終わりますと、親子は居間に夜具を並べてガス燈の灯を消し、早くも就寝の態勢です。伊三郎は土臭い作業場の片隅で、修三が敷いてくれた蒲団にくるまり、昨夜、旅館でウメと出会ってからの様々ないきさつを思い起こしていました。

あれやこれや考えて寝そびれているところへ、修三が火をともした蠟燭を片手に忍び足で居間を抜け出し、そばに来て中腰になります。伊三郎は眠れぬ時間を持て余していたので、つい嬉しくなって起き上がり、話しかけようとしましたら、手で口を塞がれてしまいました。

おやじの寝入りばななので声を潜めるようにと注意した後、修三は好奇心を隠さぬ表情になり、

「夢って、どんなものかのう」と、囁くような小声で聞きました。

「子供の頃に戻ったり、見たこともない世界に行ったり出来るんやろ？　死んだ人間も夢の中には現れるとか聞いたが、ひょっとして好きな女にも自由に会えるのかなあ」

「自由ってわけにはいかないけど、まあ夢で恋人に会うのは珍しいことじゃないっていうねえ」

「ウヒョーッ、それはええなあ。この世でかなわんものは何もないじゃないか」

どう切り返したものかと言葉を探す伊三郎でしたが、修三は表情を一転させて沈み込みました。

「いやいや、そんな甘いもんじゃないと聞いとるぞ。殺されそうになったり死にかけたり……色々と恐ろしい目にあうそうじゃのう。あまりの酷さに、眼が覚めても涙が止まらんこともあるって言うじゃないか。やっぱり夢など見ずに済んでる俺たちって、結構しあわせなんだな、きっ

と」

修三が返事も聞かず、部屋に戻ってゆきます。

（まったくこの村の連中ときたら、ひとり相撲ばかり取ってやがる）

伊三郎は舌打ちをしながら、すっかり冴えた眼を宙に凝らしていました。


翌朝は、周作・修三の親子と、居間で味噌汁を啜りました。周作が、「今日の汁、ちょっと塩味がきき過ぎとるぞ」と言って、いきなり碗を壁に投げつけます。修三が伊三郎に笑顔を向けて、「お前さん、いい時に来たもんだ。明日から村の祭りだからな。三日間、まあたっぷり楽しんでくれや」

得意気にそう言いますと、今日は若者宿に連れて行ってみんなに紹介してから村長の家まで案内する、とすっかり事務的な口調になりました。

朝食を終えると、周作はどこかへ出掛けて行き、修三は作業場に入って仕事に取りかかる様子でした。伊三郎は台所の竈のそばに小さな勝手口があるのに気づき、黙ってそこから外に出てみました。

田のそばに立って見回しますと、村の四囲をなだらかな稜線が走り、頭上に広がる澄みきった青空は、どうしたものか今の自分には少しまぶし過ぎるように思えます。茅葺き屋根の民家が散見される秋日和の中で、伊三郎は目蔭《まかげ》を差しておりました。

田に挟まれてうねる道を足任せに歩いてゆき、三輪車に乗った男の子や、顔が地面につくかと思われるほどに腰の曲がった老人とすれ違って、伊三郎はほどなく清流を湛えた小さな川に差しかかりました。橋を渡りながら川下を見はるかしますと、真っ青のはでやかな幕を岸に垂らして何やら人目を引く一角が目に触れましたので、そちらへ向かうことに致します。

雑草の茂る川べりの細い道を十分歩いて目指すところに着きましたが、そこには菊人形が展示されていました。百坪程度の空き地を幕で囲んでしつらえただけの簡素な会場で、狭い入口からは何かの舞台場面とおぼしい艶やかな菊の衣装が窺えます。伊三郎がさりげなく中を覗いていますと、割烹着姿の若い女が出て来て、開園は明日からだと遠慮がちに告げました。

伊三郎は黙って頷くだけですが、そこへ聞き咎めるように待ったをかけた者がいます。紺の付け下げを着た四十前後の女が奥から現れ、村人ではないから特別扱いでも構わないと、なじるように唇を突き出したのです。

「でも、じゃまになりますから」

「もう準備はほとんど終わっとるやないの」

二人の女は向き合って言い争っていましたが、いきなり付け下げの女が相手の頬を殴りつけました。若い女も負けてはいません。すかさず膝を蹴り返したものですから、付け下げの女が低く呻いてよろめきます。二人はやがて組み合ったまま倒れ込み、路上で体をもつれさせながらも罵声を交わしていました。止めに入る間もないほどの不意の出来事で、女たちのおぞましさにすっかり白けてしまい、伊三郎は足早に川べりの道を川下へと向かってゆくのでした。

（この村のやつら、どいつもこいつも何だか変だ。とかく極端になりがちで、程々というのがないような気がする。少しのことで怒ったり笑ったり、しかもとことんまで突っ走って荒っぽくなるのだから、始末におえない。優しさってものは、まるでどこかに捨てて来たみたいだ）

優しさ？　不意に伊三郎の脳裏に甦ったのは、岡山での暮らしの中で、惨めになればなるほど胸の内に溢れて来たあの得体の知れぬ慈しみの情念でした。思えば岡山を出てからの伊三郎は、どういうものか惨めな気分とはやや間遠になって、奇異なあの優しさの心性もどこかに隠れてしまったようです。

道なりに進むと二股に分かれましたので、川から離れて畑の中に向かう道を選ぶことにします。正面に遠望される塔のようなものは、おそらく火の見櫓か何かの建物でしょう。

「どこをほっつき歩いとるんだ、お前は」

口汚い言葉を背に浴びましたので、振り向きますと、修三が頬を紅潮させて立っています。とっさの思いつきで、実家に電報を打つために郵便局を探しているところだと、伊三郎は出任せを口にしました。走り回っていたのでしょうか、修三の荒い息が伊三郎の顔に掛かります。

「今日は仕事を休んで面倒を見てやろうと思っとるのに、急に姿が見えなくなってびっくりしたわい。ここはまず、若者宿でみんなに挨拶してもらわにゃ困るんだ。よそ者なんて行商人しか見たことがない村なんやから」

顎をしゃくって道の前方を示し、このまま真っ直ぐ進むよう目顔で促して、郵便局なんかあるわけがないと、修三は突き放すように言います。

「そんなもん、学校の社会科で習ったけど、実物なんぞ見たことないで」

お前に自由はないのだと言わんばかりに、腕を摑んでむりやり引っ張りますのでついてゆきますと、火の見櫓の手前に木造二階建ての建物がありました。本来は公民館ですが、現在は若者宿に使っているそうです。この村では十六歳から三十五歳までの男が集まって若者組を構成し、道普請や火の用心の夜回りなどを務めておりますが、彼らの溜まり場になるのがこの若者宿なのです。

廊下のとっつきにある部屋に導かれ、中に入りますと、三十畳の和室に数十人の若者がくつろいだ姿勢で坐りこんでいました。その中の一人が、立ち上がって近づいて来ます。修三から組頭の健作さんだと紹介されて、その若者がにやけた顔で軽く頭を下げましたので、伊三郎も慌てて会釈を返しました。

「修三が来たけん、全員そろったな。さあ、始めるとするか」

健作の力強い声が合図になりまして、修三が伊三郎を満座の者に引き合わせ、続いて祭りの打ち合わせに入りました。と言いましても修三によれば、催し事の主な段取りはすべて寄り合いで長老たちが決める習わしになっており、この村では若者が神輿を担ぐこともないようです。しかも本日の案件は来年度の「人身御供」の人選だと言うのですから、穏やかではありません。

「さあ、来年は誰の番かのう」

「修三よ、そろそろお前んとこのおやじさんの出番かもしれんぞ」

末席に坐った伊三郎が、おっかなびっくり隣りの修三に横目を走らせて袖を引っ張りますと、笑いながら事情を教えてくれました。この村では毎年、祭りの初日に最長寿者がうぶすなの神に、ある文書を届けるしきたりになっていて、これを「お供え」と称し、そのきっかけは恵頓が夢から醒めずに衰弱死したという戦国時代の頃にまで遡ると言います。

恵頓の死後、彼の使っていた枕は、捨てるのが禍々しいというので村の鎮守に奉納されました。ところが神様がこの枕のとりこになり、始終夢を求めては眠りこけるありさまで、村のことなどうっちゃるようになり、旱魃や大水などの災害で村人が難儀を受けます。

そこで神様の眼を現実に引き戻すために、この世間のあるがままのありようを神様に一つの物語として楽しんでもらおう、と村人たちは考えました。娑婆の出来事には人間の本然の姿があるので作り物より面白い、という認識をこの村の者たちが当時すでに持っていたというのは、伊三郎には大きな驚きでありました。

最も効果的なのは村人たちの生きて来た生活そのものを味わわせることだというので、毎年二十歳以上の住人の中から一人を選び、彼もしくは彼女が自らの人生の軌跡を克明に辿って和紙に書き込んだものを、村の最長老が神様のもとに届けることにしたのです。ただ、人生を完結した故人のものは御不快を招くとされ、幕末以降はずされて来ました。

うぶすなの神様は人間が日頃ラジオドラマを鑑賞するのと同じように、村人ひとりひとりの現実を一つの劇として享受するわけでして、この脚本の提供者を村では「人身御供」と呼び、若者組の者たちに人選を任せているとのことです。ちなみに神様の祀られた神社ですが、戦前に焼失したまま再建されておらず、現在は山裾の横穴を代用していて、その近場に住む変わり物の神官は村のほとんどの者と没交渉だということでした。

来年の「人身御供」は村長の弟と決まって打ち合わせを終わり、酒を交えたささやかな宴に移ってゆきます。円座になってくつろぐうちに、みんなの口が軽くなりました。

「今年の『眼くらべ』は、どうかなあ。やっぱり一等は、一本松の洋平やろか」

「いやいや、あいつの眼付きはまだひよっこじゃよ。長兵衛さんには、及びはせんぞ」

この「眼くらべ」というのは、人を蔑んで睨みつける視線を競い合う大会だそうで、祭りを盛り上げるための企画の一つです。最も他人を卑しんで竦ませるような眼差しを披露した者が優勝することになるという競技で、「夢憑きの家」に対する憎悪の習慣がこうした遊戯を派生させたわけです。

確かに彼らの塔家への嫌悪には凄まじいものがあるようで、この場でも、「夢憑きの家」に対する悪態が次々に飛び出していました。

「あの屋敷の本家のババアは、いつも庭で立ち小便をしとるそうだな」

「分家のせがれに、もっとひどいのがおるらしい。時々口から糞を垂れるそうな」

「ユウも気色の悪い女だぞ。なにしろ自分の尻を舐めるというからな」

「どうやって?」

「さあ、それは分からん。実際に見た者はいないんだから」

眉をしかめる伊三郎に、修三が杯を手にしながら挑むような眼を向けて言います。

「わしらは、ただ憎むだけじゃないんやで。おフクさんから聞いとるだろうが、あの家のやつらの生活の面倒も見てるんだからな」

月ごとに、みんなで手分けをして穀類や野菜、鶏肉、卵から砂糖、醤油、さらには薬草や石鹼、手拭い、夜具に至るまで無償で供給していると、修三は言い訳がましい口付きで言うのでした。月初めの朝方、塔家の勝手口になっている裏木戸の前にこれらを載せた荷車を放置しておき、屋敷の者が取り出して空になったのを夕方引き取りに行くのが、村人が交代で受け持つべき「餌番」と呼ばれる役目でありまして、これは先祖代々守り通された絶対的規範なのです。

修三が手洗いに席を立ったあとへ、健作が徳利を持って坐り、

「岡山から来たそうだな。物好きに」

と言って伊三郎の耳に口を近づけます。

「夢の中じゃや、殴られてもちっとも痛くないというが、ほんとか」

周囲の眼を窺いながら、健作は小声で問い続けました。

「ひょっとしたら、死ぬことも出来るんか。夢でうまいものを食ったら、やっぱり気持ちがいいもんかのう」

伊三郎がいちいち答えていますと、聞きつけて寄って来る者があり、人だかりになってしまいました。そのうち、夢を論じるなどけしからんと言い立てる輩も出て、それに反駁する声もあり、彼らの間で議論が始まって、ほどなく摑み合いの喧嘩になりましたが、健作は涼やかな眼で愉快そうに眺めています。

拳骨を見舞われて歯を折られる男や、腹を抑えてうずくまる者が現れ、顔面を朱に染めて倒れ

たままの若者もいました。だがひとしきり荒れて騒ぎが収まると、再びなごやかな談笑の声が飛び交い、血だらけの姿でみな楽しそうにくつろぐのでした。洩れ聞く周囲の会話から推すと、大八車の修理とか明日の天気とか、そんな瑣末な現実は横溢していても、非日常的な抽象の部分は、鎮守への信仰を除けば彼らの生のどこにも含まれていないように見受けられます。それは、いつか塔家で見た夢見心地のあの異様な者たちとは対照的と言えるかもしれません。

修三が長い手洗いからやっと戻り、健作に目配せして、「そろそろ村長のうちへ行くぞ」と伊三郎に耳打ちしました。修三に続いて伊三郎が逃げるように部屋を出ますと、同行する手筈になっていたのか、健作も黙って二人に付いて来るのでした。

村長の家は村外れの山裾にありましたが、何やら不幸が起きた様子で大騒ぎになっていました。玄関先で大声を出しても返事がありませんので、三人が生け垣と家屋に挟まれた狭い露地を通って裏庭に回ったところ、数羽の鶏がほっつく中をすり抜けながら、若い男たちが血相を変えてうろついています。村長が不慮の事故で落命したというのです。

この家の物置小屋には、板敷きの床の下に物入れとして竪穴が掘ってあるのですが、床板は腐りかけていて平素から危険だったらしく、村長は不運にも、その板が朽ちて破れた時たまたま上にいたものですから、とんだ災難で穴に落ちてしまったということです。

修三が健作に、溜め息まじりの声をかけました。

「また、間違われたようじゃのう」

「うん……もういい加減にして頂かねば、いかんなあ」

そう答えて濡れ縁に腰を据えた健作でしたが、心持ち眼が潤んでいます。と思うと、やにわに大粒の涙が迸り出て、あたりに水を撒くように飛び散りました。ほとんど同時に修三が眼を剝いて低い唸り声を上げ、唇を震わせながら首を激しく左右に振り始めます。それは、極度の怯えに捕らわれているような仕種でした。

やがて修三が濡れ縁に坐ったままの健作の前に立ち、二人は向き合って互いの頰を平手で激しく打ち続けました。呆気に取られた伊三郎はだらしなく口を開けて立ち竦み、停めに入ってよいものかも判じかねています。泣きじゃくる健作とわななく修三とは、顔を張り合うことで異様な興奮を鎮め合ったものとみえ、両人ともほどなく落ち着きを取り戻して、何事もなかったような穏やかな表情になりました。

二人にしてみれば不測の事態に動揺しての感情の暴発だったのかもしれませんが、この村の者たちの不自然な振る舞いは、どれだけ見せつけられてもなかなか馴染めるものではない、と伊三郎は苦り切った顔で眺めるしかありませんでした。

「このうちに泊めてもらうどころじゃなくなったなあ。しかたがねえ。うちへ来いや。当分置いてやるから」

と言って横目を走らせる修三に伊三郎がいきり立ち、腰を上げて、

「おい、自転車を一体どこに隠したんだ。いい加減にして返せよな」

と、腕を摑んで詰め寄りましたが、修三は弱みを読み抜いたような心得顔で返事もしませんで

した。村を出ようにも「あし」を奪われていてはどうにもならず、今は修三に頼らざるを得ない状況のようです。

ただ腹立ちもありましたが、このところ妙に心が勇み立っていることに、伊三郎はふと気がつきました。粗暴な村人たちや夢憑きの家の異様な者たちの有り様を見ていると、なぜか気持ちが張り詰めて、この村に来るまでのあのやるせなく渇いた日々の連なりが、遠ざかってゆくような心地になるのです。何だか自分の心の内を覗き見ているようでもあり、惨めになればなるほど我にもなく優しさの湧き上がって来たあのわりなさを、伊三郎はまたしてもふと思い起こすのでした。


翌日の祭りというのが何とも妙ちきりんなもので、菊人形を飾ったりするのは尋常なものかもしれませんが、神輿も担がなければ夜店も出ませんし、また「咎《とが》巡り」と呼ぶ行事には、伊三郎も面食らってしまいました。

修三の家の居間で朝食を済ませたばかりの頃、行脚僧の恰好を真似た装束の男女五人が突然押しかけて来て、「銃はどこじゃ。どこに隠しおった」と、ただそれだけを何度もわめき散らし、障子や襖を叩き破って水瓶を蹴り倒すなどの乱暴狼藉を尽くすのです。

だがよく見ると、彼らは何と塔家の者たちではありませんか。いつか屋敷を訪ねた際、伊三郎を案内した顎ひげの青年や庭で見かけた禿げ頭の老人、それに太りじしの女と母屋の土間にいた片目の男など、いずれもうつつを失った面立ちで意識も朦朧としていたあの家の住人たちであります。今も焦点の定まらぬ眼差しは宙で揺らぎ、彼らがほとんど夢見心地の状態にあるのを示していました。

顎ひげの青年が「銃はどこじゃ」と叫ぶ口付きも呂律がまわらず、箪笥の引出しを開けて中の衣類を投げ捨てる女の手つきにしても動きが鈍くて力がありませんし、頭の禿げた老人などは障子を破りながらこっくりをする始末。明らかにみな、それぞれの夢に半ばは浸っており、醒めた現実を生きる者のふるまいではありませんでした。

この間、周作と修三の親子はあらがいもせず、暴挙の邪魔にならぬよう、部屋の隅に縮こまって合掌をしています。伊三郎は勢いにけおされたというよりも、薄気味の悪さに辟易して土間に飛び下りていました。

ひとしきり暴れて立ち去ってゆくのを「お咎めを賜わりまして有難う存じます」という言葉とともに、親子が深く腰を曲げて見送ることで、この理不尽な暴行は幕となるのですが、二人ともその面持ちには、喜びに満ちた輝きがありました。

すっかり荒らされた居間に戻り、伊三郎が親子にわけを問いただしますと、これは「咎巡り」という祭礼行事の一つであるとか。塔家の者たちは例年、祭りの初日に三軒の家を襲うことになっており、この時、標的にされて被害を受けるのが大変な名誉とされているのです。

その際、突拍子もなく場違いな言い掛かりを突きつけるのが習いであり、「銃はどこじゃ」というのもまったく意味のない支離滅裂な言い草でした。この村里にそんなものがありもしないのは、分かりきったことなのですから……。

また襲撃を受ける栄誉を得るにあたって不正のないよう、犠牲となる家の選択については、寄り合いでの厳正なくじ引きによることとされています。前日までに決め、結果をすぐに塔家のユウに報告するのです。塔家では屋敷の中から数人を選び、ユウの差配でその者たちが「咎巡り」のため、年にただ一度の外出をするというわけでした。そして、この時ばかりは塔家の者も、村人たちから恭しく遇されることになっているそうで、

「わしはくじ運がええわい。これで三年連続お咎めを頂いた」

と自慢する周作を見て、伊三郎は複雑な気持ちでしたが、村人たちと塔家とが直接にかかわる唯一の機会だと思えば、それなりの意義はあるのかもしれません。この折を除きますと、塔家の者たちが屋敷の外で村人の前に姿を見せることはないのです。日頃は水と油で相容れず、まるで接点を持たない両者が、年に一度の祭礼では「咎巡り」によって交わり、触れ合っているのでした。

さて祭りの催し物の中でもひときわ人気の高い「眼くらべ」大会では村一番の豪農・長兵衛が優勝しましたが、この男、平素は温厚で物腰も柔らかく人受けが宜しいようです。川の水を田に引く時に起こる水争いでも、彼が仲裁すればすぐに収まるというほど有徳の人でしたが、大会で彼の射竦めるような視線を見た者はみな一様に震え上がり、そして塞ぎ込んだといいます。修三などは「面と向かってああいう眼をされたら、おれなど自殺するだろうな」と弱々しく洩らしていたものでした。

その後、伊三郎は修三の家で数日を過ごすうちに、親子から色々話を聞かされて、徐々に村の輪郭が摑めるようになって来ました。戸数四十五、人口三百二十の農村ですが、農業の他に林業も営み、村の暮らしは概ね自分達で賄っています。村で唯一の雑貨店たるフクの店は、扱う品物をすべて行商人から買い入れているとのことでしたが、これを除けば自給自足の原則を貫く閉鎖的な共同体であって、婚姻もすべて塔家を除く村内での組み合わせによるといいますから、ほとんどの家がお互いに親戚のようなものでした。

伊三郎はある日、無聊に任せてあてもなく外歩きをするうちに、山裾の大きな横穴に行き当たりましたが、そこはいつぞや若者宿で修三から聞いた神社の仮住まいがあるところでした。中を覗くといかにも深そうな洞窟の闇しか見えず、御神体はかなり奥に鎮座しているようです。

横穴の前の空き地に終戦直後さながらのバラック小屋があったので、物珍しそうに戸口の近くをうろついていますと、小太りの初老の男が出て来て、神官の文駄衛門だと申します。伊三郎も名乗って鍛冶屋の家で居候をしている旨、伝えたら、口ひげを撫でながら嫌がりもせず内に通してくれました。たまたま留守にしている独身の娘と二人で暮らしているそうですが、ひと部屋のみの小屋の中には炊事道具と寝具、それに丸いちゃぶ台があるだけで、他に家具は見当たりません。

「わしのことを、村の連中はどんなふうに言っておりますかな」

自身の風評がよほど気になるようですが、そう言われても伊三郎の知る限り、この男は村の誰からも変人扱いされていて、人々の口の端に上ることは珍しく、つまりあまりに影が薄いのです。

「いろんな知恵がすぐ閃くって話は、聞いとらんかね。たとえばおとといの夜なんか、ここの空き地から月を眺めておったら、突然村の降水量を倍増させる方法を思いついたんだけどなあ。紙に書き留めようとしたら、もう忘れとるのや」

いつもこうだから、妙案は色々浮かぶのに実用化できたためしがないとぼやきます。

返す言葉に困り、やり場のない眼差しを室内に泳がせていた伊三郎は、ちゃぶ台の上に一冊の薄い和綴じの本があるのを見つけました。この村に来てから書物を眼にするのは初めてのことなので、つい珍しくなり、手に致しますと、文駄衛門が慌ててひったくるように取り上げ、貴重な伝説について綴られた大切な文献だから、これぱかりはよそ者に見せるわけにはいかない、と語気を荒らげて気色ばみます。

「何だ、例のあの伝説か。そんならいいや。読みたくもない」

伊三郎の投げやりな言葉に、かえって文駄衛門は反発し、この中には村の連中の誰も知らないことが書かれている、と言って顔を紅潮させました。恵頓変死の節に神官を務めていた彼の先祖が、事件の詳細を書き残し、その後この神社に代々伝わって来たということですが、表紙は色褪せていて書名は読み取れません。

いずれにせよ内容を教えるわけにはいかぬと片意地を張る文駄衛門でしたが、あなたの噂を一度だけ耳にしているけれど聞きたくはないか、と伊三郎が水を向けますと、交換条件にすぐ乗って来て、あっけないほど手際よく説き始めます。もっとも聞かされた話は、失望を免れないものでありました。恵頓が踊り念仏の流れを汲む遊行僧で、応仁の乱の頃の生まれだという略歴の他は、これまでに聞き及んでいることの詳説に過ぎないようです。

　ただ聞き流せなかった一点は、恵頓が枕を外された折に洩らしたという寝言でした。眠りから醒めずに難渋しながら彼が口にしたのは「鼻の頭を舐めてくれんか、鼻の頭を」という呟きであり、文駄衛門が村人たちの知らない一節だと指摘したのも、この部分なのです。

　当時、誰も恵頓のこの願いを聞き届けなかったわけで、文駄衛門はそのことがどうにも引っかかるというのですが、眠りから醒めなくなった命がそうした行為で助かると、覚醒時の恵頓が述べたという事実はないそうですから、伊三郎はさしたる意味を認める気にはなりませんでした。

　にもかかわらず心に掛かったのは、似寄りのことで思い当たるものがあったからです。少年期までを過ごした満州にゆかりのある夢は今もよく見るのですが、ときたま実父が現れて必ずこう語りかけるのでした。

「賊に襲われたら、すぐに相手の鼻の頭を舐めることだ。たちどころに仲よくなれるからね。いいかい、この満州で生き延びるための知恵だと思って絶対に忘れないようにな」

　その父が母とともに匪賊に殺されてしまったのは、相手の鼻先を舐める余裕がなかったからだろうか、と首を傾げているところで眼が覚めるのです。

「わしの噂って、どんなことかのう」

　文駄衛門が今度はお前が教える番だと言わんばかりに、身を乗り出します。伊三郎は苦し紛れに、出任せを口走りました。

「はていったい、あいつはどうやって食いつないでるんだろう、なんてこと、村の人たちはおっしゃってましたが」

「やっぱり、そうかァ……」

文駄衛門が天を仰いで、しみじみと申します。横穴の神社を案内しようという彼の申し出を丁重に断って、伊三郎はさっさと小屋を後に致しました。

さらに一週間がたってみると、さすがに伊三郎も村の生活に倦んで来ましたが、逃げ出そうにもいくら探してもやはり自転車が見つかりません。そんなある日の夕刻、健作がやって来て、明日の村の寄り合いに必ず出席するように、という長老たちからの伝言を口にしました。よそから村に移り住むには、「村入り」という手続きを踏まねばならず、伊三郎は事情があって滞在しているだけですが、何かと不都合が生じるので、明日の寄り合いで済ませておきたいというのです。

そのためには「寄り親」という身元引受人が必要だが、周作親子では家格が低くてつとまらず、自分が「寄り親」の役目を引き受けることになったと、健作が誇らしげに話します。尋ねもしないのに、自分の家は「草分け」の農家だからと彼は言い添えました。村を作った開拓者のようなもので、彼の一族が最初に住みついたということでありましょう。

次の日、健作が迎えに来ました。一緒に恵頓小学校の校庭の隅に設けられた集会所に向かう道すがら、伊三郎の急な「村入り」には子細があるようだと、健作が口籠もるような声を出して申します。ゆうべ両親がそう話すのを、耳にしたと言うのです。

「このところ、村の中でちょっとおかしなことがあってな。どうもそのことと関係があるらしい」

「おかしなこと？」

「この間、村長が死んだやろう」

「ああ、気の毒な死に方だったらしいね」

「それよ。そもそもあんなことになったのが間違いでのう」

「え？」

「神罰を間違われるんじゃよ、鎮守様が。このところでたらめの罰が続いて、村の者は迷惑しとるわい」

健作が渋い顔付きになりました。村人たちのうぶすなの神が、罰を与えるべき人物にではなく、無関係の無辜の者にしばしば制裁を加える、というのですから只事ではありますまい。

去年の「咎巡り」で襲われる家を決める折に、幹事役の信次がくじ引きに細工をして、親しい間柄の忠八が当たるように仕組みました。たまたまこれに気づいた清五郎の指摘ですぐに露顕したのですが、その当日、祭壇がしつらえてある公民館で神棚から落ちた籤箱が頭を直撃して死んだのは、何と不正行為の告発者にあたる清五郎でした。

また「眼くらべ」大会で優勝するために審査委員長に賄賂の子豚を贈ったのは、村境の近くに住む良平で、これもすぐに発覚しましたが、その日のうちに制裁を受けたのは良平の不正を暴いた貧農の久弥でした。自宅の庭で独楽遊びをしていた娘の独楽が、突然、顔に飛んで来て両眼を失明したのです。

「まだまだ、いくらでもあるぞ。今年の盆踊り大会の時、みんなに配る煎餅の枚数をごまかした幹事がおってなあ。すぐにばれたんだけど、その煎餅を喉に詰まらせて死んだのは全然別の人間なんじゃ」

雑貨屋のフクは夫が酔っぱらって井戸に落ちて死んだと話していましたが、実はこれも誤った神罰によるものでした。「うつろ井」と呼ばれるその井戸は、その昔、神様が恵頓の枕で夢見を楽しんでいた時、ひどい悪夢に悩まされ、寝ぼけてさまよったあげくに飛び込んでやっと眼を覚ました井戸だといいます。

そんな謂われを持つ神聖な井戸に酔余の一興で小便を垂れたのは、フクの実兄・清吉でありましたが、神様の仕置きは不逞の輩の義弟、つまりフクの夫に科せられてしまったのです。この他にも似寄りの例はいろいろありまして、村人たちは手違いの罰が下るのに戦々恐々としている有り様なのです。

「まさか、俺のせいにされてるんじゃないだろうな」

「大丈夫、それはないぜ。神様の勘違いはお前が来るよりずっと前からのことやから」

「じゃあ、一体何なんだよ。俺と関係があるっていうのは」

「いや、実はこのわしにも、詳しいことはよく分からんのだ」

指定された時間に会場となる集会所に着きますと、すでに各戸の代表が五十畳の広間に坐って雑談しているところでした。幾つかの案件をこなして、残されたのは伊三郎をめぐる議題だけになっているようです。白い口ひげを蓄えた白髪の老人に手招きされて、伊三郎がその正面に腰を下ろします。健作は伊三郎の隣りに坐らされました。

「万太郎じゃ。九十三になる。この村では一番長生きをしとるわ」

口ひげの老人がそう言って、ただちに儀式に取りかかるよう目顔で促します。身元引受人としての責務を果たすと健作が口頭で誓い、「村入り」は意外にあっけなく終わりましたが、満座の者たちの関心がその後の成り行きに引きつけられているのは、彼らが談笑をやめて伊三郎に視線を集中させたことで呑み込めました。

「健作からもう聞いておるかもしれんが」

万太郎が伊三郎と向き合って、口ひげを撫でながら本題を切り出しました。

「わしらの鎮守様、最近はどうかしておられるようでのう。とうとう村長までがやられてしもうた」

村長は異様なほど用心深い人だったので、このたびの変死については、またしても手違いによる神罰に相違あるまい、と長老たちは踏んだようです。それで度重なる不祥事にどうしたものかと考えあぐねた末、昨日神官の娘を巫女に仕立てて鎮守にお伺いを立てたところ、思いもよらぬ事情が判明したというのです。

村人たちが献上する彼ら自身の生活史つまり「人身御供」に、神様はすっかり倦んでしまわれ、物語として楽しめるものが一つもないとお嘆きになっておられるのでした。このため再び恵頓の枕を時折弄ぶようになられたらしく、神様の加護ならぬ過誤をもたらすことになったというわけです。

そこでこれからは村外の者の新鮮な人生も「人身御供」としてつぎ込みたい、と万太郎は続けます。夢を見るなどというとんでもない輩も思い切って村に受け入れる、という決断であります。ついては、たまたま伊三郎という好適の人を得たのですぐに「村入り」を実現し、来し方の詳細を当人に書き綴らせて村に永住してもらうことに決めた……というのですから、伊三郎からすれば誠に得手勝手な言い分でした。

伊三郎は何も言わず、満面に苦笑いを浮かべ、大きくかぶりを振っておもむろに腰を上げました。まったく取り合うつもりのないことを示したつもりでしたが、ぼんやり耳を傾けていただけのように思えた長老たちが俄に顔を曇らせ一斉に立ち上がったのを見て、容易には抜け出せぬ窮地に嵌まり込んだのを悟ることになります。

万太郎は腕を組み、いかにもしょげたように肩を落としてうなだれておりましたが、やがて前のめりに傾いて行き、坐った姿勢は崩さず、顔を畳につけて上半身だけ倒れた恰好になりました。微かに呻いていますけれど、それはまるで聞き取れない裏声であり、満座の者から、悲鳴を交えたどよめきが湧き上がります。

伊三郎は彼らに襲われる気配を感じて、そそくさと戸口へ向かおうとしましたが、傍らにいた健作にたちまち足をすくわれました。尻から床に落ちた伊三郎になだれ込むように長老たちが抑えかかり、みな老人とは思えぬ馬鹿力で肩や足を摑むものですから、伊三郎はその場でねじ伏せられてしまいます。やがて、縄で上半身を幾重にも巻いて縛り上げられた頃、万太郎がゆっくり上体を起こし、坐り直して満足そうに頷いてみせるのでした。

その後、伊三郎は勝ち誇った顔付きの健作の手で罪人がしょっぴかれるように縄を引かれ、修三の家まで連れて行かれました。戸口で事情を聞いた周作と修三の親子が、伊三郎を引き取り、当分この家の柱に縛りつけておくから大丈夫だ、と修三が心得顔で胸を張ります。

健作が得心して引き揚げ、修三が伊三郎の背を押して土間に入った矢先に、食事の支度に来ていたフクがいきなり台所から飛び出して来ました。眼が吊り上がり、顔から血の気がひいております。

「えらいことじゃ。今月は『餌番』なのにすっかり忘れておった」

フクは泣きっ面になってわめきました。便所の落とし紙と手拭い、石鹸、歯磨きを塔家に供給するのが彼女の受持ちで、しかも他の分担を割り当てられている村人たちから雑貨類と調理された料理などの食べ物を集め、一緒に荷車に載せて塔家に届けるべきところを、それも怠ってしまったのです。

「そりゃ、まずいことになったのう」

と、修三も狼狽を隠しません。

「とにかくわしらも手伝うから、今からでもすぐに始めようじゃないか」

周作の一声で、三人は勢いよく駆けて出ました。

（まったく、獰猛なくらい元気な連中だぜ。俺を柱に縛りつけるって話は、いったいどうなったんだ）

拍子抜けした面持ちで家を出た伊三郎は、道をふらふらと歩いていましたが、行きずりの若者から浴びせられた訝しげな視線に、縄目姿の我が身を思い起こし、慌てて駆け出して行きます。人目を憚ってやみくもに走っても、異様ななりがかえって目立つばかりで、子供たちに石を投げられたり老人に騒ぎ立てられたりのていたらくでしたが、どこへどう隠れようものやら見当もつかずにうろつくうちに、足はおのずと塔家に向かってゆくようでした。丘の坂をのぼるにも、村人を敵に回すなら逃げ場はあそこしかないと決めつけたような確かな足取りでありました。

塔家の門の前に立って幾度か呼ばわると、いつか応対に出た青年が現れましたので、門の格子越しに「やあ」と馴れ馴れしく声を掛けてみましたが、まるで記憶にないと言いたげに鈍く沈んだ眼差しを返し、縛られた姿にもまったく無表情でした。伊三郎が苛立って格子を蹴破っても、ただぼんやりと眺めているだけです。

（早くしないと、おフクたちがやって来る）

いつの間にやら青年が眼を開けて立ったまま鼾をかき始めたので、かまわず中に入って奥に進みますと、庭のあちこちに夢うつつの顔付きでさまよう数人の男女がおり、いずれもみな他の者の姿は視野に入らぬ様子で一人歩きをしていました。

角刈りの若者が庭木や井戸にぶつかりながらよたよたと直進し、蔵の前に放心のていで佇んでいた少女を弾き跳ばしても、道端の石に躓いたようなものなのか、倒れた相手を見ようともしません。若者はそのままさらに進んで母屋の脇に坐っていた老婆にぶつかり、絡み合って倒れましたが、双方とも凍りついた表情のまま無言で起き上がりました。二人は視線を合わせることもなく、夢に浸る者同士の間には感情のやりとりなどないことを示しています。この場にいるのは、みなそれぞれに非現実の無秩序を生きている者たちばかりですから、伊三郎が縄をほどいてくれと叫んでも、振り向く者など誰もおりません。

伊三郎は見覚えのある母屋に駆け込みました。土間で助けを求めて大声を出しましたが人の気配がしないので、土足のまま板敷きに上がります。奥まったところの八畳くらいの部屋に入ったら、そこは板の間で中央に囲炉裏が設けられ、そばに鉄瓶が置かれていました。部屋の隅にある大きな桶の中身は、洩れ来る匂いからしておそらく漬物でありましょう。

部屋の真ん中で棒立ちになっていますと、黒の小紋を着けたユウが乱れ髪のまま静々と入って来て伊三郎の前に跪《ひざまず》き、神妙な面持ちで挨拶を致しましたが、土足で上がり込んだ闖入者の異様な風体を訝る様子もなく、非常識なふるまいにひるむ気色は少しもありません。

ユウは何も言わずに出て行きましたが、すぐに小刀を手にして戻ってまいりました。伊三郎が言い訳がましくいきさつを話しても聞いているふうでもなく、小刀を器用に使って縄目を手早く解きますと、間延びした声を出して探るような眼遣いを致します。

「夢はご覧になれますの？」

「……はい」

「ご存じかもしれませんが、この村の者たちはみな夢を見ませんのよ」

「だから、あいつらはあいつらでやっぱりおかしくなってるさ」

この物言いに傷付いたのか、不意にユウの表情が曇りました。縄をほどいてもらったことの礼を述べても、俯《うつむ》いて何も言葉を返しません。気詰まりを解こうとして、伊三郎が話の接ぎ穂に自転車を探していると喋ったところ、ユウの眼差しにやや柔らかさが戻りました。つい図に乗って『愛車』の特徴を並べ立てる伊三郎を、ユウが潤いのある声で遮ります。

「ひょっとして、納屋の裏に置いてある自転車のことかしら。いつか村の若い男たちが、この屋敷の中に捨てて行ったものなんです。二、三人がかりでね、外から塀越しに投げ込みましたのよ」

ユウは小刀をそっと床に置き、誘い込むような笑みを見せてから、軽く息をついてゆっくりと帯を解き始めました。いかにもあだっぽい仕種ですが、予期せぬ展開に、伊三郎は喉の奥から溜め息とも声ともつかぬ音を送り出すしかありません。

やがてユウが、小紋を無造作に脱ぎ捨てました。襦袢も肌着も取って、生まれ落ちた時の姿を何ら臆するでもなく晒します。肌には意外に張りがなく、肉付きも乏しい姿態でしたが、今の伊三郎には眼前の白い肢体は眩し過ぎました。とは言うものの、ユウの振る舞いは何の謂《いい》かと今更思案するつもりはありません。ここではすべてがでたらめに過ぎて行くけれど、それらはただ不可解のままであればいい。伊三郎はこの屋敷の異様な雰囲気にすっかり飲み込まれ、そう弁《わきま》えるようになっていたのです。おもむろに靴を脱ぎながらも、彼の呼吸は荒くなってまいりました。

靴をそっと板敷きの床に置き、胸を軽く撫でて乱れた息を鎮めます。

ユウが仰向けに寝た時には、考えるより先に伊三郎の生身が素早く動いて、気が付くと女体に覆い被さっていました。荒々しい息遣いと共に女は男の体を下から抱き竦め、二人は組み合ったまま板の間を転げ回っておりましたが、囲炉裏の脇まで来た時、伊三郎がズボンを脱ごうとベルトに手をかけたのとほとんど同時に、上になったユウが彼のシャツのボタンを外しながら耳元で囁きました。

「あなたって、何だか変ね。ずっと昔から、この村に住んでるみたいな感じで」

その声に弾かれたように、伊三郎がいきなり突き飛ばしたので、ユウは尻餅をついてしまいます。伊三郎が上体だけ起こして唇を手の甲で拭い、鼓膜の奥にわだかまる疎ましい言葉の響きに堪えていますと、ユウがやおら立ち上がり、暗くなりかけた部屋の隅に白い裸身を浮き上がらせました。伊三郎もゆっくりと腰を上げます。

ユウが小刀を拾い上げて片手に持った時、彼女の後ろの襖が開いて、伊三郎を門で応対した青年の顔が覗きました。ユウの全裸に驚くふうでもなく、眼差しを虚空に浮かせたまま危なっかしい足付きで入って来たので、ユウが思わず振り向きます。

伊三郎は酒の酔いがたちまち醒めてしまった後にも似た何とも白けた心地になり、おぞましい劇を演じているような気疎さに、鳥肌が立つのを覚え、ついすてばちになって、荒々しくたける声とともに、ユウに体当たりを食わせたものですから、彼女の裸身は後ろに飛んで青年にぶつかり、二人は襖を倒しながら重なって仰向けに転がりました。ユウの足が宙を蹴り上げるような恰好になり、あられもない姿が眼に入ります。伊三郎は床に置いてあった靴を持って背後の障子を乱暴に開け、廊下へと逃げました。母屋の戸口とは反対の方向に出たらしく、築山と大きな池のある中庭が目前に見渡せます。

伊三郎は地べたに飛び降りました。五、六十坪はありましょうか。あまた植わった様々な木々が鬱蒼として薄暗い中を駆け抜けていると、池の端に立って着物の裾をまくり、尻を水面に向けて放尿をしている老婆がおりましたが、うろたえて走っていたものですから突き飛ばしてしまいました。

老婆が池に落ちる水の音を背後に聞きながら、庭の隅にある柴の戸を開けますと、すぐ前に納屋があり、その裏に回ったらユウの言った通りに伊三郎の自転車が置いてありました。跨がってペダルに足をかけると、懐かしさが込み上げて来て、ああこれでやっと普通の世界に戻れるんだな、という喜びが湧いてまいります。

納屋から離れて誰もいない露地を進むと裏木戸らしきものがあり、さいわいにも施錠されておりません。こうして伊三郎は難なく屋敷から抜け出し、坂道を駆け降りてゆくのでした。ただ何がなしユウのことが気掛かりで、心の半分はあの八畳の部屋の囲炉裏端に残して来たようでもありました。大切な儀式を中断してやり過ごしたのにも似て、未練というより、何かを欠いてしまったことの不安に近いものでした。

鍛冶屋の親子の家に監禁されかけて逃げたのだから、今頃は村の者たちが大騒ぎをして探し回っているかもしれない。そう思い当たった伊三郎は、ひとまずどこかに身を隠して日没を待ち、夜陰に乗じて村を出ることに致しました。自転車の先端には懐中電灯を備え付けておりますから、闇夜の走行に自信はあります。村ではお金をほとんど遣わずに済みましたので、自転車さえあれば途中で野宿を二泊するとして、岡山に帰るまでの食費は何とか賄えそうでした。

幸い日は暮れかけています。坂を下り切ってからしばらく進んで、来た時とは別の道に入りましたが、かなり暗くてあまつさえ人けがまったくありません。時折用心深く物陰に身を潜ませながら、道なりに進んでゆきますと、前方に松明の火が幾つかちらつくのが望見されました。伊三郎を捕まえようとする村の者たちの灯に相違なく、しかもこちらに近づいて来るではありませんか。伊三郎は慌てふためき、すぐに自転車から降りました。

ハンドルを両手で引き、自転車ごと道から逸れて畑の中へ逃げ、やがて草地に入って石に躓いたり立木にぶつかりそうになったりしながら、うろつき回っているうちに、再び畑地らしきところに踏み込んで、あたり一面が夜気に包まれた頃、星明りの中を伊三郎は粗末な丸太組みの小屋に辿り着きました。

屋根代わりのテントの下に二畳分くらいの狭い板敷きの床があるだけの造りで、おそらく物の本で読んだ鳥追い小屋というものでありましょう。伊三郎は自転車をそばに置いて小屋の中に入り、しどけなく寝そべってやっと一息つきました。

どうやら松明の火が迫り来る気配はありませんし、夜明けまでゆっくりと体を休めたいところですが、神経がひどく昂っており、満身に熱が籠もっているような興奮に揺すぶられて、なかなか安らぐことが出来ません。そして心頭を掠めるのは、物憂げなユウの面立ちでありました。

伊三郎の肺腑にあってめらめらと冷たく燃える青い炎。それはユウの悩ましい生き身に向かう衝動でもあり、あるいは何かを取り戻そうとする焦燥の如きものでもあったようです。

微かな胸騒ぎとともに起き上がって、伊三郎は涼気に触れようと小屋を出ました。仰向いて夜空を見ますと、明るい星たちの瞬きの隙に無数の糠星《ぬかぼし》が浮いており、それらをぼんやり眺めているうちに、この村での様々な記憶が無窮の空間に吸い寄せられて行くのを覚えます。

闖入者として過ごしたここでの出来事が、あたかも夢見心地と共に薄らいでゆくようでもあり、伊三郎はふと、生まれてこのかた無数の夢をその内に積もらせて来た我が心と、夜の底に沈むこの奇妙な村のありようとが、さながら重ね合わさるのを、満天のきらめきの中に透かし見ておりました。

村のあちこちを思い起こしても、今はそのいずれもがここへ来る前から既に見慣れていたような錯覚に陥ってしまうのです。氷炭相容れない塔家の一族と村の者たち……。彼らは共にはるか以前から、おそらく伊三郎が生まれた頃から、実は彼の心の中に居坐っていたはずでした。

やにわに伊三郎は、えも言われぬ快美な懐かしさの感情に襲われるのでありました。自他を分かたず誰にでも優しくありたいと激しく願う、奇妙なあの慈しみの情動が、再び心裏に浮き上がって来たのです。やがて小屋に戻ろうと星空から地上に向き直った伊三郎ですが、瞳に赤く映じる一点があり、眼を眇《すが》めてよく見ますと、それは暗がりの彼方で何かが燃えているさまでありました。

地表から僅かに離れたくらいの低みにあって揺らぐその焔《ほむら》は、方向や高さから推して、まさしく高台のあの塔家の屋敷で燃え立っているものにほかなりません。火事なのか或いは大掛かりな焚き火なのか遠目には見分けがつかず、伊三郎はただ呆然と見詰めておりました。

闇の中に浮き上がったひとひらの炎は、正体の摑めぬままにやがて輝きを増し、その真紅の色は、妙にしめやかな、それでいて暖かな懐かしさを湛えて、伊三郎の胸中に飛び込んでまいります。それはわざとがましく赤々と燃え続け、伊三郎を悩ましげにいざなうようでありました。

伊三郎は火の見える方向に、ゆっくりと足を踏み出しました。自転車は放置したまま、おぼつかない足取りで進んでゆきます。火事であればわざわざ修羅場に出向くことになるというのに、まったく事ともせず、もはや村人たちの眼を憚ろうとするでもなく、虚ろな顔付きで畑の中を歩くのでした。

何やら塔家に吸い寄せられて体が動いてゆくようで、浮足立った妙な気分です。徐々に足のこたえが消え失せて、踏まえるべき拠りどころを感じなくなり、まるで地上すれすれの宙を滑っているような心地でした。でも、確かに自分の足で歩いているのです。

暗がりの中で懐中電灯も持たずに進んでいるのに、立木などにぶつかりもせず、またどうしたことか彼を探す村人の動きも見当たりません。そんな夜陰にあって一つのものと見えていた焰の輝きは、屋敷が近づくにつれ、実は小さな幾つかの炎の集まりであることが分かって来ました。それらは塀の中で揺らいでおり、しかもどうやら火事ではない様子です。

丘への坂道をのぼって屋敷の正面にたどり着くと、門の前に大勢の村人が集まって、大変な人だかりが出来ていました。路傍に身を潜めるでもなく、伊三郎は熱に浮かされたように茫然と歩いて行きましたが、人垣に近づいても見咎める者はおりません。あたかも伊三郎の姿は、視野に入っても見えぬが如くでありました。

村人たちは礼儀正しく列をなして、順番に邸内へ入ってゆきます。伊三郎は裏木戸から逃げて来たのを思い出してそちらへ回りましたが、相変わらず施錠はされておらず、たやすく屋敷に入り込むことが出来ました。抜け出した時とは逆の順に進んで納屋に行き着くと、すぐ近くに柴の戸が見えています。その先には池を囲む中庭があるはずでしたが、すでにそのあたりは焰が群立って眩しいほどの有り様でした。

伊三郎が柴の戸の前まで行って中を覗きますと、炎の塊のようなものが庭のここかしこに散在しています。よく見れば、どれもみな二人の人間が一個の塊となって、めらめらと燃えているのでありました。塔家の者と村人との組み合わせで二人一組の対になり、僅かな隙間を隔てて向かい合いに立ったり、或いは抱き合ったような姿勢のまま、双方が燃え上がっているのです。

両者の発した炎が全身を包んでいるので、二人でありながら合体して一つの焰になったというわけです。彼らはまったく動かず焼け続けており、おそらく生きてはいますまい。そんな火の塊があまた散らばりながらも、なぜか家屋や庭木には燃え移らず、火災のような大事には至らずに、不気味な光景を呈しているのでした。

ただ奇しくも伊三郎の胸に恐怖は萌しておらず、むしろ妙な興奮で身が火照るのを覚えるほどでした。この屋敷の中での奇態な出来事には、もう慣れっこになっているせいかもしれません。

炎の群れの間をすり抜けて、伊三郎は母屋の縁側にゆっくりと足を踏み入れます。そしてあの八畳の間に行くと障子が開いており、中にはユウが、何と全裸のままでまだ立ち尽くしておりました。伊三郎を見て口許を綻ばせ、額に少しく被さった黒髪を搔き上げるのですが、顔見知りに対するようなどこか馴れ馴れしい仕種です。

その恰好で今まで何をしていたのかと尋ねるのもまだるっこくて、伊三郎はやにわに近寄るや抱き竦めようと致しますが、ユウは素早く身をひるがえしてこれをかわし、後ろの襖を開け放ちました。たちまち眩い輝きが伊三郎の眼を刺し抜いて、熱を発します。それは、伊三郎を当家の門で応対した顎ひげの青年と雑貨屋のフクとが、一つの焔となって燃え立った姿でありました。

「おフクさん、今月のお務めをうっかりなさったようね。それで、とんでもないことになってしまいました」

ユウが一歩退いて落ち着き払った口調で話すのを、伊三郎の耳は遠い彼方からの声として捉えておりました。お務めとは、村人たちの言う「餌番」の謂に相違ありません。荷車で食料と雑貨を届ける役目を度忘れしていたフクが、修三たちと慌てて家を飛び出すのを、伊三郎は見ています。

ユウによれば、食料がなかなか届かぬことの苛立ちで、家人の中には朝からの空腹を堪え切れずに眼の血走る者が出て来たと言います。伊三郎が出入りする際に勝手口の裏木戸が施錠されていなかったのは、荷車の到着を待ちかねてのことと思われますが、その荷車がフクや鍛冶屋の親子によって運ばれて来たのは、伊三郎が屋敷を逃げ出して小一時間が経った頃のことでした。

ところがくだんのひげ面の青年はすでに我慢の限界を越え、もはや常態にはあらずして、全裸のユウの脇に呆然と坐り込んでおりましたが、甘いものが好物だった彼は、荷車が勝手口に届いたのを知ると、「砂糖、砂糖」と舌足らずの声でわめきながら、そこへ走って行ったそうです。

その後もこの八畳の間に佇んでいたユウがしばらくして見たものは、青年に追いかけられて部屋に駆け込んで来たフクの、色を失った姿でした。おそらく青年が裏木戸の外にいたフクにいきなり摑みかかり、しかもあまりに急なことでそばにいた鍛冶屋の親子が助ける余裕もあらばこそ、苦しまぎれに屋敷へ入り込んだフクが、散々逃げ回った末のことでありましょう。

青年は「砂糖、砂糖」と呟きながら隣りの部屋までフクを追い詰め、ユウの見ている前で嫌がるフクに抱き付くや、鼻の頭をペロッと舐めてしまいました。ちょうど砂糖を味わうような顔付きをして……。その刹那、二人とも炎に包まれて、燃え始めたということです。

更には、たまたま廊下を通りがかって部屋の前に居合わせ、一部始終を目撃した家人が二人おりまして、この者たちはいずれも若い女性ですが、フクの身を案じて裏木戸からやって来た鍛冶屋の親子を「砂糖、砂糖」とわめき散らして追っ掛け回し、気味悪がって必死で逃げる彼らを、中庭の池のそばまで追い詰めました。そのあげく、かの青年を真似て相手の鼻先を舐め、たちまち二人一組の焰が二体ほど出来上がった、と言いますから、先程通り抜けた中庭には周作や修三の変わり果てた姿もあったはずです。

それをまた近くで目撃した家人がいて、同じことを繰り返す……という具合に、同性もしくは異性の組み合わせで、こうした連鎖反応はまだまだ続いてまいります。彼らが鼻の先端を舐める相手は、今度は塔家に押しかけて来た村人たちでありました。伊三郎の行方を探していた村の者たちは、もしや彼が塔家にかくまわれているのではと訝って丘の上に押しかけ、思いがけずも屋敷の中に不審な火が幾つかともっているのに気づいたのでしょう。もし火事であれば、村の保安のためにも放置出来ることではありません。それで――。

「村の人たち、とうとうこの屋敷に入って来ましたの」

そこへ塔家の者たちがいきなり絡みつき、またしても鼻の頭に攻勢をかける有り様は、この八畳の間から中庭を通して遠目にも窺えた、とユウは再び髪を掻き上げながら言うのでした。

元はと言えば顎ひげの青年の子供じみた行為から始まったことですが、いつしか塔家の家人も村人も、すべての者が儀式のようにふるまう気分に陥ってゆき、まるで催眠術にでもかかったように、本人たちの意思とは無関係の衝動的な集団行動と成り果てて、二人一対の奇妙な火の塊が屋敷のいたるところに出来《しゅったい》した、というふうにユウは申します。

この屋敷には一体何人住んでいるのか、邸内のあちこちから家人が次々現れて村人に対するというのは、何だか不気味ではありますが、あるいは今も続いているものと思われます。不気味と言えば、ユウがこうした異常事態にあってたじろぎもせず、全裸のままで平然と構えているのも尋常ではありません。

伊三郎は襖を閉め、燃え続けるフクたちの部屋を閉ざして、ユウに向き直りました。二人は向き合って立ち、視線を絡ませていましたが、やがてユウが媚びた薄笑いを浮かべながら伊三郎に近づいて来ます。ユウは首に両手を回してすがりつき、やや見上げるようにして伊三郎の顔をしばらく見つめていましたが、いとおしそうに眼を瞑って頬ずりを始めました。誰が見ても、二人はしっぽりとむつみ合う恋人同士のさまであったことでしょう。

ユウがすぐに舌を絡ませて来たので、伊三郎は荒い息遣いとともに押し倒し、二人はまたしても板の間の上で重なります。ほどなく伊三郎はユウから離れて傍らに立つと、おもむろに着衣を取り、ユウと同じ姿になって再び体を接しました。喘ぎながらのけぞり、時折熱い息を洩らしながらも、ユウは伊三郎を甘美な肉の愉楽へといざないます。轟き寄せる官能の波に揺られつつ、芳醇な蜜の中でとろける伊三郎でしたが、ほとんど真っ白になってしまった頭の中にちらつくのは、あの不可解な焰の群れの輝きでした。

満ち満ちる快楽の潮に身を委ねるうちに、とうとう五体から重みも感覚も抜け落ちてしまい、伊三郎は無の中をふわりふわりと浮かんでは漂って、今にも消え入らんばかりであります。

ぼんやりと霞む頭を揺らしながら、うつ伏せた姿勢からゆっくり起き上がると、そこはあの鳥追い小屋のそばでした。伊三郎の自転車が小屋に立てかけて置いてあるのが、朝まだきの薄明かりの中に見えています。塔家の丘を見遣ると、東雲の白みかけた空の下で、赤々と燃える火の揺らぎが一点の紅として、伊三郎の眼に映りました。

今し方の出来事を思い起こし、伊三郎は慌てて我が身を探りましたが、ズボンもシャツもちゃんと着けております。そう言えばあの後、服を着てよろけるように歩きながらここまでたどり着いたのが、意識の端で朧げながら甦ってまいりました。炎火の群立つ屋敷の中を通り抜ける時などは、おそらく夢遊病のような顔付きであったことでしょう。

高台の火は大きく燃え広がることなく、密やかに息づいておりますが、伊三郎はもはや体も心もそちらに誘い込まれて動くようなことはなく、自転車を両手で引きながら、塔家の丘とは逆の方向に、のっそりと踏み出してゆくのでした。

　今度こそ村を出ようと息んで、払暁の冷気が肌を包む中を進むと、鳥追い小屋から少しばかり離れたところに、一本の樹が立っております。夜分は暗がりの中で眼に触れませんでしたが、どうやらそれは桜の木のようであり、その前をよぎっていると、視界の端に卒然と入り込む一つの物影がありました。上体を幹に寄りかからせて、若い男が樹下に腰を下ろしているのです。

　一瞬、伊三郎の血が凍りつきました。粗末な頭巾を被り、いかにも着古したような薄汚い鼠色の袈裟を着けた襤褸のなりで、男は身じろぎもせずにうなだれて、黎明の秋気に僧形の身を晒しております。

（恵頓？　まさか）

　満腔の血が頭蓋にまで逆巻いてゆき、伊三郎の心臓が激しく波打ちました。男は腹の上で両手を合わせて眼を瞑っており、近寄れば寝息が聞こえて来そうな気配です。いや、それだけではありません。顔付きといい背格好といい、伊三郎にも何だかよく似ているようでありました。

　我知らず塔家の丘を振り返りますと、今もあの焰は秋色深まる曙の遠景にあって、赤々と映えております。俺はたった今、あそこを抜け出して来たばかりなんだ。そう自分に言い聞かせ、ウメが村を出る時に唱えた呪文を必死で思い出すや、伊三郎はおずおずと口ずさむのでした。

「わしのこの暗さが分かるか、わしの今の暗さが分かるか」

　すると俄に、くぐもった声が頭の中に響きました。それは伊三郎の唱えた言葉の繰り返しであり、外からではなく体の内側から発せられた声音のようでもありましたが、出どころが桜の下の僧体の男であることを、彼は直感しています。

先へ進もうとしても足に力が入らず、伊三郎は、男と対峙したまましばらく立ち竦んでおりました。ずっと以前から向き合って過ごして来たような、等質で無機的な時間のさなかにあって、伊三郎はさながら棒立ちになっているようです。よしんば一陣の風がこの後ゆくりなく吹き抜けて、恵頓村がたちどころに消え失せてしまったとしても、この僧形の男と伊三郎、それに背後の高台で燃えるあの紅蓮の一点だけは、そのまま残っているかもしれません。

異形《いぎょう》の夏

「おい、音丸。そろそろ引き揚げようぜ。夜になってしまう」

朱雀門の前で太郎次が声を尖らせた。巨体を震わせながら、餅を膨らませたような丸顔を赤らめて、かたわらの音丸をねめつける。

「そ、そうだな。今日はあきらめよう」

太郎次の肩までも身の丈の届かぬ小兵の音丸が、唇をすぼめた。夕闇の気配に脅えて、直垂《ひたたれ》と袴をつけた二人の若者は浮足立っている。平安京の家並みはたそがれ時の柔らかな薄墨の中に沈み、二人の立つ朱雀門の四囲はすでに人影が失せていた。

音丸が猪首をすくめて声を震わせる。

「迂闊だったな。こんなに暗くなるまで気づかなかったとは」

二人は朱雀門から真っ直ぐに延びた朱雀大路を足早に進んで行ったが、言葉もかわさず歩くうちにやがて残照も消え失せ、まわりはほとんど闇に吸い込まれて、わずかな星明かりにぼんやりと物の形が浮かぶだけになってしまった。

「ひぃ！　太郎次、日が、日が暮れたぞォ」

音丸が立ち止まり、甲走った声を上げた。闇の中なので顔は見えないが、太い眉の下で丸い眼をみはっていることだろう。太郎次が舌打ちしてペッと唾を吐きながら、

「情けない声でわめくんじゃねえ。鬼を見に行こうなんて言い出したのはお前だろうが」

それに、俺たちはもう子供じゃないんだ、十六になるんだからな。と、これは自分に言い聞かせるように胸の中で呟いた言葉だ。

二人は手探りでお互いをまさぐり、太郎次が苦り切った顔付きで小柄な相棒を抱きすくめた。前方を見遣ると、朱雀大路のかなたで暗がりの中を、小さな火の魂が数個、ゆらゆらと飛びかっている。音丸が胴震いをして叫んだ。

「わッ、物の怪《け》だ！　どうしよう」

「あ、あれは、たいまつだぜ。音丸」

「このうつけ者め！　あの気味悪い色を見てみろ。人間の使う火じゃねえよ」

総毛立った音丸は太郎次の腕を引っ張り、向きを変えて朱雀門の方へ引き返して行く。足をもつれさせながら、二人は暗がりの大路をおずおずと歩き、朱雀門の中に入った。おう、おう、と言葉にならぬ声を互いにかけては手探りで進み、豊楽門の前に出たが、往来のとだえた夜分のことだから咎める者などいるはずもない。どこからか鬼哭《きこく》の洩れて来そうな薄気味悪さに、真夏とはいえ胸の奥に底冷えを湛えながら、二人は体を寄せ合って震えていた。

「音丸、お前のせいだぞ。どうしてくれる」

歯をガチガチと大仰に鳴らして、太郎次がなじる。たしかに、すべては音丸の好奇心から起きたことだった。

「伏見に女の鬼が現れてのう。薪を売り歩く販女《ひさぎめ》を襲って食ったそうじゃが、検非違使《けびいし》の放免に捕まったもんで、この京の町に引っ立てられて来るそうな。なんでも、御所さんにお見せするということじゃ」

昼過ぎ、大門が開いたばかりの東市で老女のそんな立ち話を小耳にはさんだ時、物見高い音丸の心が騒いだ。しかも今日のうちにも朱雀門を通るということまで聞き及んでは、家に戻っても落ち着かない。

矢細工の仕事をうっちゃり、のぼせ上がった顔で、近所の悪友たちの家に片っ端から押し掛けては、見物に行こうと持ちかけるのだが、仕事があるからとみんなにすげなく断られてしまう。最後に思い当たったのが、同じ板屋で隣り合わせに住む幼な馴染みの太郎次だが、実はあまり気は進まなかった。

この太郎次という男、近所でも目に立つほどの偏屈で、町内の寄り合いにはめったに顔を出さず、道で行き逢っても挨拶もない。おまけに銅細工師としての仕事ぶりは、父の五太郎も見下げるほどの手際の悪さで、

「あの年でまだ注文通りの仕上げも出来んのじゃ。歯がゆうてならぬわい。このままではとても跡は継がせられんのう」

苦り切った顔で白髪をかく五太郎の愚痴を近間に住む者のほとんどが聞かされていた。それだけではない。親たちが「太郎次にだけは近付くなよ」と子供にさとすのは、その心根のまがまがしさにあったのだ。なにしろ、み仏や往生、地獄・極楽というものにまったく関心を示さないのである。

「鬼なんてこの眼で見たこともないしなア」

いつか井戸端でそんなふうに話していたのを音丸は思い出し、うまく言いくるめようと考えた。

「この際だ。鬼のこと、確かめてみようぜ」

戸口に呼び出して誘っても、伏目がちに口籠もるばかりの太郎次だったが、音丸は最後まで聞かず、腕を摑んでしょっぴくように連れ出した。

朱雀門に駆けつけてみると、噂を耳にした京童の人だかりで、すでに門の付近はごった返している。莚を敷いて坐り込んだ老婆の前に、若い男が腰を下ろして、鐘を叩きながら経文をがなり、その横には全裸の女児の手を引いて小袖の女が立っていた。

「ええい、どけ、どけい！　お前らごときが見たところで、やくたいもないことよ」

髭面の小舎人が、白拍子や市女笠《いちめがさ》の女を居丈高に払いのけようとするのを、僧形の老人が怖じた眼で見つめている。たくみ、つまり大工のなりをした数人が、人垣のはずれではやり唄を歌って御機嫌だ。

ところが、肝心の鬼女はいつまでたっても姿を見せず、宵闇が迫るにつれて人垣が徐々に崩れて、とうとう音丸と太郎次だけが取り残されたというわけだ。

音丸は太郎次の胸に顔を押し付け、何やら経文らしきものをぶつぶつと呟いている。太郎次がおずおず夜空を見上げると、あえかな星明りに豊楽院の屋根の形がわずかに浮き上がっていたが、地上はというと、墨を刷いたような深い闇が目路をふさいで、物の輪郭を消していた。こわごわ眼を凝らすと、こちらの不安を引き寄せるかの如く闇は波立ち、荒れているように思われた。

やがて、まぶたの裏が柔らかくなり、言いようのないだるさが体の隅々にまで広がってゆく。太郎次は頭の芯から五感がすべて抜け出たような夢うつつの眼差しを、この世の色の剝げ落ちた周囲の空間に泳がせていた。音丸も顔を上げて、びくつきながらあたりを見まわしている。

その時、豊楽院の横からおどろおどろしい夜陰を滑って、白いぼんやりとしたものが近付いて来るような気配があった。音丸が喉のひしゃげたような呻き声を洩らす。太郎次は音丸を抱きかかえたまま暗がりの中を逃げ、豊楽門の柱の陰に隠れて頰をひきつらせていた。

白いものは二人のそばを流れるように通り過ぎ、しばらく進んでから引き返して、

「はて、誰かがいたような気がしたが」

と、年たけた女の声を洩らした。

「お、鬼じゃあ」

音丸はそう呟くと、すがりついていた太郎次の体からゆっくりとずり落ち、相棒の足元にくずおれてしまった。鬼、これが鬼か。太郎次の喉に込み上げて来るものがあり、思い切って吐くと夜気をつんざく叫び声になっていた。

「た、た、助けてくれェ！」

ほとんど同時に闇の中から女の金切り声が放たれて、太郎次の耳を撃った。

「ヒー、殺さんでくれい。何も盗んではおらぬぞよ。住まいを持たぬただの乞食じゃ」

「な、何だ、鬼ではないのか。人騒がせな」

「お前こそ……声からするとまだ若気のようじゃが、あまり年寄りをおどすでないぞ」

老婆とおぼしき者のかすれた声が夜気を震わせながら遠ざかり、白いおぼろなものの気配が眼界から消えた。足元に横たわる音丸の脇腹に軽く蹴りを入れると、低く呻いて起き上がり、再び太郎次にすがりついて来る。

「や、やっぱり出たな、鬼が」

「ちっ、何を言ってやがる。ババアの乞食がいただけだ。この小心者めが」

「お前ってやつは、一体どこまで鈍つくなんだ。鬼が俺たちの横を通り過ぎて、引き返して来たじゃないか。『はて、このあたりにひとの匂いのしたはずだが』って恐ろしい声で呟いたの、聞いたろう?」

「違う、違う。『はて、誰かがいたような気がしたが』って言ったんだ。それも、ババアだった。鬼なんかじゃない」

「このうつけめ！　宙に舞い上がるところを見ただろうが、あれがひとだってのか」

「そりゃ夢だよ、お前の。なにしろおねんねしてたんだからな。まったく埒もない鬼騒ぎに付き合わされて、とんだ無駄足を踏んだもんだ。今日の仕事が潰れたのを、親父にどう言い抜けりゃいいんだ」

音丸は太郎次の胸を両手で軽く突き放し、

「お前って、ほんとに変わってるよな」

哀れむような口付きでそう言ってから、

「さあ、帰ろうか。こんなところに長居してもしようがない」

「こ、この真っ暗がりをか？」

「平気さ。鬼に出会って無事に済んだんだ。もう今夜は、怖いものなんてありゃしねえ」

よほど興奮していると見えて、音丸の声は心なしか潤んでいる。太郎次はこれ以上あらがうのはやめることにした。争ったところで絶対に分がないのを、これまでの経験で知り尽している。

「でも家までは遠すぎるし……そうだ、藤太のところに寄って泊めてもらうとするか」

近くに住む悪友に思い当たり、音丸が嬉しそうに声を上擦らせる。二人は朱雀門を出て大路を進み、やがて小路に入ると、あちこちに乏しく明るむ民家の灯火を頼って、築地や立木にぶつかりながら歩いて行った。時々声を掛け合っては、相棒の位置を確かめる。


やがて、左京四条二坊のあたりにさしかかった。以前、太郎次や音丸たちと同じ棟割長屋にいた藤太という若者が、二年前からこの近くに移り住んでいる。同年配の幼な友だちであり、大工を身過ぎにして、十九歳になる姉の香那と暮らしていた。

やっと見つけたその旧友の家は、角地の狭い敷地に掘っ立て柱と土壁で建てた板ぶきの粗末な小屋だが、悪友がころがり込むには不都合はなかろう。だが、音丸の足は戸口の前まで来て急に重くなってしまう。自分ひとりならともかく、連れ立っているのは太郎次だ。この男ときたら、近所では気のきかぬ臍曲がりで通っている。

そもそも小さい頃から変わっていた。指すもうに石合戦、葉のついた竹にまたがって走りまわる竹馬。そうした遊びでみんながぞめきあっている時も、日だまりに坐ってぼんやりともの思いに耽るだけ。丈ばかり伸びて動きの鈍い子供だった。

それでいて御霊会《ごりょうえ》の時などは、祭りの雑踏の跡に散らばる扇子や足駄を汗だくになって拾い集め、上機嫌で町内を売り歩いたりしたものだが、翌日はまた塞ぎの虫に取りつかれてしまう。その摑みどころのなさに周囲は閉口し、誰も寄りつこうとはしなかった。長じた今も、話し相手と言えば音丸ぐらいのもので、藤太には気骨の折れる相手だろう。

土間に設けられた内開きの扉を叩くと、藤太の震え声とともに戸が開けられた。

「こんな夜分に、いったい何事だ？」

太郎次を見るや、ぶしつけに眉をひそめ、咎めるように大仰な空咳をしてから、音丸に目顔で入るよう合図する。土間に続く板敷きの間に二人の客は並んで坐り、音丸が頭を掻きながらおずおずと切り出した。

「すまん、日が落ちるのに気づかなくてこのざまだ。悪いけど、腹も減っている」

藤太は直垂と袴に身を包み、昼間と変わらぬ身なりだった。太郎次ははすかいに坐った大柄な藤太にちらっと眼を遣ってから、きょろきょろと室内を見回していた。灯明台が場違いに置かれている他に、値打ちのありそうな家具は見当たらない。

「大声を出すなよ。ねえさんは、もう寝てるんだから」

部屋の仕切りがないので香那の寝姿が目に入り、二人は思わず唾を飲む。麻の単《ひとえ》に袿《うちき》着流しという昼間のよそゆきの身なりで、手作りの木枕に小さな頭を置き、丸寝の様子だ。藤太は無言で立ち上がり、部屋の隅からあずき粥の入った木の椀を二つ持って来て客の前に置いた。音丸が嬉しそうに息を弾ませながら〝武勇談〟を切り出す。

「あのな、藤太、俺たち、とうとう鬼を見たんだ」

「ウッ、そ、そりゃ、すごい。どこでだ?」

漆黒の闇の中にほの白い衣装が浮かび上がり、氷のように冷ややかな女の細おもてが現れた、と音丸は真顔で話す。豊楽門の柱の蔭の音丸たちの横を通り過ぎると、女はやがて引き返して来て二人の前に立ち、真っ暗闇のただなかで奇しくも音丸の眼の底に魔性の姿が映ったというのだ。赤い髪を振り乱し、赤黒い顔の中で丸い眼を日輪の如く輝かせて、

「ホホホホホ。わたしを待ってたんだろう。折角だから出て来てやったよ」

玉の触れあうようなそんな笑い声が弾けたと、音丸は唾を飛ばして語るのだった。

「化け物め、だしぬけに糸で吊り上げられたみたいに、空に舞い上がりやがって、それっきりさ。一体どこへ消えたのやら」

唇を尖らせて一気に喋る音丸には、虚言のやましさなど毫も見受けられない。太郎次は横向きのまま口を挟まなかったが、慮外の話をどう飲み込めばいいのか計りかねていた。

「まったくゾッとする話だぜ。よく無事で帰れたもんだな」

丈はともかくがっしりした骨組みでは決して太郎次に劣らぬ藤太が、すっかり脅えて縮こまり、近所に住む老人・蓑麿の似寄りの体験を話し始めた。

大晦日に一条大路で雨に降られ、野中の御堂に寄ろうとしたら、中から布売りの市女笠の女が出て来たが、妙なことに道はぬかるみなのに女の歩いてゆく土の上には足跡がまったくない。訝って後をつけたら、待賢門の近くで女の姿を見失い、日も暮れかかっていたので帰りかけたところ、門の上から何やらうなり声がする。恐る恐る見上げたら、鬼が待賢門の屋根ではやり歌を唸っていた、というのである。

「ヒェー、さぞ怖かっただろうな」

と、音丸が荒い息差しになって言う。

「それで泣きながら逃げようとしたら、『無礼なやつめ!』と声がして、毛むくじゃらの腕が伸びて来たそうな。顔を横なぐりにひっぱたかれてな、鼻がすっぽり削げ落ちた」

「その市女笠の女がへんだな。きっと鬼の仲間だぜ。とにかく京職の役人には、ちゃんと知らせといたほうがよさそうだな」

蓑麿の人となりについては、太郎次も噂には聞いていた。子煩悩な老人で、賀茂の祭の折には、造酒司《みきのつかさ》に召し使われる一人息子が行列に加わるのを、誇らしげに町じゅうに触れまわって歩いたということだ。

「それにくらべりゃ、お前らは運がいい。怪我もなく帰って来たんだからな」

そう言って藤太は、黙々とあずき粥を食う太郎次に横目を走らせた。黙っているのが気詰まりになり、太郎次は促されたように重い口を開く。顔は音丸に向いていた。

「考えてみりゃ、鬼が検非違使なんかに捕まるわけがないわい。それに御所さんにお見せするからったって、朱雀門など通るもんか。とんだ与太話に乗せられおって、何が鬼だ」

「いや違う。間違いなく、あれは鬼だ！　お前だってその眼で見たじゃないか、太郎次」

「よせよ、音丸。こいつに何を言っても、詮ないことよ」

と、藤太。草の葉を編んで作ったうちわをせわしそうに扇いで、太郎次に横目を流す。太郎次は鼻の頭を撫でながら立ち上がり、窓の蔀戸《しとみど》を押し上げた。

「蔀戸を閉めろ。ねえさんが風邪をひく。俺はもう寝るぞ」

言い捨てて藤太が腰を浮かす。太郎次は舌打ちして蔀戸を閉めると、土間に行ってペッと唾を吐いた。

「ち、あの野郎、今に面の皮を剝いでやる」

三人は板の間に藁を敷き詰めてもぐり込み、ほどなく眠りの中に滑り落ちた。


暁近くのまだ暗い頃、太郎次は隣家のかまびすしい人声で眼を覚ました。この時間に近所の高話が聞こえて来るのは、別に珍しいことではない。深夜の宴などとは無縁の暮らしだからこそ、みんな朝が早いだけのことだ。

やがて、砧を打つ音やからうすの音とともに、人の動く気配をあたりに感じて、太郎次が重い腰を上げると、音丸たちはすでに表の井戸端に出ていた。昨夜の調理に使った曲げ物の桶で藤太が顔を洗い、その横で町内の女たちが三人、かしましく喋りながら布を足で踏み、ひしゃくで水をかけて洗濯している。

太郎次が上半身裸になって寄って行き、深呼吸をしてから振り返ると、蔀戸を押し上げた窓を通して、調理場に立つ香那と眼が合った。飯びつや椀の置かれた台の前で細作りの体を動かしている。太郎次が顎をしゃくって会釈すると、切れ長の眼を剝いて細面の白い顔をぷいと横に向けた。

不意に太郎次の背に手を掛ける者がいたので振り向くと、唐衣を着け、裳をまとった女がまっ青なくちびるで「水を」と呻いてくずおれるところだった。身分ある女とおぼしきなりにみんなが戸惑う中、音丸はすぐに井戸の枠に寄り掛かって釣瓶を汲み上げ、ひしゃくで水を飲ませたが、女は力なく首を垂れてそのまま動かなくなった。

間髪を入れず女たちが飛び付き、先を争って衣服を剝ぎにかかる。唐衣が手荒く脱がされ、裳の紐が手際よくほどかれてゆき、小太りの女がけたたましく笑って、嬉しそうに唐衣を抱え込んだ。藤太がいまいましげに、

「ふん！　まだくたばったばかりだというのに、行儀の悪いやつらだ」

剽軽に逆立ちをしながら、音丸が応じる。

「とにかく、後くされのないように、京職の役人には知らせといたほうがよさそうだな」

「裏の空地に捨てときゃいいさ。ここで死んだからにゃ、こちらの流儀でやるまでよ」

と、太郎次。藤太の顔に青筋が立った。

「馬鹿を言うな、あそこは大事な畑の隣りだぞ。汚ないもの、置かれてたまるかよ。夕餉の汁の菜が取れなくなるじゃないか」

人気のない堂に運ぶことで落ち着いたものの、太郎次には藤太の潔癖が気にいらない。

「さぞや、御立派なお生まれなんだろうな。そのうち、高貴のおかたが、方違《かたたが》えにお泊まりになるだろうて、ヘッヘッヘッ」

と、つい毒づいてしまうのだ。

「ふん、何とでも言え。今はお前らと同じでも、あの世に行けば、俺は極楽。ちゃんと、観音さまが往生を遂げさせて下さるんだ」

「どういうことだ？　それ」

音丸が真顔で詰め寄って、藤太の胸ぐらを摑んだ。女たちは洗濯を終えて、家に入っている。

「夢を見たのよ、観音さまの夢をな。鴨川で小さな魚を釣ったら、腹が膨らんでる。で、切り裂いたところ銅銭が出て来おった。ところが懐にしまって帰ろうにも、妙に重い。取り出してみたら、いつのまにか観音さまになってたってわけよ。驚いてひれ伏したら、俺の善根に報いるとおっしゃったのさ」

「善根？　お前にそんなもの、あるかよ」

音丸が、妬ましげな口つきになった。

「前に、古寺の本堂の傷みを繕ったことがあるんだが、その時、蔵から火が出てな。俺が中のものを一つだけ、やっとの思いで運び出してやったら、それが法華経の入った箱だったらしい。その徳で救われるんだそうだ」

「くそっ、巡り合わせのいい野郎だ。俺もあやかりたいよ」

音丸が大きく息をついた。財力に頼って功徳を積める公家と違って、日々の身過ぎに追われて善根とは無縁の彼らは、後生《ごしょう》に不安を残している。

井戸端に置き去りにされた裸の遺体を見やって、藤太が家に戻ろうとしたら、音丸がうわずった声をかけた。

「その夢、売ってくれないか。知ってるだろうけど、夢解きをやる女にお前から聞いたことをそのまま話せば、夢は俺のものになるんだ。な、いいだろう？　頼むよ。去年の御霊会で拾った取っておきの扇子をやるからさ」

「駄目だ、売る気はない。あきらめてくれ」

太郎次があごをしゃくって、口をはさみ、

「死んでからも長いんだろうけど、死ぬまでだってまだまだ長いんだ。お前らの話にゃ、とてもつきあってられねえや」

そう言い置いて家に入ろうとしたら、すれ違いざまに香那が出て来て耳元で囁いた。

「あの時のことは、誰にもしゃべっちゃいないんだよ、太郎次」

太郎次の顔が真っ赤になった。ものも言わずにその場から走り去る。背後から香那の冷笑に射抜かれるのを感じて、耳たぶがやけに熱かった。音丸の呼ぶ声を聞いたような気がしたが、振り向くことなど出来はしない。

日がやや高くなった頃、太郎次は町中をふらつきながら、家に向かって歩いていた。日盛りの中で、玉の汗が額を流れてゆく。祠のそばをよぎる時、道端に腰を据えて草合わせに興じる数人の男女が眼に入った。職人風情の男が半裸になって、早口でしきりと何やらわめいている。

このクソ暑い時に、草花のくらべっこなんてよくやるぜ、まったく。立ち止まってあきれながら眺めていると、馬に魚を負わせた行商人がそばを過ぎてゆく。

蛸を載せた籠を担ぐ小袴の男に、太郎次は道を聞かれたが、返事もせずにそそくさと離れて、小半時の後には東市の近くの我が家にたどり着いた。棟割長屋の粗末な板屋の一角である。朝飯を食べそこねたので、無性に腹が減っていた。親父たち、そろそろ昼飯の頃かな。遊惰に暮らす公家と違って市井に住む彼らは日に三度の食事を取っており、太郎次などは四回食べるのも珍しくはなかった。

また、あの繰り言を聞くのか……。

「お前のような横着者は、夜盗にでもなるしかあるまいて。あの小矢太みたいにのう」

小矢太というのは、昔、同じ板屋の一隅に住んでいた職人の息子で、お手玉の得意なきゃしゃな子供だったが、どういういきさつからか、今は夜盗に成り下がっている。

太郎次は道に面した半蔀《はじとみ》のかかった窓の隙から、そっと家の中を覗いてみた。両親は折敷《おしき》を前に置き、向かい合って語らいながら食事を取っている。山芋の汁や筍の焼いたのなど、いつもと同じものが皿に載っていた。

「向かいの稲彦のことじゃがな。あの貧乏絵師め、十日ばかり倅の姿が見えなくなってひどく気にしておったが、きのうになってその倅が女を連れて帰って来たそうな」

父の五太郎が左手で白髪を掻き、うまそうに好物の筍をかじりながら言う。

「はて、どこで見つけたおなごでしょう」

「それがな、山科の長者のところにおったはした女《め》じゃと」

「なんでまたそんな女を……」

やや太り気味の母が山芋の汁を啜って、上目遣いに夫をみた。

「女が館の裏で菜を摘んでおったら、あの倅めが通りがかって見初めたらしい。ひ弱な女で臥せることが多くてな。置いといたところで、はやりの病にでもかかってすぐに死なれても損だし、長者もあっさり絹五疋で売ってくれたそうな」

「絹五疋？　あの野良息子がまさか」

「それよ。あんな放蕩者にどうして払えたのか、不思議だわな。親父もたいした実入りとは思えぬし……。奴の倅は、たしか、盗っ人の小矢太とは幼な馴染みではなかったか。おそらく、どこかでつながっておるに違いあるまい。わしには、どうもそのへんが臭ってならぬわ」

「え？　じゃあ、うちの太郎次もひょっとして……なにしろ、小矢太とは、あちらさんのふた親が亡くなるまでは、うちが近かったんですからね」

不意に母の於根が、箸を置いて胸を撫で始めた。父が心配そうに顔を覗き込む。

「ど、どうした？　また息苦しゅうなったのか。余計なことを案じるでないぞ。しっかりせい」

やれ頭が痛いの腹がもたれるのと、この母刀自《ははとじ》は年中、体の不調を訴えている。三日前にも、顔に吹き出物が現れたというだけで、薬師のところから薬湯をもらって来たりの大騒ぎをしたばかりだ。

「あ、あの子、まさか賀茂川の……」

両手で顔を覆って絶句する母に、太郎次は窓の外で苦り切っていた。賀茂川のほとりを歩いていて橋の修理に服役する囚人たちを見かけた、という話をいつだったか母から聞いたことがある。検非違使の放免に監視されながらの汗にまみれた重労働だったようだが、おそらく母は今、そのことを息子の将来に重ね合わせたに違いない。

「小矢太は、前世からの定めで盗人になったのじゃ。つまらぬ気遣いは無用にせい」

ほどなく母の胸も休まり、

「それにしても太郎次のやつ、いったいどこへ行きおったのか」

と、首を傾げながら、五太郎がおもむろに腰を上げた。入るなら今だ。太郎次が恰かも好しと土間の扉を開けて潜り、板の間に行くと、父が膨れ上がった右足を引きずって、部屋の片隅に設けた銅細工の仕事場に向かうところだった。

「お前、夜遊びはほどほどにしておくれ。よくまあ、鬼に行き逢わないことね」

塩梅のよくなった母が、眼を細めてすり寄って来る。眉根を寄せて何か言おうとする父に、太郎次は先手を取って声をかけた。

「足はいいのか。まだ腫れてるようだけど」

「ああ。痛みははなからなかったし、もう、この足にも慣れてしもうたわ」

五太郎は仕事場にゆっくり腰を下ろして、すぐそばの壁を見た。そこには、注文の図案を描いた紙が貼られている。険しい目付きで図案を見ながらも足を撫でる姿は、はた目には痛々しかったが、これには、いわく因縁があったのである。

五太郎は双六の博打には目のない男で、左平はそんな遊び仲間の老人だったが、去年の冬、左眼に激しい痛みを感じて夜も眠れぬというので、五太郎は彼のために一肌脱ぐことになった。五太郎の従兄が中務の大輔に家人として仕えていたので、大輔の殿への口利きを頼み、以前、典薬寮にいたとかいう薬師に診てもらえるよう取り計らってやったのだ。

大喜びの左平は早速冬場には貴重な薪を十本も持って礼に来たのだが、さて数日後の治療となると、まずいことに薬師の腕が悪く、鍼で散々血を流した挙句に、片眼が潰れてしまった。

それ以来、左平は食が細って臥せがちになり、うちに籠もりっきりとなる。ちょうど同じ頃、五太郎の足が履物もはけないほど膨らんで、歩くのも難儀になったのである。陰陽師に呪文や祈禱を頼んでもかいがなく、「まさしく左平の生霊じゃ、恐ろしいことよな」と事情を知る人々は震え上がったが、太郎次は「悪い虫に刺されて毒が回ったのさ」などと平気でうそぶくのだった。

壁の図案から視線を外して、五太郎が溜め息まじりの声を洩らす。

「わしが生霊に苛まれておるというのに、倅のお前はわけを飲み込む知恵もなく、信じようともせん。みんな、あきれ返っておるわ」

母が山芋の汁の入った椀を持って来た。太郎次は手荒に摑んで飲み干すと、わざとらしく大仰に手鼻をかみ、

「ふん、いっそのこと、寝たきりの左平のとこへ行って、話をつけたほうが早かろうに」

と、言い捨てて外に出た。母の呼ぶ声を背に受けながら小路を走り抜け、空き地の野草を摘んで、鳥居の下で鍋を囲む乞食のところに持って行く。ついでに煮てもらって食べたところ、いささか暑苦しくはあったが、どうにか空きっ腹は癒された。この乞食たちはいつも施し物を具に鍋をつついているので、こういう時は助かるのだ。

草履を脱いで片手に持ち、急ぎ足で東市に行く。太郎次は裸足が好きだった。足の裏で大地とじかに触れ合う感じがたまらない。

大門を入ると、道にせり出した町家の軒先を、買物客がひしめきながら行き来して、昼下がりの市は、いつもと変わらぬ賑わいだった。窓際に台を置き、老婆が孫と一緒に瓜を売る店、土間の壁に魚を五、六匹吊り下げ、半裸になって胴間声で客を呼び込む若い男、路上に敷いた莚にすわり、枡で量りながら米を売る赤ら顔の老人など、すべて見慣れた光景ながら、太郎次にはゆかしく懐かしい市の素顔である。

ところどころに樹が茂り、空き地も眼につく通りを、ゆるらに歩いてみる。頭の上に籠を載せた三十過ぎの小袖の女と、ぶつかりそうになった。女は細い眼をせわしく泳がせ、買い物に余念がない。浅黒い猫背の若者が、野菜を入れた大きな桶を地面に置いて一息入れ、その横で水桶を

落とした老婆がべそをかいている。男の子が奇声をあげてそれをからかい、彼らの間を柴犬が一匹すり抜けて、門のほうに駆けて行く。

ここに来ると、いつも妙なときめきを感じて、太郎次は落ち着かない。眼をみはる趣向が待ち受けるわけでもなく、ただ雑然と店が立ち並ぶだけなのに、素晴らしいものにめぐり逢えるようなぼんやりとした期待で、仕事のない時など、つい足が向いてしまうのだ。

市のはずれに近い一角に、母と娘で商っている店があり、土間や窓辺に魚を載せた台が据えられていた。銭の勘定に忙しい母のそばに、いかにも客あしらいのぎこちない小柄な女が立っている。名を須恵と言い、音丸のお気に入りだった。

その須恵の店の前に草の生い茂る空き地があるので、寝転んでみる。仰向けになると、夏の青空がまぶしくて、眼を閉じてもまぶたの裏に白く滲む日差しが快い。日差しと言えば、父の昔語りでよく聞かされたのは、腹の異様に膨れたなきがらの群れをじりじりと照りつける真夏日のことだった。今時、町中で餓死者が眼に触れるのは珍しくもないが、まだ飢饉というものの経験はない。累々と横たわる死体というのは、どんなものだろうか。

閉じたまなこに、陽のぬくもりが溜まってゆく。とりとめもなく想いを巡らすうちに、まぶたの内の白い明るみがにわかに翳った。眼を開けると、音丸が中腰で前に立ち、怪訝そうに顔色を窺っている。

「よう、のんびりお昼寝かい？　ま、俺だって家にも帰らず、仕事をさぼってるけどな」

肩に手をかけて、鳥合わせ、つまり闘鶏を見に行こうと弾んだ声で誘ってきた。太郎次は上体を起こして足を組み、憐れむような眼差しで音丸の小作りな体を舐めまわす。

「おい、音丸。今、何年だか分かるか?」

「何年とは?」

「ほら、お前は天暦三年の生まれだろ?」

「あ、そういう意味か。今年は、はて……。ええっと、たしか御所さんは先代が村上様だったよな。いや、朱雀さんか?」

「ちっ、そんなことだから、しょせんお前などは、鬼騒ぎにうつつを抜かして、ひと世を終わることになるのさ」

「冗談じゃねえ。俺は毎日、阿弥陀様の名を唱えてるんだ。お前みたいな信心のないやつとは違うぞ」

「何でも人と同じようにやってりゃ、気がすむってのか?」

「お前の話は、どうも難しくていかん。とにかく、功徳を積めば救われるってことよ。観音さまの夢を見た藤太みたいにな」

「ふん、観音さまが間違えたらどうする?」

「たわけたことを……。観音さまが間違えるわけがねえ」

「人間のお前に、どうして分かるんだ」

「そりゃ、つまり……ほら、須恵の親父のこと、覚えてるだろ?」

音丸が挙げたのは、須恵の父が熱病で亡くなった三年後に東市で起きた騒ぎのことだった。突然、行商人の馬が大門から駆け込み、店や街路をさんざん踏み荒らして走り続けたが、須恵の店先で急に立ち止まったのだ。逃げ遅れた須恵とその母が抱き合って震えていると、寂しそうに見つめていいなくので、馬と視線を合わせた母が「あ、あんたかい。あんたなんだね」と叫んだところ、馬はそのまま大門の方に走り去ったという。

「その時、馬の眼には涙がいっぱい溢れてたそうだ。須恵に聞いたんだから間違いない」

的外れの応答に太郎次は苦笑していた。

「そうか、そうか。須恵に聞いたのか。あの女にはだいぶ熱を上げてるようだな、音丸」

「ふん！　お前こそ香那に色目を」

言いさして口に手を当てたが、もう遅い。肉付きのいい太郎次の頬が朱に染まり、右手が素早く音丸の首にまわっていた。

「わっ、やめてくれ！　俺じゃねえ。藤太が言ったことだ」

音丸がふがいない声を出して両膝をつく。太郎次は手を離して立ち上がり、大門に向かって走りかけたが、あわてて振り返ると、

「やつの今日の仕事場はどこだ」

「今朝、左近町に行くって言ってたな。なんでも新しい寺が建つんだそうだ」

そこが左京の二条より北にあることは、太郎次もおぼろげながら知っていた。課役のために上洛した者たちの官営宿舎が立ち並ぶ町と聞いている。

太郎次は黙々と歩き続け、日も傾きかけた頃、掘っ立て小屋の土間で糸を紡ぐ女に道を聞き、大内裏の東側を北上して、貴族の大邸宅と粗末な宿舎の入り混じる奇妙な町並みに入った。教えられた通りに権少納言の屋敷とかいう築地に沿って歩き、やっと寺らしきものを建てている現場にたどり着く。

おおよその骨格は出来上がっており、梁や柱の様子からすると、かなり大きな寺のようだ。地上にいる棟梁らしき男が大声で指示を出し、三人の男がすでに組まれた梁の上に立って木材を下から引き揚げている。

見上げると、他にも、薄い板の足場に立って角材に楔を打ち込む者や、小さな板を抱えてうろうろしている男などが、幾人か眼に付いた。地べたでは、柱の用材をやりがんなで削る者が数人。みんな汗を拭いながらの作業である。

藤太はというと、地上から足場に架けられた梯子をちょうど登るところだった。梁の上の男がものさしを振り回して怒鳴りつけるのを、脅えたように身をすくめて聞いている。昨夜からの横柄な姿勢とはうって変わった実直な大工の姿が、そこにあった。

太郎次にはそれがかえって癪にさわり、不器用に言葉を吐き散らしながら梯子に向かって突進してゆく。

「藤太ア！　おのれエ！　このオ！」

中段に差し掛かっていた藤太は、太郎次に気づくと思わず立ち止まり、口を歪めて何やら言いかけたが、相手の血走った目付きに激しい敵意を感じ取ると、恐怖に駆られ、あわててまた登り始めた。

太郎次が梯子に手をかけて揺すぶるのと、藤太が最上段まで駆け上がって危なっかしく足場に踏み込もうとしたのは、ほとんど同時だったが、わずかに藤太の動きが遅れ、

「ウギャッ！」

悲鳴とともに右足を滑らせ、真っ逆様に太郎次の足元あたりに落ちて来た。

「痛い！　痛いよう」

鼻梁の潰れた血まみれの顔で苦しそうに呻いていたが、やがて気を失ってしまう。騒ぎをけどった仲間が数人寄って来て、棟梁らしき男が口髭を撫でながらわめきたてた。

「おやおや、これじゃ仕事にならねえや。人手の足りない時に、とんでもないことをしてくれたもんだ」

殺気立った雰囲気に、太郎次はひるんだ。

「手当てをしてすぐ仕事に戻すから、勘弁してもらえないか」

「どうせ、今日は動けねえさ。その分だけ償ってもらわにゃなるまい。何か金目の物があったら、置いて行け」

太郎次は黙って一歩、後ずさりした。

「おい、何もないなら、身ぐるみ脱いでこっちへよこすんだな」

口髭の男が苛立った声をあげて詰め寄る。太郎次は直垂と袴をさっさと脱いで、差し出した。

「これだけで済ますつもりか？　下帯も出すんだ！　体のほかはみんな置いていけ！」

やりがんなを振り上げられ、ためらうことなく褌を取って男に渡す。

「よしよし、悪く思うなよ。俺たちだって大変なんだ。こいつの埋め合わせで、みんな少しずつ忙しくなるんだからな」

「フッフ、どうせ、博打だろ？　身ぐるみ剝がれるほど負けるとは、気の毒にな。おや、相棒はだいぶ痛めつけられてるじゃないか」

藤太を肩に凭れさせて、彼の家まで引き揚げて行くところを、ゆきずりの行商人に冷やかされてしまった。息を吹き返したもののぐったりして力のない藤太と全裸の太郎次。異様な取り合わせだが、幸い貴族の邸宅が続くあたりでは薄暮のほの暗さに助けられ、民家の立ち並ぶ町に入った頃には宵闇が漂っていた。若い女が出歩くはずがなかろう。

涼気が肌を撫でるが、これくらいで風邪をひくわけがない、という自負はある。藤太をひきずるようにして行き着いた頃、ちょうど家並みが夜陰に閉ざされるところだった。藤太の家の蔀戸の隙間から、灯明台のあかりがたゆたいながらうっすらと漏れ、夜道を柔らかく覆うあたりに、太郎次たちは立っている。

香那に見られたら大変だ。こいつを中に押し込んだら、走って帰るしかないな。戸口にまわると扉が半分開いていたので、覗いてみる。誰もいない様子だった。我が物顔で土間に入り、ずかずかと板敷きの床に足を踏み入れて藤太を突き放す。怪我人は両手で顔を覆いながら海老腰に体を曲げて横向きに伏せ、再び気を失ってしまった。

見まわすと、竹ぼうきの傍らに香那の小袖と細帯が置いてある。拾い上げて着けてみたら、太郎次にはかなり寸足らずだが、何とか袖に手を通すことは出来た。僅かに残る女のぬくもりが、ほんのりと体を包む。思わず袖に鼻を当て、ありなしの香りをむさぼった。香那の匂いか。小面憎い女だが、このかぐわしさは悪くないな。

不意に背中を突かれて振り向くと、包丁を片手に香那が血走った眼で睨んでいた。切っ先には血がついている。

「わっ、刺したのか？　俺を」

鋭い痛みが、傷口から体の芯に走り抜けて行く。だが、背に手を当てて指先で血の流れをまさぐると、たいした傷ではなさそうだ。

「このあばずれめ！　痛いじゃねえか」

「ふん。お前の体から赤い血が出ただけでも驚きさ。よくも弟を痛め付けてくれたわね」

両手で包丁の柄を握りしめ、香那は金切り声を上げて突っ込んで来た。素早く横に身をかわして、かいなを手刀でしたたかに打つと、香那は包丁を落としてくずおれた。腕をさすりながら、面長の顔を苦しそうに歪めている。

太郎次は放心のていで、その横顔に見入っていた。まつげの先が乾いた光を放っている。背の痛みなど、消え失せてしまったようだ。やにわに女が立ち上がって上体をぶつけてきたものだから、気抜けしていた太郎次は虚をつかれて腰くだけになる。

「大事な小袖を、誰がお前なんかに」

香那が太郎次から小袖を剝ぎ取った。

「何しやがる！」

声を張り上げ、あわてて前に両手を回す。顔が火照って赤いのは自分でも分かった。

「ほほ、隠すことはないよ。お前など男だと思っちゃいないんだからね。牛や馬と同じことさ。生意気に照れたりしないでおくれ」

血の少し染みた小袖を弟に手際よく掛け、両手を腰に当ててせせら笑っている。太郎次の唇が震えていた。何か言おうとするが、言葉が見つからない。

「そう言えば、お前、御霊会の時もはしたないまねをしてくれたわね」

「何を言う！　あの時は、そっちから誘い込んだんじゃねえか」

「ふざけるんじゃないよ。お前のようななけだものに、なんでこの香那が……。牛か馬でもくどくんだね、素っ裸が一番お似合いなんだから。ほほほほほ」

香那の笑い声が、ややあって喉のひしゃげたような悲鳴に変わった。太郎次は首に両手をかけ、そのまま吊り上げている。かすれた音を洩らしながら、香那の口はだらしなく歪み、よだれが白い糸を垂らした。床から浮き上がって宙に躍るしなやかな足も、次第に動きが鈍くなって行く。

俺は殺してしまうのだろうか？　一瞬の気のゆるみで手にかけた力が少し抜けた時、香那の苦し紛れに虚空を蹴る足が股間に一撃を与え、思わず尻もちをついた。かぶさるように倒れた女の体を下から支える姿勢になったが、手は首から外れている。

「何やってるんだ？　お前ら」

戸口から唐突な音丸の声が、妙に懐かしく響いて来た。ぐったりした香那の体をあわてて床に押しやり、立て膝になる。

「気にかかるから寄ってみたんだが、遅すぎたようだな」

土間から板の間に駆け上がり、藤太の横に腰を据えると、音丸は血だらけの顔を見つめながら震え声でなじった。

「ひどいことをしやがる。いくら気にさわったからって、やり過ぎだぜ」

「俺はただ、こいつに……」

坐り直して唇を動かす太郎次には顔を向けず、うつぶせた香那に眼を遣って、

「あれ、あれ、香那は気を失ってるぞ。お前ひとりが裸になって、どういうつもりだ」

「いや、これは……」

太郎次は言いさして、次の言葉を飲み込んでいた。こんな時は、きまって喋れなくなってしまう。そんな自分が業腹になり、藤太にかけられた小袖を手荒に奪い取って再び身に着ける。音丸が藤太に視線を戻して言った。

「血は止まったようだが、とにかく手当てをしなきゃ。気付けの薬湯を探すしかねえな」

おろおろする太郎次を尻目に、眠りに落ちたままの香那を藤太の横に寝かせ、音丸は外へ走り出た。手際のいい身のこなしだ。どうして俺はあんなふうにやれないのか。お蔭でいつも、望むこととは逆の方へばかり進んでしまう。香那をこんな眼にあわせようとは、思ってもいなかったのに。

太郎次は女の顔に近づき、細い息遣いを確かめようとした。柔らかな胸のふくらみが耳に触れ、手がおのずと滑るように動く。これだ、御霊会の時のあの乳房だ。そのぬくもりに浸っていると、艶めかしい思い出が甦って来た。

二年前、近所の若者が集う寄り合いがあって、太郎次がしぶしぶ顔を出すと、終わった後で東市に行こうということになった。連れだって出かけたら、大門の近くの広場で猿楽をやっている。その滑稽なしぐさにみんなが笑いころげている時、太郎次はひとり浮かぬ顔で、隣りにいた香那に「どこで笑ったらいいのか、教えてくれ」とささやいた。

「あんた、面白い男だね」

香那は小馬鹿にしたような横目を走らせたが、自分が笑い出しそうになると、脇腹をつついて合図を送ってくれたので、太郎次は周囲に合わせて笑うことが出来た。

次の年の御霊会でも、他の若者たちと連れ合って町を歩いたのは、香那が加わっているのがそぞろに心がかりだったからだ。

左大臣の邸宅の門前に、笛や太鼓の音に合わせて田楽を踊る一団があり、太郎次たちは人垣に交じって見物していたが、そのうちに趣向が変わって坊主頭の男が小刀で自分の眼を突いてみせる出し物となった。むろん囃子に合わせて演じるめくらましなのだが、取り巻く人々はみな息を凝らしている。香那が太郎次の脇腹をつついて笑いを促したのはこの時だった。まわりはといえば、誰もが怖じた眼差しで危険な技に見入っている。いくら何でもここで笑うはずがない。太郎次は唇を噛んだまま黙っていた。苛立って香那がまた小突く。戸惑いながら香那に顔を向けると、振り向いた香那の口許に微かな笑みが漂っていた。

この女、俺をからかっている。人前で笑いものにされるのは、もうたくさんだ。そう思った時、太郎次の目尻は吊り上がり、額には青筋が立っていた。度を失った香那は頬をひきつらせて、命乞いをするような目遣いになったが、おそらくそれは相手の形相よりも、これくらいのことで怒りをあらわにする武骨な心根に対する恐れからであったろう。そっと太郎次の手を摑み、胸に引き寄せて右の乳房の上に置くと、大息をついて眼を瞑るのだった。


あの時、香那は本気だったろうか？　乳房をおもむろに揉む手の動きに、我知らず激しい力が加わって来た。いつのまにか腕だけでなく、肩や腰までも小刻みに揺れ、とうとうよろめいて両手を床につき、よつんばいになってしまった。灯明台は倒れ、壁も天井もぐらついている。太郎次が叫んだ。

「大変だ！　天井が落ちて来るぞ」

急いで香那を担ぎ上げる。藤太は臥したまま身動きも出来ず、天井から降り落ちる塵芥に塗れていた。助けようにも一人ではどうにもならず、たじろぐうちに、鈍い地鳴りがあって香那ともども藤太の上に倒れてしまう。その重さにひしがれて意識の戻った藤太が、だるそうに首を上げてあたりを見回した。

土壁が剝げ落ち、掘っ立て柱がきしみ始める。太郎次は胆をつぶして逃げ腰になり、香那を再び担ぎ上げて戸口に向かった。

「見捨てるのか……、太郎次」

藤太の乾いた声が、背を刺した。

「あきらめろ。香那だけで精一杯なんだ」

ほこりにむせながら、尖り声を出す。

「観音さまが救って下さるんだろ？　俺なんかよりずっと幸せなものさ」

こんな時でも皮肉の言える自分に驚きながら、香那を抱きかかえて扉を抜け出た時、背後で轟音を聞いた。柱が倒れ、壁が潰えて、板葺の屋根が崩れ落ち、土煙の舞い立っていくのが、闇の中でもはっきりと知れる。そして、かすかに呻く人間の声が聞こえたような気がして、太郎次は息を詰めた。

女を路上に横たえてあたりを窺うと、暗がりのあちこちに、騒ぎ立てる声や子供の泣き声が飛び交っている。遠方の火事の明かりにも助けられ、眼を凝らすうちに、暗さに慣れて、視界にうっすらと物の輪郭が浮き上がって来た。多くの家屋が倒壊して、その残骸が町中にひろがっているようだ。色彩のない朦朧とした風景の中で、音丸の近付く姿が眼に触れた。太郎次に気づくと駆け寄って来て、か細い声を出す。

「藤太は？」

「さあ、観音さまにきいてみな」

「そうか、やっぱり……ところで親たち、無事でいるかなあ。うまく逃げてりゃいいが」

「それだよ、気にかかるのは。急いで帰ろうぜ。でも、その前に香那を何とかしなきゃ」

二人は女を抱き上げ、すぐそばの空き地に運んだ。そこでは、家を失い、着の身着のままで逃げて来た大勢の男女が、立ち竦んだりしゃがみこんだりしながら、不安な面持ちで朝までの時を過ごしていた。直垂、袴姿の男が手振りを交えて、四、五人の男を相手に早口で喋りまくっている。どこかの家で丸寝をしていた行商人が、田舎の世間話を面白おかしく聞かせているらしい。

肌脱ぎになって赤子に乳を飲ませている女のかたわらに香那を寝かせ、頬を二、三度叩く。香那はウッと呻いて面輪を歪め、半眼に目を開いた。ゆっくりと体を起して周囲を見回し、立ち上がって太郎次の巨体にもたれかかる。顔を近付けて熱い息を吐きながら、

「お前が助けてくれたんだね」

太郎次が無言でうなずく。香那は弟のことは尋ねようとしなかった。もちろん聞かなくても分かっているはずだ。三人はへたりこんで茫然と時を過ごし、やがて朝を迎えた。見渡すと煙や塵埃を立ち昇らせた町並みは、朝方の京洛のはるか彼方まで広がっているようだった。

太郎次と音丸は我が家に向かって小走りに進み始めた。香那が黙って後に従う。こんな時だから、裸の上に小袖を身に着けた太郎次の異様な姿も目に立つことはなさそうだ。

一時を経て帰り着くと、太郎次たちの棟割長屋の板屋は崩れ落ち、逃げ出した住人たちがその前で右往左往していた。踏み潰されたかと見紛うほどに壊れ、塵埃が立ち昇る我が家を、太郎次は呆然と見守るほかはない。崩れ落ちた屋根の下から、父の膨れ上がった足と母の白い手がのぞいている。ワッと声を上げて涙を迸《ほとばし》らせる太郎次に、泣き濡れた顔で音丸が寄って来て力なく声

を洩らした。

「俺んとこも駄目だったよ」

その時、突然まわりが騒々しくなった。

「ひーっ、逃げろ！　殺されるぞ！」

泣き叫んで逃げまどうのは、近所の顔見知りの連中である。武器を携えた怪しい風体の者たちがこちらに近づいて来る気配に、音丸は残骸の中から棒切れを拾って身構え、太郎次に抱きつく香那の手には力が込められた。まわりの者はみな逃げ去ったのに彼ら三人が残ったのは、砂煙の中を歩いて来る男たちの中に、見覚えのある姿を認めたからだ。やがて、数本の矢を差した竹の箙《えびら》を背負い、弓を手にした中背の屈強な若者が、太刀や小刀を帯びた三十歳前後の男を六人従えて、三人の前に立った。音丸が懐かしそうな口付きで、

「小矢太じゃないか、これは驚いたぜ」

だが、その鷲のような鋭い眼と獰猛な細作りの顔には、幼時の面影はなかった。

「気安く呼ぶんじゃねえ。これでも、今は頭領だ。弓の扱いはまだ不慣れだけどな」

男たちは素早く動いて三人を取り囲んだ。検非違使庁に追われる夜盗たちが白昼の町を横行しているのだ。おそらく地震の混乱に付け入る略奪、狼藉はあちこちで起きていることだろう。抱き合うようにして震える三人の前に小矢太が立って、顎をしゃくった。

「これはこれは、善男善女の皆様がたよ。相変わらず地道な暮らしかい。へへへ」

「大口を叩くんじゃないよ。なにさ、怖くて石合戦もできなかった腑抜けのくせに」

香那が唇を尖らせてねめつける。

「あのな、どさくさ紛れに人さまの物を戴くのは、石を投げ合うほど難しくねえんだよ」

しゃべりながら目配せすると、男たちはあちこちの崩れ落ちた板葺屋根に寄って行き、しばらくはめぼしいものを探していたが、やがて赤ら顔の頬ひげの男が香那を指さし、苛立った眼を小矢太に向けて声を張り上げた。

「お頭ア！　もう我慢できねえ。その女を何とかしてくれえ！」

小矢太は冷たい作り笑いを唇に浮かべ、

「香那、少しばかり、こいつらの相手をしてやってくれないか。さもなきゃ、お前らを生かしとくのが難しくてな」

香那が頭のてっぺんから鋭い叫び声を放って、太郎次にすがりつく。音丸は血の気の失せた顔をくしゃくしゃにして、手下の者たちの隙をついて走り去った。小矢太が矢をつがえ、音丸の背に向けて弓を引き絞ったが、弓さばきに慣れぬ小矢太の手にぶれが来て、矢はあらぬ方にひょろひょろとだらしなく飛んで行き、その間に音丸の姿は見失われていた。小矢太が歯嚙みしながら弓を地面に叩きつけ、

「あの野郎！　昔から逃げ足だけは一番だ」

香那と二人だけになり、太郎次は竦んだ手足の先から力がどんどん抜けてゆくのを感じていた。じわじわと迫るならず者たちの顔。太郎次は、まともに見るのが怖かった。

「ま、待ってくれ！　俺は別に……」

とまどいがちに言い淀む太郎次に、のっぽの瘦せっぽちが太刀を振りかざして襲いかかる。香那をかたわらに突き飛ばし、男の横に回って脇腹を力いっぱい蹴り込んだ。自分でも信じられないほどのすばしこい動きだ。男が井戸の井桁で額を打ってひるんだ隙に、飛びかかって腕に嚙み付き、太刀を奪おうとしたら、頭突きで反撃され、もつれ合ったまま倒れてしまった。たちまち数人に押さえ込まれ、両手を後ろから抱き竦められて坐らされたが、取っ組み合いで小袖の前がはだけ、股間は丸見えになっている。香那もすぐ横に蹴り倒され、小刀を手にした小矢太が二人の前で中腰になった。

「仕置きをしてやる。ちょっとばかり痛いけど、我慢しろや」

冷やっこいものが太郎次の胸を込み上げ、喘ぎながらの泣き声になった。

「なんで、俺がこんな目にあうんだ？　香那を好きなようにすりゃいいじゃねえか」

息を飲んで太郎次を見詰める香那に、男たちが飛びかかり、思い思いに乳房やふとももに食らいつく。仰向けに寝たまま、頰をひきつらせ、されるに任せて、香那はまっすぐ京の青空に視線を伸ばしていたが、突然、太郎次に顔を向けてわめき散らした。

「このひとでなしめ！　恥を知れ！」

「しょうがねえだろう？　これで二人とも命が助かるんだから」

香那が血走った眼を小矢太に向けて、

「今日からあんたたちの女になってあげる。そのかわり、太郎次を、このろくでなしを殺してちょうだい！　お願いよ」

「香那が、ああ言ってるんだ。この際、覚悟してもらわにゃなるまいな、太郎次」

小矢太の狼のように剽悍《ひょうかん》な向こうっ面が、鼻先まで近づいた。その刹那、死に身の力が体の奥から湧き上がり、男たちを一気に撥ねのけて腰を半分上げたが、突き出された凶器は太郎次の脇腹を刺していた。小袖はすっかり脱げている。太郎次はもがきながら、自分の悲鳴を聞いていた。今まで味わったことのない激痛が、傷口の近くを走り回っている。

ざわつく気配に、思わず後方を見やったのは小矢太だった。乱闘騒ぎを遠巻きにして、いつのまにやら人だかりが出来ている。

「まずい！　検非違使のやつらが来るかもしれん。引き揚げるぞ！　女もつれてゆけ」

盗賊たちは香那を肩にのせて引っ担ぎ、人ごみとは逆の方向へ逃げて行く。太郎次は素っ裸で仰向けになり、脇腹に手を当てて、つのる痛みに必死で耐えていた。おずおずと近寄る幾つかの人影が、ぼんやりした視界の中をうろつき、若い男の声がうつろに響く。

「まだ生きてるぞ。助かるかもしれんな」

掠れてゆく意識が聞き慣れた声を捉えた。

「太郎次、すまねえ。とっさのことで、つい俺だけ逃げちまった……香那は連れてかれたようだな。ウッ、脇腹を刺されたのか。しっかりしろい、俺がついてるからよ」

体の重みが、ゆっくりと消えて行く。

傷は急所を外れていたので、生来の強健な肉体はその後、目を疑うほどに回復して行ったが、家の全壊で仕事場を失った太郎次は、銅細工師としての身過ぎはあきらめることにした。死んだ父の友人のつてで、音丸と一緒に、兵衛府の佐《すけ》の殿に家人として仕えることになったのだ。

そして屋敷奉公の暮らしで二年が過ぎて、京は日輪のじりじり照りつける真夏を迎えていた。昼下がりの朱雀大路を、供の者に傘を持たせせた寺参りの婦人や、牛に荷を引かせた車借が通り過ぎてゆく。

かつては柳並木が四季折々の風情を見せた都大路も、あちこちに地震の痛手を残していた。今日のような暑い日は、歩き疲れると古傷が疼く。音丸と築地のそばの大石に腰を下ろし、肩で息をしながら大路を見渡す太郎次だった。

今は主人の娘に遣わされ、懸想を詠んだ和歌を民部大輔の屋敷に届けに行った帰り道、別の用事で外に出ていた音丸と待ち合わせて、ちょっと一服しているところだ。

太郎次の背丈ほどもある大きな車輪をゆるやかにまわしながら、大宮人の牛車がおおどかに進んでゆく。音丸が羨ましそうに溜め息をついて、ぽつりと洩らした。

「あんな身分に生まれたお方は、先の世でよほどの善根がおありだったたんだろうな」

「俺たちゃ、その善根を積まなかったたってわけか。ち、聞き飽きたぜ。お前の言い草は」

太郎次が脇腹を撫でながら唾を飛ばす。

「ああ、そうだ。今、惨めな暮らしをしてる奴は、みな前世の報いを受けてるんだから、愚痴をこぼすなんて筋違いだぜ。身の不運には、必ずそれなりのわけがあるんだ」

「でも俺は自分のこと、そんなに惨めだとは思っちゃいねえよ、音丸」

崩れかかった築地に向けて逆立ちをしながら、音丸が早口で答えた。

「お前のような偏屈に言ってもしょうがないことだけど、み仏から見れば、この世の者はすべて、お救い頂かねばどうしようもない連中ばかりなのさ。御所に出入りする方々でさえ、功徳に励んでるんだからな」

太郎次が石から腰を浮かして、

「ま、色々つらいこともあったけど、世の中なんて生まれた時からこんなものだと思ってる。この先、何が起きるか分からねえのに、死んだ後のことまで考えてられるかよ」

二人は屋敷に帰るのが面倒になり、東市が近いので気散じに寄ってみることにした。

市の大門を入ると、店先をぶらつく人々のざわめきを感じて、早くも太郎次の胸は高鳴って来る。太郎次が珍しく気をきかせて、

「須恵の店、寄ってみるか」

と誘うと、音丸ははにかみながら頷いた。

その須恵の店先で三歳ぐらいの男の子が小便をしていたが、水干姿の男に掛かったらしく、咎められて泣き出した。頭に曲げ物を載せた母親がすっ飛んで来て、口論になる。商いの邪魔にならないものか不安になり、音丸が店の中を覗いていたら、横から肩を小突かれ、向き直ると主人の娘の江舟がいた。下膨れの顔にいたずらっぽい笑みを漂わせ、老僕の万作を伴って立っている。

「帰りが遅いと思ったら、とんだ寄り道ね。この店のおなごが気になるのかえ?」

とっさの言い訳が浮かばないので、二人とも鼻白んだ顔で黙るしかなかった。万作が赤鼻をぴ

くぴくさせて、

「生意気に、道草など食いおって！」

音丸の胸元を手荒く摑んで殴りかかろうとした矢先、大門のあたりから、何かを告げる高らかな声が風に乗って渡って来た。どこかの公家の入来に先だって、従者が人払いをしながら触れ歩いているようだ。

勢いをくじかれて、万作が音丸から手を離した時、江舟の眼差しはすでに別のものを捉えていた。蔵のそばの人だかりが気になるらしく、口を大きく開けて嬉しそうに進んで行き、三人があわてて追っかける。

蔵の前の空き地では、囚人が二十人ばかり並んで座らされ、衆目に曝されていた。鉄の板に穴を開けて首を通し、両腕は背中にまわされ、手枷がしてある。ひしめく野次馬の間をすり抜けて、四人は人垣の最前列に出た。

「こいつら、笞で引っぱたかれるんだろ？」

江舟が愉快そうに笑って万作に聞いた。

「いえ、それより重い仕置きを受けてる連中でさあ。多分、物取りでもしたんでしょう」

「どういう仕置き？　それ」

「男は橋を直したり、御所の掃除をしたり、いろいろこき使われるわけで。女は……」

「じゃあ、今日はどうしてここに？」

「お上がわしらに、見せつけておられるんですよ」

太郎次が、いまいましげに舌打ちをする。

「ちっ、何人殺しても死罪にならねえ御時世だからな。こんな屑どもを甘やかすから、夜盗がはびこるんだ。あの」

小矢太みたいに、と言いかけて太郎次は絶句した。視線は真ん中の二人を捉えてそのまま凍りついてしまい、冷や汗で顔が滝に打たれたように濡れて来る。すぐ横の音丸も、囚人たちに瞳を凝らして生唾を飲み込むところだ。

「こいつ、新参の家人のくせに、えらそうな口をききおって」

万作が顔に平手打ちを食わせても、太郎次は表情を変えずに立ち竦んだままだった。

頬が瘦せこけ、眼は窪み、やつれてはいるものの、紅一点の女はまさしく香那であり、その隣りで眼を瞑ったまま固く唇を結んでいるのは小矢太である。見覚えのある手下どもがその左右に並び、いずれも俯いていた。

「どうしたの？　太郎次。知り合いでもいたのかい」

あわててかぶりを振り、無理に笑ってみせる。盗賊の顔見知りと分かって、下手に勘ぐられるのはまずかろう。だが、香那はこちらに気づいたらしい。射竦めるような鋭い眼差しが、太郎次のそれと絡み合い、さらには江舟を捉えて燃え立った。

「あの女、私たちのこと睨みつけてるわよ。何なの？　いったい」

江舟にすがりつかれた太郎次は黙って香那から眼をそらした。音丸はうなだれて、両手を合わせている。やがて、検非違使の放免に引っ立てられ、囚人たちは門のほうに去って行った。

太郎次も音丸も、早く帰りたかった。店頭の板に貼って売り出された数枚の薄っぺらい仏画を、江舟が指して、

「万作、これ、見て！　こうごうしくて、とても有難いお姿だと思わない？　こんなの初めてよ。買わなきゃね」

とはしゃいでも、二人は上の空である。ほどなく近くで、雑色人が小役人の鬱憤を晴らすかのように、気の弱そうな若い法師に言い掛かりをつけ始めた。これを潮に、危ないからかかり合うのを避けようと主人を言いくるめ、四人はやっと大門を出ることになった。

主人の暮らし向きはあまりいいものとは言えないようで、屋敷もそれほど広くない。家人は七人いるが、太郎次には音丸の他に心を通わせる者はいなかった。

音丸はといえば、仲間うちで指引きが始まればすぐに加わり、人差し指をかけてひっぱり合うこの遊びに熱中するし、草合わせだろうが双六だろうが何だってつきあうのだが、太郎次はここでもすね者で通っていた。

みんなで近くの寺の地蔵講に詣でようということになった時も、東市へ遊びに行くだの河原をぶらつくだのと言い張って加わろうとせず、思いあまった万作が、常に似ず優しい口つきで言い聞かせたこともあった。

「いいか、よく聞けよ。わしらのように日々の暮らしに追われる者はろくに功徳を積めぬから、このまま死ねばとても往生はかなわぬわ。それを地蔵様は助けて下さるのじゃぞ」

「どうやって？」

「地獄に落ちても、地蔵菩薩がやって来られて、代わりに苦しみを受けて下さるのじゃ。有難いとは思わぬか」

「俺には難しすぎて、よくわからん」

「どこが難しい？　こんなに分かりやすい話が、他にあるか」

「死んでから先のことになると、俺には遠すぎてよく分からんのだ」

「沙汰の限りじゃ。この世にお前のような者がおるとは、思いもよらなんだ。もうよい、勝手にせい」

そんなふうに決めつけられても、困ってしまう。別に、世をすねているわけではないのだ。御所にはみかどがおわし、左大臣だか右大臣だかのえらい人たちが、まつりごとをする。生まれ落ちた時から世の中はこうであって、その善し悪しを言うなんて埒もないことだと思っている。

この世については素直に受け入れているのだ。御所や殿上人も力の及ばぬあの世のことなんか、どう考えたっていいじゃないか。

太郎次のそうした風貌が、江舟は面白くてしょうがない。ある日のこと、嫌がるのを承知で、物詣での供を申し付けた。このところ太郎次は頭の腫れ物の痒さに悩んでおり、うさばらしに邸内の下人小屋の横で水浴びをしていたところ、塀越しに江舟から呼び掛けられ、翌日、徒歩で鳥部山の寺に行くから、と小声で告げられたのだ。

「いいこと？　朝早く出かけて、日暮れまでには帰って来ます。親には後で話すから、誰にもしゃべっちゃだめよ。あ、そうそう。音丸も連れていくわ。お前も、あの男となら気が合うようだから」

太郎次の生返事を、江舟はほくそえんで聞いていた。


翌朝、薄明の中を、主従三人は出かけた。しばらく行くと、宏壮な邸宅の前で、牛童や馬飼たちが眠そうに眼をこすっている。徹夜の酒宴に招かれた主人が屋敷から出て来るのを、牛馬と一緒に待ち続けているのだろう。三人がそばをよぎると、一斉にうつろな眼差しが向けられた。

来年こそ春の除目《じもく》で受領《ずりょう》になれなかったら父も一家もおしまいだ、と江舟は神仏祈願に懸命である。朝から何も食べていないのに、鴨川を越え、京を離れても、市女笠《いちめがさ》に壺装束のいでたちで、寺を指してしゃにむに歩き続け、すきっ腹の太郎次たちは閉口していた。

ところが山道で行き倒れの死体を見ると、途端に動けないと言い出した。野晒しの死人は洛中でも珍しくないが、辺鄙な場所だけに気味が悪いのだろう。すっかり萎えた江舟を野中に連れて行って腰を下ろすと、太郎次は持参の屯食《とんじき》、つまり握り飯を右手で摑んだ。江舟がすかさずその手を打つ。はずみで、左手で抱えていた屯食の箱を落としてしまい、三人の飯は野の斜面を転がり落ちて行った。

「何、しやがる……いや、何をなさるんで」

「お前、あんなものを見たあとで、よく平気で食べられるわね」

あわてて握り飯を追って駆け下りたが、すべて水たまりの泥に漬かってしまった。

「くそー、これじゃ、食えねえや」

腹立たしげに木立の横の道を歩き始め、

「おーい、待ってくれ」

と、音丸があわてて後に続く。江舟が不安げに声を震わせた。

「どこへ行くの？」

「食い物を捜すんでさあ」

「私を置いて？　冗談じゃないわ」

女は市女笠を投げ捨てて、泣きながら付いて来た。主従は口もきかず、すてばちに歩いて行く。

だが、いくら進んでも民家や人の気配がなく、引き返してみたら、今度は元の場所に戻れない。

「まずいなあ。道に迷ったようだぞ」

と、音丸。消え入るようなあえかな声だ。土地鑑のまるでないところに踏み込んで、江舟は泣き顔になっている。野末から吹き渡る風が三人の肌を撫でて緑陰に消え、野鳥が一線を描いて目前をよぎった。

もう物詣でどころではない。日が翳るのに脅えながらさまよい歩き、夕闇に浸る頃、ようやく人里の明かりを見つけて近づいて行った。ざわめきが風に乗って聞こえて来る。

民家の点在する田が三方に迫り、背後に林をひかえた草地に、聖《ひじり》と呼ばれる僧形の者が七、八人、灯をともした立て明かしを三本置いて、円陣を作り、腰を下ろしてくつろいでいた。

夕餉の支度にかかっているらしく、輪の内側では、袖をまくし上げた童顔の僧が、曲げ物の櫃から強飯《こわいい》をすくってめいめいの椀に盛り、他の者たちがもどかしそうにそれを見つめている。眉毛の異様に太い老僧が、細い目をしばたたき、鼻にかかった声でみんなに何やら言い聞かせて神妙な顔付きだった。

太郎次は腕にしがみついていた江舟を突き放し、円陣に飛び込んで櫃に手を入れ、中のものを頬張った。飯を盛っていた男が、後ずさりして気色ばみ、

「何と無体な。外道のふるまいじゃ」

他の僧たちも目顔でなじっている。音丸もこそこそと櫃に近づき、手を突っ込んだ。

「よくまあ、わたしをほったらかしにして、食べられることね」

太郎次の左腕をつねって、江舟が口早に悪態をつく。眼は櫃に向いていた。

「食いたいんだろ？　早くしろ」

ぶっきらぼうに言い捨て、そばにあった椀に飯を盛って差し出すと、女は置いてあった箸を乱暴に取り、音をたてて掻き込んだ。たまりかねて、僧たちが詰め寄って来る。

「おのれ、わしらの食《じき》に手をつけおって」

黙々と食べる音丸が首根っこを摑んで引き倒され、太郎次は色白の若い僧に体当たりを食わされた。立て明かしの光を浴びて、誰の動きも昼間のようにきわやかに見てとれるが、明かりの及ばぬ周囲はすでに夜陰に包まれている。

江舟は小突かれながらも、椀を離そうとせず、残りの飯を手づかみで口に放り込んだかと思うと、急に咳き込み始めた。腕に手をかけていた僧が驚いて離れると、苦しそうに顔を歪め、乾い

た咳をあたりに撒き散らす。

太郎次が、絡んでいた僧たちをはじき飛ばして寄って行き、

「しっかりしろ。ヘンなところに飯が入ったんだろう。あわてて頬張るからだ」

と、背を撫でてやったが、眼を剝いて激しくしわぶくばかりでものも言えない。立ったままウグッと鈍い音を洩らすと、片手で迷惑そうに太郎次を突き放し、両の手で喉を押さえて地をころげまわった。

「魔性のわざよ。おそらくは、生霊がとり憑いたのじゃろう」

そう言い放ったのは、ひとり腰を下ろして成り行きを見守っていた老僧である。

「太郎次、こいつはやっぱり生霊のしわざだぜ。ほら、面つきを見てみろ。香那そっくりじゃないか。あいつが東市でお前と江舟を睨みつけたの、覚えてるだろ？　悋気で香那の生霊がとり憑いたんだ、きっと」

音丸が土気色の顔を歪めて声を尖らす。江舟は力尽きたのか、のたうつのをやめ、うつぶせて動かなくなった。

「ええい、やめろ、音丸。鬼だの生霊だの、もうたくさんだ」

怒鳴りつける太郎次に、老僧が自失のていでぼんやりとした顔を向け、

「あな恐ろしや、何たる言いぐさよ。如何なる性悪といえど、鬼や物の怪には脅えるものを。今宵は不思議の者にめぐりおうたわ」

三人の僧が江舟を担ぎ上げ、たいまつを掲げながら、闇を指して進んで行く。

「どこへ？」

太郎次の声が彼らを追った。老僧が言う。

「生霊と一緒に近くの小川に沈めるのじゃ」

太郎次が突進して体ごとぶつかったので、僧たちは足をもつれさせて倒れ、江舟は真っ逆様に落ちて路傍の地蔵で頭を打ち、投げ捨てられたようにころがった。立て明かしの光がわずかに届き、地蔵の顔をしたたりおちる江舟の鮮血がうっすらと見てとれる。老僧が眼をみはって、声を荒げた。

「何たる痴れ者……生霊が驚いて抜け出たかもしれぬぞ」

太郎次は流血にただおろおろするばかり。ふくらはぎを蹴られて振り返ると、音丸が小鼻をぴくぴくさせながら睨みつけていた。

「香那は俺のことも恨んでるはずだ。生霊が乗り移ったら、どうしてくれる！」

血相を変えて突っかかって来たので右手を摑み、手首の逆を取ったが、つい力が入ってしまう。骨の折れる手応えにあわてて手を離したら、音丸がくぐもり声で呻いてつんのめった。江舟を運ぼうとした者たちは地べたにへたばり、他の僧たちは、江舟の傍らで念仏を唱えている。

闇の中に人影が揺れ、話し声が近付いて来た。騒ぎをけどって、近くの農家から出て来た者たちだろう。白髪の老人、鎌を持った怒り肩の年若い男、箒を手にこわごわと近付く丸顔の老女。立て明かしの光に数人の姿が浮かび上がり、呆気に取られた男の声が夜気を響かせる。

「これは一体どうしたことじゃ」

「みんな、こ、こいつが」

音丸が中腰になり、目遣いで太郎次を示した。老人がつり上がった眼でなじる。

「坊さまたちに、何と左ざまなふるまいをしたものよ。やや、おなごが死んでおるぞ」

その言葉が終わらぬうちに、若い男の鎌が太郎次の腹を抉り、女の箒が横っ面を叩いていた。続けざまの苛みで、痛みを感じるいとまもないほどだ。たまりかねて地面にころがり、老僧に向かって、荒い息と一緒に媚びるような声を吐き出した。

「た、助けてくれ……。殺されてしまう。手荒なまねはやめるように、言ってくだされ」

だが、返事はなかった。蔑みをたたえた老僧の半眼が、かすかに光っている。赤ら顔の男に拳で口を突かれ、歯に激痛が走った時、太郎次は初めて腹部の途方もない苦しみに気がついていた。

老僧が物静かに口を開く。

「鬼に食われる痛みというものが、少しは分かるのではないかのう」

「お、鬼なんか、い、いるわけがねえ！」

折れた歯をねばっこい血とともに吐きながら、太郎次はすてばちなもの言いになっている。血潮の溢れ出る腹を押さえ、充血した眼を泳がせながら立ち上がると、百姓たちは悲鳴を上げて後ずさりした。

「このばちあたりめ。てめえが鬼のような面をして、とんでもないことを言いやがる」

若者がそう言って小石を投げ、他の者もこれに続いた。僧たちは放心したように坐り続け、音丸は必死で石を拾っている。血まみれの巨体がつぶての嵐に躍り、獣のようにたけり叫ぶ声が夜空に舞った。

殺される！　逃げなければ。こけては立ち上がり、這いずり回ってはまた歩き、立て明かしを二本なぎ倒して、太郎次は必死に闇の方へ向っていた。臓腑を掻き回されるような痛みが、脳天まで走り抜ける。どうやら畦道らしきところを、ふらつきながら歩いているようだ。田に踏み込み、立木にぶつかり、血みどろの体は真っ暗がりをやみくもに進んで行く。


ひたすら歩き続けたようだ。ざわめきから遠ざかり、もう石も飛んでは来ない。頭の芯が熱くたぎり、かすんで朧になった意識が、生身から浮き出てしまいそうだ。地を踏む足のこたえは弱くなり、傷の痛みも少しずつこぼれ落ちていく様子である。浮き足で歩いているのだろうが、宙に浮いたような身軽さがあった。

くそっ、どいつもこいつももの分かりの悪いやつばかりだ。お前たちの紡ぐ世の中から、俺はずり落ちてるとでもいうのか。

思えば、何もかもが、自分のそばを通り過ぎて行くものでしかなかった。幼な友達も彼らの遊びも。井戸端で聞くうわさ話や、隣人たちの確執と和合も。世の中の流言や人々の信心も。西方浄土や地獄すらも……。とにかく向き合うものは、なべてよそよそしく角ばっていた。

木の葉が頬に触れたらしい。やさしく撫でられた後に、微かなぬくもりが残った。お、今度は川の中か？　水に浸った感触が足首を包んでいる。もっとも冷たさはすっぽ抜け、ゆるんだ柔らかな触りだけが染みてゆく。あるいは、水のおもてを滑っているのかもしれない。

血まみれの肉体は、どこかへ脱ぎ捨ててしまったのだろうか。生傷の痛みなどもうとうに失せてしまったようだが、あちこちが何だかむず痒くなってきた。このところ悩まされてきた頭の腫れ物が、やけに熱い。

本当に苦しいことには、救いなんてあるもんか。都大路の空き地に捨てられたむくろを見るがいい。あいつらの無様な恰好を。

全身を内側からくすぐられるようなこそばゆさとともに、頭のてっぺんがスーっと天に伸びてゆく。どうやら、夜空に向かって拡がっているようだ。見上げても糖星のまたたきさえ見えず、漆黒の闇の深く厚いひろがりがあるだけで、目路に捉えられるものは何もないのだが、風を切って動く快感が、膨らみつつある自分を教えてくれる。

その変化に応じて、意識が凄まじい速さで過去を繰りたたねて行った。物心がついた頃からの無数の明け暮れが次々と甦り、一つ一つの残像を脳裏に焼き付けて過ぎるのだ。

十歳の頃の賀茂の祭。場所は鴨川にそう遠くない大路だろうか。よちよち歩きを始めたばかりの従弟が、ひとごみで半時ばかり迷子になり、何とか見つかりはしたものの、連れ出した太郎次はこっぴどく叱られた。

「お前がついていながら、何ということだ。この子の兄が鴨川へ釣りに行って鬼に食われたのは、知っておるだろうが」

怒鳴りつける叔父のそばで、父はしょんぼり坐っていたはずだ。

次は、町はずれにある草葺きの阿弥陀堂。十二、三歳の頃か。みごと成仏した者たちの末期に至るまでの様子を、沙弥と呼ばれる法師が十数人の男女に語っている。

「そんな偉い人の真似、出来るわけないだろうが。ほんとうは、もっと楽な往生もあるんだろ?」

と聞いて太郎次は法師を嘆かせた。二日前に東市で小耳にはさんだ噂が頭の隅に残っており、気にかかったのでつい尋ねただけなのに、草堂から追い出されてしまう。貪欲な受領がろくに仏事も勤めず、たいした功徳も積まなかったくせに、死ぬ前、阿弥陀経にちょっと眼を通しただけで大往生を遂げた、というその噂は常識の逆をゆくもので、太郎次を妙にひきつけるものがあった。だからこそ、成仏は善行だけによるものか、という法師への問いかけは素朴な思いでもあったのに……。

町中を通る獅子舞いの一行。太郎次がまだ銅細工をやっていた頃のことだろう。職人仲間が見物しながら語らっている。太郎次も加わって何か話した。しばらくはみんなとうちとけて話も続くのだが、やがて仲間たちは互いに顔を見合わせ、意味ありげな苦笑を浮かべて太郎次から離れて行く。

香那が笑っていた。朱雀大路に雑草の生い茂った一角があり、そこで放し飼いにされた牛を見ながら白い歯を見せて楽しそうに笑うと、太郎次に横目を注いで、

「お前、図体は大きいけど、男としてはまだまだ子供ね。取り柄といえば、風変わりだから、いいなぐさみ物になるってことかしら」

「おい、太郎次。いまわの時は、戸口に御馳走を置いとくといいらしいぜ。冥土から来た鬼がそれを食って、少しはうまくとりはからってくれるそうだ」

と、これは音丸。井戸端で逆立ちをする彼に、太郎次が胸を張って言う。

「聞いてくれ。俺はな、東市で、いや西市でもいい、とにかく商いをやってみたいんだ」

意識は澄み渡った秋の大空のように冴えているので、太郎次はすべてをうつつと思い込んでいた。得体の知れぬ物にとり憑かれたはずがなかろう。これほどさやかな気分が、満腔に張り詰めているのだから。

どうやら空を飛んでいるらしい。無窮のしじまの中を、いかにも軽く翔けてゆく。鴨川を越えて洛中に入ったのが、額の奥の玄妙な疼きで直感された。あの騒ぎからもう久しく時が過ぎたように思えてならない。

白んでゆく東雲の空。見下ろすと、京の町はまだ眠っている。頭の腫れ物が、ますます熱くなってきた。体の節々も痛み始めて、何だか息苦しい。と思う間に再び夜だ。幾重にもたたなずく時間の層をも貫いて、飛んでいるのだろうか。やがてほのぼのと夜が明け始め、舞うように降り立ったところは、廃屋すらも見当たらぬ荒れ地のさなかで、祠のすぐそばだった。西の京の一角らしい。


重い。なんて重いんだ。自らの体をもてあましながら足をひきずる。朝靄の中を、旅人の一行が近付いて来た。牛馬におびただしい荷物を負わせ、弓矢で武装した男たちが前後を護っている。その行く手に立ちはだかって、太郎次は彼らを見下ろす姿勢になっていた。

旅人たちは太郎次に気づくと、顔を歪めてわななき叫んだ。

「ひぇーッ、お、鬼だァ！　こんな朝っぱらから、鬼が出おったぞォ」

太郎次は、思わず腕を見た。赤黒い肉が隆々と盛り上がっている。顔に触ると、口が大きく裂けて牙が生えているようだ。頭の腫れ物はいつのまにか角となって、蓬のように伸びたざんばら髪から突き出ていた。

「こ、これは！　何としたことだ」

知らぬうちに変わり果てたおのが姿をまじまじと見つめているのは、おそらくは猿のように丸い眼であろう。八、九尺はあろうか、急に丈が伸びたので、直垂も袴も破れ散ってしまい、褌だけの裸身が早朝の涼気に曝されていた。

一散に走り去る男たちの悲鳴が、耳の奥で不気味に鳴り響いている。妙にひび割れて、乾き切った人の声。外見のみならず、見聞きのしかたまで一変したのだろうか――。驚愕で満身の血潮が波立ってゆく。だが悲しみは少しも覚えなかった。胸中のどこをほじくっても、そんなものは見つかりそうにないし、嘆きというものがどのような心の働きであったかも、思い出せないでいるのだ。

自分の哀しみも分からないのだから、他人の悲しみを思い遣るすべなど、とっくに肺腑から抜け落ちている。腰を抜かして逃げ遅れた若い下人風情の男の首を手荒く摑み、頸骨の折れる鈍い音を聞いても、何か起きたのか――とまるでひとごとである。ただやみくもに湧き起こる怒りだけが胸で逆巻き、みなぎっては喉にほとばしるので、思わず呻くと、はらわたを絞って吠えたける獣の声が、地響きのように太く低くあたりをどよもした。これが鬼の声というものか……。

西の京と呼ばれるこのあたりは朱雀大路の西側にあり、湿地が多く荒れ果てている。人家も稀なところで、左京の賑わいには及ぶべくもなかったが、その荒れ地の真ったただ中を太郎次は歩いていた。見渡しても、他に誰かが通りがかる気配はない。

あちこちの肉がうごめき、うねっている。我が身のすべてが激しく変わりつつあるようだ。やや高くなった真夏日が、鬱陶しくなってきた。その輝きに眼を射抜かれるようで、明るい日差しが煩わしい。それでいて眼差しは、なぜか強迫されたように、太陽に吸い寄せられてしまうのだ。

太郎次は白日に眼を凝らして動かない。やがて視界が柔らかな白一面になり、物憂いけだるさとともに全身が体の底に吸い込まれて、ふと気が付くと朱雀門のそばに立っていた。星明りの乏しい陰気な夜だ。もっとも太郎次にしてみれば、眼に映るものはすべて昼間と同じこと。風景ははるか彼方まで素通しで、遠方の小ぶりな木の枝までもはっきり捉えることができた。

他人の体を使っているようなもどかしさはあるものの、とにかく気持ちの赴くままに、体はひとりでに動いてくれる。門をくぐり、豊楽院の横を通り抜けて北に出ると、野草が生い茂っていた。俺は、生きてるんだろうか？　今更こだわるつもりはないが、死んだとすれば、命の消え入る刹那にどこで立ち会ったのかは気がかりだ。

「ホホホホホホ」

どこからかしわがれた女の声が響いて来る。

「初めは誰だってうろたえるもの。わたしもそうであった。でも、じきに慣れるぞえ」

気配を感じて振り向くと、豊楽院のそばから白い袿姿《うちきすがた》の何者かが、地表すれすれのところを滑って近付いて来た。

「四、五日たてば、身も心もすっかり羅刹《らせつ》に変わり、生まれ落ちた時からそうであったと思うようになろう。ここに呼び寄せたのは、我らが一類となった者への出迎えじゃ」

赤茶けた髪を掻き乱し、朱の細おもての中で、どんぐりのような眼が赤くぎらぎらと光っている。だが、間近に見ると、薄い唇と肉の少ない頰が女の色香を微かに残していた。

「いつぞや夜分に小兵の男と連れ立って、このあたりをうろついておったな。老婆に姿を変えて、そなたたちのかたわらを過ぎたら、連れの者は気を失いおったわ。ヒヒヒヒヒ」

そんなことがあったかと訝るほどに、記憶の一つ一つは錆びついている。

「あの時の臆病なお前が、今は人も恐れる異形の姿よ。面白いとは思わぬか？」

「教えてくれ。なぜなんだ？」

太く濁った声をあたりに響かせて問い返した時、相手は姿を消していた。だが眼をすがめてよく見ると、半ば透き通ったその身は、どこへも動かず太郎次の前に立っている。おぼろにかすんだ輪郭は、人間の眼にはまったく見えないはずのものだ。

「そなたのような者が鬼になるのじゃ。世を拒み、世に拒まれる太郎次の如き者が」

「では、俺はこれから地獄へゆくのか」

「行かずとも、ここがその地獄じゃ」

「な、なにっ？　やっぱり俺は死んだのか」

「いや、死んではおらぬ。そなたが生きたこの世が、実は地獄だと申しておる。ほら、ちゃんとこの通り、鬼もいるではないか」

「し、しかし、そんなこと、誰も知らぬぞ」

「愚かな者どもよ。この世でこれだけの苦しみを味おうても、更に重い責め苦があの世で待ち受けると、よくもまあ思い付くわい」

「では、あの世というのはいったい……」

「そんなこと、知るものか。鬼は死なぬからこの世のことしか分からぬぞえ。ヒヒヒ」

喉の裂けたようなひどくかすれた笑い声だった。

「この世はどこも、疫病《えやみ》や飢え死にで死人の臭いに充ちておるわ。夜盗どもに苛まれ、物の怪だの鬼だのに脅えて暮らし、時には地も揺れ、ひでりや嵐に苦しみもする。これが地獄だと、どうして誰も気づかぬのか。これにまさる苦しみをあの世に描き、勝手に怖じて震えておるのは、うつけというものよ。もっとも、そなたは違う。げに太郎次の如く分別をわきまえた者のみが鬼になれるのじゃ。せいぜいこの地獄を自在に生きるがよかろう」

一語一語をかみしめるように重く沈んだ声音で答えて、女は夜蔭に溶け込んだ。

「待て、待ってくれ」

太郎次は思わず呼び止めようとしていた。鬼のともがらになった身として、妙な近しさを覚えたらしい。だが、女はもう現れはしなかった。

太郎次は妙に晴れやかな気分になった。この先、どう暮らせばよいのか皆目見当もつかぬくせに、何か底無しの自由を得たような気がして胸が騒ぐのだ。

「そう言えば、香那……どこにいる？　とりあえず今は、お前がほしい」

呟いたつもりだったが、声は四辺に鳴り響いていた。身の内から何かに呼びかけられているような気がして、眼をつぶる。胸の中には深い闇が広がっていた。あちこちに憎悪や怨念がひしめき、それらがぷつぷつと音をたてて生臭い吐息を洩らしているのを、瞑目のさなかではっきり見取ることが出来る。

その暗がりの奥にうっすらと浮き上がったのは、山辺にひっそりと建つ藁葺きの小屋。粟田山、と太郎次は直感していた。中には、板の間に坐る女が一人。香那である。囚われの身のはずだが、うまく逃げたのだろうか。太郎次は真っ赤な眼をゆっくり開けて、ほくそえんでいた。粟田山だな。今、行くぞ。


隈々にまで晴れ渡った京洛の空。東市は今日も人が出盛って賑わっている。須恵の手を引いて市の堂を出た音丸は、様々な店のせり出した通りで、人ごみを掻き分けていた。

太郎次が袋叩きにされてからひと月が過ぎたが、あの騒動の後、音丸は主人の屋敷には戻っていない。のこのこ帰ったところで、江舟の失踪に動転した主人が、音丸の申し開きに納得するはずがなかろう。逆上のあげくの制裁が怖かった。京に戻った音丸は須恵とすぐ夫婦になり、朱雀大路に近い彼女の家で、義母との三人の暮らしに身を沈めていたのである。初めは主人の屋敷の者と顔を合わせるのを恐れて遠出を避けていたが、無聊に耐え切れず、一昨日から人目に脅えながらも東市に通って魚の店を手伝うようになっていた。

市の堂は空也上人の建てた、み仏の講話を聞くお寺。香那の生霊のことや行方の知れぬ太郎次の安否を思うと、つい足が向いてしまうのだ。

あの時は気が昂ってたもんで、惨い目にあわせてすまぬことをしたな、太郎次。それにしても、お前、いったいどこへ……。湧き起こる思いを払うように大声を出す。

「急ごうぜ。お義母さんひとりに店をまかせて出て来たんだ」

「あわてなくてもいいわよ。すぐそこなんだから。毎日、毎日、魚ばかりが相手の暮らしなんて、もううんざりだわ」

「そんなこと、言ったってなあ」

店の近くに来て須恵が不意に足を止めた。

「アーア、もっと楽しく暮らしたいな。あ、そうそう面白い話があるの。四、五日前に粟田山で鬼が捕まったんですって。寝てるところを検非違使の捕り手が縛り上げたそうよ。そばに女の手足が落ちてたっていうから、きっと頭と胴を食べられたのね、その人。面白いことに、女の手には縄できつく縛った手かせの跡が残ってたらしいの。囚われびとの証でしょ？　それ」

須恵の眼が輝いている。あれほど血色の悪かった顔にも今や赤味がさして、近頃の立ち振舞いの逞しさときたら、ふてぶてしいほどだ。音丸が太郎次に折られた右手首を左の掌で包むようにそっと摑むと、須恵がすかさず手を添えて顔を覗き込んだ。

「それでね。今日、その鬼が日のあるうちに御所にしょっぴかれるらしいの。なんでも、みかどにお見せするんですって。ねえ、これから見に行かない？　朱雀門あたりで待ってたらどうかしら。真っ昼間だから平気よ」

日暮れには市が終わって大門も閉じる。その頃までに戻って店を閉めなければ、と心を用いる音丸だったが、妻は気にする風もなくだるそうに伸びをしながら言ってのけた。

「今日の店仕舞いは、母さんにまかせとけば大丈夫よ。あたしたちは、朱雀門からそのまま家に戻ればいいの。ね、行きましょ?」

音丸は肩で息をしてから苦笑いを浮かべ、

「鬼なんて……。あんなもの見たって面白いはずがねえよ。それに、本物だったら検非違使なんかに捕まったりするもんか」

ゆっくりとかぶりを振った。妻に何か言おうとするが、出かかったところで唾と一緒に言葉を飲み込んでしまう。そして、夜が駆け足でやって来そうな胸騒ぎに、つい空を見上げるのだった。

俊寛僧都《しゅんかんそうず》

有王《ありおう》は崖の上に腰を据え、眼下の海を見はるかしていた。あほう鳥が潮風を浴びて飛び交い、波の穂が夕陽に白くかがよっている。あの渺々たる大海原を越え、長い旅路の末にやっとこの鬼界が島にたどり着いたというのに、我があるじがこのありさまではわりなくもはかないものだ。ため息をつく有王の眼前で俊寛僧都《しゅんかんそうず》は仰向いて臥せり、唇を震わせて微かな吐息を洩らすばかり。先刻気を失ったままで、未だうつつに戻りそうにない。

島に着いてからこの人を捜しあてるまでには、随分と暇取ったものだ。中央の硫黄岳から噴煙が上がり榕樹や黒松のいたるところに生えた見慣れぬ土地をうろつき回っても、なかなか島人には行き合わず、たまたま目に触れた幾人かに、

「京の都から流されてここに来られた法勝寺執行《しゅぎょう》の御房《ごぼう》とおっしゃる方を知りませぬか」

と尋ねてみても、都の言葉つきに馴染めぬゆえか、いずれも煩わしげにかぶりを振ってすぐ離れてゆくのだった。

探しあぐねて数日を経た今日、あてどなくこの崖の上に出たところで、悄然と歩くみすぼらしい風体の男を見かけ、些かなげやりな心持ちで俊寛僧都のことを問うてみたら、何と彼こそがその当人であったが、有王の姿を認めるや、僧都は手にした魚を投げ捨ててくずおれてしまう。有王はすぐに駆け寄り、潤んだ声を上げて抱き起した。

「僧都の御房、お久しゅうございます」

「おお、有王よ。都のことばかり思う明け暮れゆえ、つい幻と見まごうたが、どうやらこれは夢ではないようじゃのう」

そう洩らして僅かに口元を綻ばせた僧都の風貌からは、おどろに乱れた髪といい伸び放題の髭といい、またさらばえた体を包む法衣の破れ果てた襤褸のなりといい、かつての高雅なありようはつゆ窺えない。

法勝寺執行として八十余りの荘園事務を取り仕切り、京極の宏壮な邸宅で四、五百人の近習や眷属《けんぞく》たちに囲まれていた都でのあの威光は、一体いずこへ失せたのか、と有王は我知らず唇を噛むのであった。

鹿ヶ谷にあった俊寛僧都の山荘で彼を含む後白河院の近臣たちが、平家討滅の謀議をめぐらして発覚し、丹波少将藤原成経、平判官康頼と共に三人でこの島に配流された時、あるじは真っ逆様に奈落へ落ちていったのだ……。その辛苦を想い見る有王の心の内を知らずしてか、気を取り直した僧都は、かつて召し使っていた侍童に会えた懐かしさにのぼせて、都の匂いを余さず嗅ぎ取ろうとするかのように有王の胸や背に顔を擦りつけ、喜色を露わに示してもはや恥じ入ることがない。

だがやがて問われるままに有王が、幼い若君は疱瘡ですでに他界され、北の方も悲嘆の中で昨年亡くなられたし、今や姫君だけが奈良の伯母上のもとに御健在、と近親の消息を告げたところ、獣のたけるような唸り声とともに天をねめつけ、そのまま臥せってうつつを失ったというわけである。

有王が再び海を見はるかすと、既に無辺際の彼方まで落日の輝きに染まっていた。あたりはそろそろ薄闇に包まれて、硫黄岳の噴煙もさだかには見えぬほどになり、夏の涼気が肌を撫で始めている。

この島で永らえているのだから、いかに窮迫しているとはいえ、僧都にも住まいはあろうし、とにかくそこへ移らねばなるまい。有王が体を揺すると、「ウッ」と呻いて息を吹き返したので、肩を抱きかかえて起き上がらせようとしたら、僧都は手を押しのけ、出し抜けに問いかけた。

「少将はその後、どうしておるかのう」

平判官康頼と共に清盛の赦免を得てこの鬼界が島から帰洛した丹波少将藤原成経のことである。彼ら二人との離別により、俊寛僧都は島に独り残された。少将様は以前と同じように院に仕えておられます、と有王は答えたが、上体を起こした僧都は不機嫌な顔付きになっている。

「ふん、この島のことは、もう何もかも忘れおったことじゃろうて」

有王は僅かな逡巡ののち、心に掛かっていたことを口にした。

「丹波少将様と康頼入道様が御赦免になって島を出られた折に、僧都の御房が身も世もないさまでお叫びになったというのは本当でしょうか」

共に帰りたい一心から、丹波少将成経たちを乗せて岸を離れる船にしがみつき、海中に浸かったまま泣き叫んだ、と巷間では伝えられているのだが、僧都の心根を知る有王には首肯し難いことだった。

俊寛僧都と言えば、その言動において敢為の気性に富み、時には村上源氏・源大納言雅俊卿の孫という血筋を頼みに驕り猛っているのでは、と思えるほどに傍若無人のふるまいもあった剛毅の人である。有王も僧都のそうした気丈夫を敬愛していたのだ。

めめしい言い伝えは少将たちが面白おかしく捏造したものに相違なく、あるいは独り暮らしになってからの師はすっかり居直って悠々自適の境地であったかもしれぬ……などと有王は自らに言い聞かせて来たし、またこのたびの長旅は一つにはそれを確かめるための企てでもあった。

「ああ、叫んだとも。浜辺に立ち尽くして大声でわめいたものよ」

やっと生気を取り戻したらしく、僧都が吐き捨てるように言う。

「無理もございません。お二人が御赦免で都に戻られてからの御房のお暮らしを思えば、この有王も胸が詰まります。お独りで残された時の御無念、お察し申し上げます」

有王は内心では気落ちしながらも、精一杯の心遣いで柔らかな口付きになっていた。近侍の童として何かと眼をかけてくれた師の辛苦は、彼にとってあまりに痛ましく、覚えず目頭を抑えてしまう。

「有王よ、わたしは泣いたわけではないぞ」

僧都は声を尖らせた。夜の闇があたりを領して、すでに相手の目鼻立ちを捉えるのが難しい程の暗さになって来たが、有王はこの際とことんまで根問いして聞き澄ますつもりになり、師の向かい合いにゆっくりと腰を下ろすのだった。

「少将と康頼は、磯辺にそれぞれ小屋を建てて住んでおったが、わしは海鳴りの音が煩わしいもんで、山沿いの眺めのよい所を選んでな。まあ、三人とも気儘な独り暮らしよ」

とはいえ、都人の彼らにとってここは、厭わしくも侘しい異境の地である。寝食の折を除けば、一人で生きるのはあまりに心もとなく、いつも三人で身を寄せ合うしかなかったという。

他の二人のうち、まず康頼入道は後白河院に今様の名手として仕えていただけの男である。行き掛かりから不本意にも陰謀に与してしまったが、本来なら政道を論ずる手合いではなく、俊寛僧都や丹波少将成経とは明らかに肌合いも異なっていた。

ただ彼は熊野権現の信仰に篤く、この点では少将も同様であったので、二人して熊野の三所権現をこの鬼界が島に勧請《かんじょう》し、島内の山々を熊野の山嶺に見立てて巡り歩くのを日課としていたが、僧都はそうした帰依を俗信として退けていた。

事件との関わりで言うなら、少将にしても首謀者・藤原成親の息子という縁だけでこの島に流されたようなものであり、俊寛僧都の立場とはかなりの懸隔があるし、決して志を同じくしていたわけではない。だが、どこか憂いを含んだ知的な面差しには何やら引き付けられるものがあった、と僧都は言う。

「少将とは元々気が合うたわけではないが、他には康頼しかおらぬし、顔を合わせば何とはなしに話すようになったのじゃ」

たまさかにすれ違う女を少将が指さし、

「ああ、情けなや。都大路を歩く女子どもとは、身につける物といい見目形といい、あまりに趣が違います」

と呟いて肩を落とせば、

「そりゃそうじゃ。この島では桜の花を愛でることもないゆえ、立ち居振る舞いに何の風情もあるものか。歩きぶりも遅いのう。見ておるといらいらして来るわい」

と僧都が口を尖らせてこれに応じるという案配で、二人して京を懐かしんでは嘆き合うことが多かったが、都を思い起こして語り合えば、どうしてもあの事件にも触れざるを得なかったようだ。

「もとはと言えば、少将殿、おぬしの御父上の分をわきまえぬ非望が、禍根を作ったのじゃ。法皇様の近臣というだけで、わしは巻き添えを食ってしもうた」

「笑止なことを申されるものよ。わぬしの天下を狙うおおそれた心根は、誰もが見抜いておったぞ。我が父の気持ちをはやらせて抜き差しならぬところまで追い込んだのは、僧都殿ではないか。お蔭で何の咎もないこのわしまでが……」

と、この二人は、時として唾を飛ばし、角突き合いの有り様であったらしい。

島には時折、少将の舅にあたる平教盛の領地・肥前鹿瀬庄から、衣類や食料を送り届けてくれてはいたが、三人が糊口をしのぐには余りに些少で事足りず、京より携えた手箱や高杯、香料などを島人たちの集落で食べ物と交換したりしたものの、半歳で持参の物品も殆ど底を突き、生き延びるためには到頭島人たち同様に働かねばならなくなった。

とは言え、口過ぎの為に体を動かすなど、これまでの人生では思いも掛けなかったことである。狩りにせよ漁にせよ、また木の実の採集にしても、島人たちのふるまいを遠くから眺めて、見よう見まねで携わるのは容易でなく、三人で彼らの集落に出向き、少将が肌身離さず持っていた横笛を貢いでまで教えを請うしかなかったのだが、いざ……という段になって、康頼が生来の病弱から脱落してしまう。

熊野詣の真似事は怠らぬくせに、もうとても体が動かないと言い張る康頼を見て、剛毅な俊寛僧都ももはや怒るでもなく、好々爺のごとき微かな苦笑を投げかけるのであった。

こうして僧都と少将は二人して海や川、山での営みに身を入れることとなったが、彼らに狩猟や漁労のすべを教えてくれたのは、サキという名の長身痩軀の若者である。口数は少ないが勘の鋭い男で、僧都たちの使う都言葉はまったく耳遠いのに、二人の気持ちを余すところなく汲み取ることが出来た。

雑木の枝と蔓を使って弓を作り、竹で拵えた矢柄の先には三角形に削った石の鏃《やじり》をつけるとか、釣り針は牛の骨、釣り糸は馬の毛、銛《もり》は手近な獣骨からそれぞれ作る……などと手取り足取りして、サキは不慣れな二人を導いてゆく。

僧都と少将の日々の糧を求めてのなりわいは、夜明けと共に始まった。都での華美な暮らしからは想像もつかぬほど質朴で酷烈な毎日だったが、独りではなく二人であることが彼らに妙な安堵感を与えたらしい。たとえば少将は硫黄岳のたもとで弓に矢をつがえて野鳥を狙う僧都を見て、かつては京の大邸宅で多勢の従者を侍らせていた御大身でさえ、あのような真似をしておられるのだから、と我が身に言い聞かせたことを、後で僧都に洩らしている。

なにしろ私邸や別業での酒宴が引きも切らず、馳走には事欠かぬし、朝な夕なの食事の際は近侍の者から給仕を受けるのが当たり前であった御仁が、今は自らの手で鳥を捉え、これを食らうというのだ。しかも、都におれば僧都に口をきくことすらかなわぬはずの者から指図を受け、じっと聞き入っているではないか。

また俊寛僧都にしてみれば、糧を求めて海辺で釣り糸を垂れる少将の姿に、大納言の令息たる人があそこまで身をやつしているのであれば、とつい想いを致すことになり、それが自身の慰撫につながるのであった。

もっとも彼らの氏素性など知る由もない少年の眼には、薄汚い僧形の男と軟弱な若造の姿しか映ってはいないだろう。

だからこそ水中に半身を没して永良部鰻の掴み捕りに挑んだ折などは、幾ら教えても不慣れな手つきで四苦八苦するばかりの二人に苛立ち、サキはつい大声で叱りつけもしたのだが、その時、少将と思わず顔を見合わせた僧都は、相手の眼差しの中に少年への怒りが殆ど含まれていないのを感じ取り、そしてそれは彼自身にも言えることだった。

このわしが、こわっぱの侮りを受けて何も言い返さずにいるとは……。屈辱を覚えながらも、俊寛僧都の首筋には微かな熱気が浮き上がってゆく。

「京におれば、あのような小倅など、かまえて放ってはおくまいにな」

少年と別れた後の帰りしな、二人は自嘲の苦笑を交えて頷き合った。

「まったく。屋敷の内であれば、近習の者に命じて打擲《ちょうちゃく》させたことでしょう。あるいは斬らせたかもしれません」

そう言いつつ、心なしか両人とも声が弾んでいるのは、惨めな境遇を分かち合うことで奇妙な興奮を味わっているからだろう、と僧都は思う。奇しくもそれは、少将との間で心を通い合わせる絆になっていたようだ。

さて康頼はというと、やがて俊寛僧都たちが少年の指導を離れて狩猟や漁労に精を出すようになってからも、小屋に残ると言い張って二人と一緒に動こうとはしなかった。そればかりか病弱の彼はたびたび発熱して臥せるので、日中は獲物を捜し回っている他の二人からいきおい離れて過ごすことが多くなり、彼らの庇護で生き延びているような有り様である。

それでいて熊野の三所権現を勧請しての山嶺巡りは欠かさず続けているが、当初これに付き添っていた少将も、今は獲物を求める日々のなりわいにかまけて同行は途切れがちとなり、康頼の孤立ばかりが目に立つようになっていた。

ところで嵐に見舞われると、俊寛僧都たちは山野や海浜に出向くことはかなわず、日がな一日それぞれの小屋に引き籠もることになる。幾日もそうした天気が続けば、糧食も尽き、飢えを凌いでごろ寝をするしかないほどに深刻な事態を招くのだ。天候の如何によってその日の食い扶持に頭を悩ませねばならぬ身過ぎなど、以前はまったく慮外のことであったのに……。

半年が過ぎ、野分による暴風が一両日続いた後のある日のこと。空きっ腹を抱えた二人は弓矢を携えて黒松の林を抜け、池のほとりをうろついていた。

「康頼のやつ、わしらを頼るばかりでいい気なものよ」

少将がそう愚痴りながら、傍らの木の下枝に手をかけると、

「言うても詮ないことじゃ。食うては寝るより他にあやつが出来るのは、今様の和讃を聞かせるくらいのことだからのう」

僧都がすかすように応じて苦笑する。

「それより、腹を空かせた少将殿が、琵琶をかき鳴らすかおなごどもと双六を打つはずの手を使うて、そのように木の実を摑み取っておるとは……。フフフ、わしも面白い世を見たものよ」

少将もつられて薄笑いを浮かべ、その場にへたり込んで、おどけたように甲高い声を放った。

「いかにも。都に戻るようなことがもしあれば、わしは屋敷の下人たちと一緒に厨《くりや》に入りもするし、衣を洗いもしましょうぞ。もう何でもやり遂げて見せますわい、僧都殿。恥のすべては、この島で知り尽くしてござりますゆえ」

二人の笑い声が響き合う野のはずれを、兎が走り抜けてゆくのが見える。僧都は立ち上がって矢をつがえた。「ウォホ」というひょうげた唸り声と共に矢を放つと、胴を射抜かれた兎が不意に走りをやめて横倒しになる。僧都は走り寄って、血に染まった獲物の首筋を摑み、少将に不敵な笑みを向けていた。

「やっと食い物にありついたわい」

思わず歩み寄った少将の顔は、血の気がひいて凍りついている。

「そ、それを口に入れると申されるか」

「さよう。……なあに、すでに鳥は食っておるではないか。これとて火にかければ同じことよ」

少将は生唾を飲み込みながら、黙って頷いた。なにしろ二日にわたって、木の実の他に彼らは何も食べていないのだ。

もっとも、いまだに島の水で時折下り腹になるほど脆弱な康頼などは、差し込みを起こすに決まっているし、とても同調するとは思えない。だからわざわざ持ち帰るより今すぐここで食べてしまおうと僧都は言い、少将の返事も聞かずに懐から取り出した二つの石を打ち合わせて、火をおこすのだった。

硫黄岳の噴煙を包み込んで、昼下がりの大空は柔らかな光を湛えている。そう言えば時節は四月の中浣の頃ではなかろうか。とすれば、今頃、京の都は賀茂の祭りで賑わっていることであろう。

かつては行列の見物に好適の場所を得るため、早めに物見車で出掛けたり、時には牛車の止め所をめぐって従者たちが車争いもしたものだと、在りし日を思い浮かべる僧都であったが、この南国の自然の中では都の手ぶりも徐々に抜け落ちてゆくようで、現に今は少将と野中に坐り込み、火に炙った兎の肉を手摑みにしてかぶりついているところである。

「しかし、やはり臭うござるな」

眉をしかめる少将に、僧都が横目を走らせる。

「いやいや、思ったよりは食える味じゃよ。それはともかく少将殿、都のやつばらには思いも寄らぬ雅びじゃのう、フフフ」

「誠に……。この先われらにどのような風流が待ち受けておることか、楽しみでござりますな」

そのうち、物乞いをする日も来るであろうよ。それにしてもこの男とひと生《よ》の末路まで付き合うとは、一体如何なるえにしによるものか……。胸中のそうした呟きは口にせず、僧都は薄ら笑いを浮かべていた。


有王はおもむろに腰を浮かせ、僧都の肩に両手を掛けて立ち上がるように促した。

「海の夜風がお体に触りますゆえ」

四囲には夜の気配がすっかり垂れ込め、星月夜の微かな明るさの中で、僧都の顔に淋しそうな笑みが浮かんでいるように見える。

「わしが叫んだのは、その後のことじゃ」

僧都は腰を上げようともせず、重い声を洩らした。師を抱きかかえようとしていた有王が、思わず生唾を飲んで動きを止める。

兎を食べた次の日に都から使者が訪れた、と僧都は言う。その上陸の際たまたま浜に居合わせた彼が、入道相国の赦免状なるものを受け取って開いてみると、鬼界が島の流人どもを赦免するとあった。

ところが少将成経と平康頼の名のみ書かれて、俊寛の字が見当たらない。血の気の退いた顔で隅から隅まで眼を通し、上包みの紙まで確かめてみたが、帰洛を許されているのは他の二人だけである。そのうち異様な気配をけどって、少将と康頼も駆け付けたが、彼らが読んでみても僧都のみ外されているのは明白であった。

僧都は頬をひきつらせて、少将の手を取った。まさか、おぬしがわし一人を置いて都に戻るわけがあるまい……と血走った眼差しで訴える。赦免を認められなかった悲嘆の中で一縷の望みをつなぐ願いであったのだが、少将の瞳には柔らかな色が浮かんでいた。僧都の手を優しく握り返し、これは入道相国が決めたことだから許しもなく三人で帰りなどすれば咎めを受けるのは必定だと諭して、声を潤ませる。

「僧都殿のことは私から色々お取りなし申し上げ、必ずお迎えの人を差し向けますから、どうかお心を強くしてお待ち下さいませ」

三人で帰れぬなら、何故そなたも島に残ろうとはしないのか。そう言おうとして、僧都は口ごもった。すでに少将は康頼に顔を向けており、帰京をかなえた熊野権現の霊験に触れ、彼の信仰を讃えていたのだ。

入道の我々二人に対する憎悪は思いのほか軽かったのかもしれぬ、などと僧都の神経を逆撫でするようなことを平気で口にして、少将は頬を紅潮させている。常日頃、康頼のみが孤立し、時として僧都が少将の陰口から彼を庇いもしたことなど、はなからありもしなかったようなふるまいであった。

「御坊を裏切るとは、何たる不実、呆れ果てたふたごころ。少将様はひどいお方じゃ」

「いや、そうではないのだ、有王よ。あの男は別に裏切ったわけではない。すべてはわしの身勝手な思い込みによるものじゃ」

公家やはらから、ともがらなどの都人にいくら筆舌をつくしたところで、その本当の苦しみがどんなものか決して知らしめることの出来ない島での体験を、ただ独り分かち合って来たのが少将であればこそ、俊寛僧都は心底で繋がる絆というものを感じ取っていたのだが、これはまったく彼のみの感懐であったようだ。

少将にしてみれば、僧都と屈辱的な労苦の日々を共に過ごしたのは、あくまで成り行きによるもので、そのことにさほど格別な感興があるはずもなく、ましてや心を響き合わせたつもりなど些かもなかった。

一緒に兎の肉を食ったからと言って、断金の契りが生じるわけではないのだ。島に残る僧都を憐れみこそすれ、それはごく自然な惻隠の情によるものであり、所詮は他人事なのだから、我が身の僥倖に疚しさを覚えるいわれはないのである。

身の回りの物で何か僧都のために残せる物はないかと、涼しい表情で康頼と相談している少将を見ながら、俊寛僧都は、この男とだけはお互いの胸の奥でめらめらと燃える炎のその瞋恚《しんい》の熱さを分かり合えている筈だ、と無造作に信じていた己の妄想を悔いるのであった。

おそらく都に帰れば、この島での惨めな暮らしぶりなど、日ごとに忘れてゆくだろう。勿論、その後も同じ生活を続けているはずの僧都のことも……。少将との隔たりは初めから終わりまで、実は俊寛僧都のひとりよがりな共感を遙かに越えて大きかったのだ。

他人というものがいかに遠く、捉え難いものであるか、僧都はやっと思い及んで慚愧した。それ故に少将と康頼を乗せた船が島を離れて沖に向かうのが何やら暗示めいて感じられ、浜に立ち尽くして眺めるうちに、ひりつくような熱い苦みが喉元をせり上がって来たのである。

なまじ裏切られたのであれば、その背信をなじりも出来ようが、むしろ真実と思い知ればこそ、胸中で立ち騒ぐ苦渋の波は如何ともし難く、僧都にとってそれは、島に置き去りにされる悲境よりもさらに深い絶望をもたらすものであったが、もはや愁嘆を突き抜けてやり場のない憤怒と化していた。

「船に向かって叫んだのではないぞ。何という愚かな思い込みであったかと、ただ情けのうて悔しゅうて、己に腹立ちながらあたりかまわずわめき散らしておったのじゃ」

有王はゆっくり立ち上がって、海鳴りのするかたに眼を遣った。そこには暗く沈んだ海の広がりが、暗黒の彼方へ果てしなく続いているはずだ。

師が船にしがみついて海中に半身を没しながらも泣き叫んだというのは、どうやら誇張であったらしい。それを知り得ただけでもせめてもの救いだったと、我が身に言い聞かせながら、星たちが息づくように瞬く夜空を暫く見上げ、やがて僧都に向き直ったところ、その姿がない。

と思いきや、小屋に戻ろうとしたものか、いつの間にやら腰を上げ、薄い闇の中に溶け込むように遠ざかっていたのであった。僅かに後ろ姿の輪郭をなぞられる程の間合いで、すでに俊寛僧都は有王から離れている。

有王は慌ててその後を追おうとしたが、少し歩いて不意に立ち竦んでしまう。すぐ先をゆく師との間には、思いなしか埋め難い隔たりがあるようだ。少将様と同様この私にしても、突き詰めれば実は、師から遙かに遠い者でしかないのかもしれぬ。

俊寛僧都の姿が殆ど見えなくなっても、有王はまだ真夏の夜気の中に佇んでいた。そして我が身がひどく疲れていることにようやく気づき、潮香の混じる涼気を大きく吸い込むのであった。深い闇の底で波立つ海の音を、有王は今、胸の内で聞き澄ましている。

初出掲載誌

アミダの住む町	すばる	二〇一〇年十二月号
電線と老人	(日本文藝家協会編『文学 2011』に収録)	
再会のゆくて	すばる	二〇一一年十月号
自分史を出したくて	書き下ろし	
安川さんの教室	すばる	二〇一二年十月号
此岸のかれら	すばる	二〇一四年二月号
村	書き下ろし	
異形の夏	すばる	一九九六年六月号
俊寛僧都	海燕	一九九六年三月号
	小説すばる	一九九七年四月号

著者略歴

中原文夫（なかはら・ふみお）
昭和二十四年、広島県に生まれる。
一橋大学卒業。
平成六年、「不幸の探究」にて、
第百十一回芥川賞候補。
著書に、小説『言霊』、『霊厳村』、
『不幸の探究』、『土御門殿妖変』、
『神隠し』、『けだもの』、
歌集『輝きの修羅』、
句集『月明』などがある。

アミダの住《す》む町《まち》

二〇一四年六月二〇日第一刷印刷
二〇一四年六月二五日第一刷発行

著者　中原文夫
装幀　小川惟久
発行者　髙木有
発行所　株式会社 作品社

〒一〇二-〇〇七二
東京都千代田区飯田橋二ノ七ノ四
電話　(〇三)三二六二-九七五三
FAX　(〇三)三二六二-九七五七
振替　〇〇一六〇-三-二七一八三
http://www.sakuhinsha.com

本文組版　米山雄基
印刷・製本　シナノ印刷㈱

ISBN978-4-86182-490-6　C0093

◆作品社の本◆

けだもの
中原文夫

その正体は誰も知らない……、あの温厚な父にいったい何が取り憑いたというのか。戦慄の表題作ほか七篇を収録。平凡な日常に潜む怪異の世界を妖しく紡ぐ異色のホラー作品集。

不幸の探究
中原文夫

平凡な生活者を突然襲う不幸の数々。苦悩に耐えた男には他者への無上の好意が膨らむが……。善意が悪となり、傍目の不幸も幸せとなる、端無くも空転する人間関係の在り様を軽妙に描く、芥川賞候補の表題作を含む気鋭の珠玉の作品集。

土御門殿妖変
中原文夫

跳梁する悪鬼、謎の女盗賊青袴、宮中深く渦巻く陰謀……。死霊・生霊の跋扈する魔都「平安京」をしたたかに生きる今に変わらぬ男女たち。左大臣道長の屋敷に住む若き坂東武者・盛任の生き様を通して描く書き下ろし伝奇ロマン。

神隠し
中原文夫

高校二年の秋、麗子の父は突然失踪した。「趣味は家族」が口癖だった父親は本当に蒸発したのか……。表題作の他、平穏な日常に突然訪れる破調の諸相を描き、人間の心の奥の不可思議を妖しくつむぐ異色の作品集。